hanser**blau**

Anne Cathrine Bomann

BLAU TÖNE

Roman

Aus dem Dänischen von
Franziska Hüther

hanserblau

Die dänische Originalausgabe erschien 2021 unter dem Titel
Blå toner bei Lindhardt og Ringhof in Kopenhagen.

Auf Seite 82 wird eine Zeile aus dem Lied *Sex* in der Coverversion von
Billie Eilish zitiert. Die Originalversion stammt von The 1975.

Diese Ausgabe wurde gefördert von der
Danish Arts Foundation.

Danish Arts
Foundation

1. Auflage 2022

ISBN 978-3-446-27387-0

Umschlag: SO YEAH Design, Gabi Braun

Satz im Verlag
Druck und Bindung: Friedrich Pustet, Regensburg
Printed in Germany

FSC
www.fsc.org
MIX
Papier | Fördert
gute Waldnutzung
FSC® C014889

Für Rita,
die uns daran erinnert hat,
dass die Liebe wirklich
die größte unter ihnen ist.

APRIL 2011

Elisabeth

Elisabeth sah in die Augen der Krankenschwester und versuchte zu begreifen, was diese soeben gesagt hatte. Graue Augen waren es, mit Tupfern von etwas Dunklerem, und wenn sie lange genug hineinstarrte, schien es, als würden sie zu etwas, das jemand verschüttet hatte, zwei trübe Kleckse, die jeden Moment übers Gesicht laufen konnten.

»Obduktion?«, wiederholte sie.

»Ich verstehe, dass das eine schwere Entscheidung ist, aber wenn wir mehr darüber herausfinden wollen, was hier schiefgelaufen ist, dann kann Vinter helfen, ein anderes Kind vor einem ähnlichen Schicksal zu bewahren.« Die Krankenschwester legte Elisabeth die Hand auf den Arm. »Für manche Eltern kann das tragischen Umständen wie diesen ein klein wenig von ihrer Sinnlosigkeit nehmen.«

Endlich blinzelte Elisabeth. Sie wich einen Schritt zurück und schüttelte die übergriffige Hand ab.

»Fassen Sie mich nicht an«, sagte sie. »Und reden Sie gefälligst nicht weiter darüber, meinen Sohn aufzuschneiden. Er liegt direkt da drüben, und noch ist er nicht tot.«

Die Krankenschwester kniff die Lippen zusammen,

was ihre Raucherfalten hervortreten ließ, und plötzlich wurde Elisabeth bewusst, wie hässlich sie war, in ihrem unförmigen Kittel, mit den strähnigen Haaren und dem herausgewachsenen Ansatz.

»Danke«, sagte sie und wandte der Schwester den Rücken zu. »Ich möchte jetzt gern allein mit ihm sein.«

Sie trat ans Bett. Vinter war nicht mehr da, so viel stand fest. Zurückgeblieben war nur sein Körper unter der viel zu großen Decke, leicht zusammengekauert in all dem Weiß, umgeben von den Maschinen und deren gleichsam mechanischem Wellenschwappen. Sie merkte, dass sie mal wieder angefangen hatte, im selben Takt zu atmen.

»Mein kleines Herz«, flüsterte sie. »Ich will nicht ohne dich sein.«

Beim Gedanken daran, Vinter hier zurückzulassen, ins Auto zu steigen und wegzufahren, während er dablieb, stach es ihr derart heftig in der Brust, dass sie für einen Augenblick glaubte, den Halt zu verlieren.

So stand sie da und versuchte, an nichts Besonderes zu denken. Die Sekunden einfach wie Wasser an sich herabrinnen zu lassen. Sie streichelte Vinters flaumige Wangen und musste lächeln beim Anblick der kleinen Milchzähne, die sich auf die Unterlippe drückten, fast wie in den Momenten, da er zu Hause vollkommen versunken auf dem Boden saß und malte. Seine Hand lag in ihrer, ohne auf ihren Griff zu reagieren, dennoch hielt sie sie fest.

Mama. Kaum schloss sie die Augen, traf seine Stimme sie mit voller Wucht, *Guck mal, ich hab eine Rakete gemalt!* Ihr kleiner Junge, den sie über Jahre der Spritzen und Hormonbehandlungen hinweg herbeibeschworen hatte, makellos an der Oberfläche, während unter seiner Brust die Krankheit schlummerte. Ob es leichter gewesen wäre, hätte sie ihn jäh verloren? Durch einen Verkehrsunfall oder einen tragischen Sturz auf dem Spielplatz? Sie vermochte es nicht zu sagen, wusste nur, dass dies das Schlimmste war, was ihr je widerfahren war, das Unmöglichste.

»Ich gehe jetzt, mein Schatz.«

Sie flüsterte ihm ins Ohr, versicherte ihm, dass er keine Angst zu haben brauche. Küsste ihn und strich ihm ein letztes Mal übers Haar. Dann richtete sie sich auf, benommen von monatelanger Angst und Schlafmangel.

Auf dem Gang stieß sie wieder auf die Krankenschwester.

»Sie können die Maschinen jetzt abschalten«, sagte sie. »Aber ihr schneidet ihn nicht auf.«

Die Schwester öffnete den Mund, doch Elisabeth ging an ihr vorbei, Richtung Ausgang. Das Knallen ihrer Absätze wurde gegen die Wände und wie Schläge zurück in ihr Gesicht geworfen.

»Aber wollen Sie denn nicht dabei sein?«, rief die Krankenschwester ihr nach. »Elisabeth, Sie müssen doch dabei sein und sich verabschieden!«

I

SEPTEMBER 2024

Shadi

Es war Emil, der Shadi vorgeschlagen hatte, sie solle zum Schreiben doch mal woanders hingehen, statt immer nur zu Hause zu sitzen.

»Glaubst du nicht, es wäre gut, wenn du mal ein bisschen rauskommst?«, meinte er, und sie dachte, dass es ihr schwerfallen würde, sich zu konzentrieren. Wie sich jedoch herausstellt, spornen die Blicke der anderen und ihre arbeitsam gebeugten Rücken sie an. Das panoptische Prinzip. Außerdem haben alle Rituale, die daheim in der Wohnung wie Pfade durch vertrautes Terrain führen, keinen Platz hier, wo alles neu ist.

Sie öffnet das Dokument ihrer Masterarbeit. Ihre erste Aufgabe besteht darin, die Unterschiede zwischen normaler Trauer und der Art Trauer herauszuarbeiten, die vor einigen Jahren eine eigene Diagnose erhalten hat. Die anhaltende Trauerstörung. Laut ICD-Klassifikation müssen für eine solche Diagnose verschiedene Kriterien erfüllt sein. Zunächst einmal muss seit dem Ereignis, das der Trauer zugrunde liegt, mindestens ein halbes Jahr vergangen sein, außerdem muss es sich um einen Todesfall handeln. Anders als sie zunächst gedacht hatte, reichen eine Scheidung oder der Verlust des Jobs also nicht aus, so schlimm es sich auch anfühlen kann.

Im Lesesaal riecht es nach warmen, sonnengebräunten Körpern und Taschen mit Lunchpaketen, die die Leute mit nach draußen in die Aufenthaltsbereiche der Bibliothek oder hinüber in den Park nehmen. Manche schreiben mit Musik in den Ohren, andere legen den Kopf auf den Tisch und dösen, bis sie hochschrecken und sich schuldbewusst umsehen. Ein Typ mit Beanie schnarcht selig zu ihrer Rechten, jemand hat ein Fenster geöffnet, sodass der Wind die groben Vorhänge umspielt. Shadi schaut auf die Uhr und beschließt, ihrem knurrenden Magen zum Trotz erst noch den Abschnitt, an dem sie gerade sitzt, zu beenden. Eine Dreiviertelstunde später nimmt sie die Tupperdose mit den Resten von gestern und begibt sich hinaus ins grelle Licht, ihre Strickjacke hält ihr den Platz frei.

Als sie nach der Pause zurückkommt, geht sie als Erstes in die Teeküche, wo ein anderer aus dem Lesesaal gerade Wasser in zwei ineinandergesteckte Plastikbecher füllt. Er dreht sich zu ihr um und lächelt, wodurch sie sich gezwungen fühlt, stehen zu bleiben.

»Magst du auch?«, fragt er.

»Gern.«

Sie schaut ihm zu, wie er den Wasserkocher viel zu voll macht und wieder einschaltet.

»Schreibst du auch gerade Masterarbeit?«

Sie nickt.

»Psychologie. Du?«

»Politikwissenschaft«, er verdreht die Augen, »ohne Kaffee nach dem Mittagessen geht da gar nichts.«

Er öffnet den Kühlschrank, holt die Plastikflasche heraus, die Shadi am Morgen dort hineingestellt hat, und schenkt sich Milch in den Kaffee. *He*, will sie sagen. *He, was soll das.* Aber sie bleibt stumm, steht bloß da und spürt, wie es hinter ihren Lidern kribbelt, als er die Flasche auf den Kopf dreht und die letzten Tropfen herausschüttet.

»So, dann mal zurück in den Glaskäfig.« Er zwinkert ihr zu, aber ihre Miene ist steif. Auf dem Weg aus der Küche tritt er aufs Pedal des Mülleimers und wirft die Flasche, die sie extra im Netto ausgesucht und gestern Abend gespült hat, weg.

»Frohes Schaffen!«

Danach geht es mit dem Schreiben nur stockend voran. Immer wieder spielt sie die Szene aus der Küche im Kopf ab und stellt sich vor, was sie alles hätte sagen sollen. *Hey, das ist meine Milch!* Jeder andere hätte das schließlich getan, oder nicht? Oder ihm angeboten, sich davon zu nehmen, aber doch bitte etwas übrig zu lassen, dann wäre alles gut gewesen. Warum fallen ihr solche Dinge so schwer?

Allmählich aber findet sie zurück in den Rhythmus, zieht den Stoß Artikel über die Trauerdiagnose aus der Tasche, beugt sich darüber, um die feinen Spuren der Buchstaben auf dem Papier zu entziffern, und macht sich sorgfältig Notizen. Die Stunden verstreichen, der Lesesaal um sie herum leert sich, und als sie irgendwann beschließt, nach Hause zu gehen, sind sie nur noch zu zweit. Shadi und ein schlankes, rothaariges Mädchen in der Ecke, das anscheinend von den Jumborosinen lebt, die es in einem Glas vor sich stehen hat.

Shadi klappt den Laptop zu und streckt ihren verspannten Rücken. Der Ohrwurm, der ihr schon seit Tagen durch den Kopf geht, kehrt zurück, kaum dass sie ihren Gedanken freien Lauf lässt. Wie ging das Lied noch mal? Sie singen es immer bei Familienfesten, wenn sie in seltenen Fällen einmal alle versammelt sind, auch wenn ihre Mutter zu Shadis großem Bedauern weder ihr noch ihrer kleinen Schwester Persisch beigebracht hat, lebt der Rhythmus irgendwo in ihr.

Begleitet von der Melodie wandert sie durch die Stadt nach Hause. Die Sonne hängt prall und schwer über dem Horizont, heute ist ausnahmsweise mal sie diejenige, die als Letzte nach Hause kommt. Emil sitzt mit seinem Laptop auf dem Schoß auf dem Sofa. Sie geht zu ihm, ohne erst die Jacke auszuziehen. Es liegt eine gewisse Macht darin, denkt sie, als sie ihn küsst. Die erwartete Person zu sein. Diejenige, die von draußen hereinkommt und die Luft in Bewegung setzt.

Thorsten

Wenn Thorsten hin und wieder von seinen Notizen aufschaut, spürt er die Septembersonne wie eine behaglich warme Hand an seiner Wange. Im Unipark, der sich vor dem Fenster erstreckt, sitzen die Studierenden in Grüppchen auf dem Gras, und gelegentlich dringen ihre Rufe bis in sein Büro. Es wäre eine nette Abwechslung, sich zum Plaudern zu ihnen nach draußen zu setzen, aber für derlei Dinge findet er nur noch selten Zeit, außerdem erwartet er Besuch.

Wenn er die Stichpunkte liest, die er sich nach dem ersten Treffen mit Birgit gemacht hat, kann er sich mühelos vor Augen führen, wie sie damals aussah. Nicht ihre Kleidung oder ihre Frisur, für derlei Dinge hat er wenig Sinn, aber die gebeugte Körperhaltung, die sie um Jahre älter wirken ließ, als sie eigentlich war, und die Art, wie sie immerzu ihr Papiertaschentuch faltete. Es scheint sich nicht viel geändert zu haben, denkt er, als er den Kopf durch die Tür steckt und sie auf der Bank sitzen sieht. Ihre Hände zittern leicht, all ihre Bewegungen sind zögerlich, wie in der Zeit gedehnt. Als sie endlich ihre Sachen zusammengesucht hat, führt er sie zum Sofa.

»Da wären wir wieder«, sagt er mit einem Lächeln, doch Birgits einzige Antwort ist ein undefinierbares Zucken im Gesicht. »Kann ich Ihnen etwas anbieten? Hiervon vielleicht?«

Er reicht ihr die Keksdose.

»Heute ist unser letzter Termin. Ausnahmsweise gibt es also mal keine Fragebögen auszufüllen, nur ein kurzes Gespräch, um das Ganze abzurunden.«

Sie nickt. Der Vanillekringel ist ein Fremdkörper in ihrer Hand, sie sitzt zusammengesunken auf dem Sofa, und Thorsten kann nicht anders, als sie mit seiner Mutter zu vergleichen, die etwa im selben Alter ist, aber eine völlig andere Vitalität ausstrahlt.

»Ich möchte noch mal betonen, wie froh wir sind, dass Sie an unserem Projekt teilgenommen haben«, sagt er. »Es wird für etliche Menschen von großer Bedeutung sein. Wir arbeiten auf Hochtouren daran, Ihre Aufgaben und die der übrigen Teilnehmer zu analysieren, und werden in Kürze erste Ergebnisse haben.«

»Und dann sehen Sie, ob die Tabletten wirken?«

Birgits Unterlider sind rotgerändert, als würden sich ihre Bindehäute nach außen kehren. Thorsten findet, sie sieht krank aus, allerdings war das in der gesamten Zeit, die er sie kennt, nie anders.

»Ja«, antwortet er, »und vor allem, wie sie wirken. Besonders interessiert uns ja, was bei Einnahme der Tabletten im Gehirn passiert und wie sie die Art, wie man trauert, beeinflussen.«

Jetzt registriert Birgit offenbar den Keks in ihrer Hand. Sie beißt hinein, die Kiefer bewegen sich wie durch einen unsichtbaren Motor betrieben, der jederzeit stehen bleiben kann, sie sieht furchtbar müde aus. Thorsten würde gern etwas für sie tun, weiß aber nicht was, und so schenkt er ihr in Ermangelung etwas Besseren ein Glas Wasser ein.

»Sobald alles fertig bearbeitet ist, schreiben wir Ihnen, dann können Sie selbst lesen, zu welchen Ergebnissen wir gekommen sind. Weder Sie noch ich wissen ja, ob Sie ein Placebo oder das Medikament erhalten haben, aber …«

Birgit fährt ihm dazwischen, mit einem Mal ist ihr Blick hellwach, bohrt sich in seinen: »Wenn ich die echte Tablette gekriegt habe, kann ich Ihnen versichern, das Zeug wirkt nicht!«

Thorsten nickt.

»Kjelds Tod belastet Sie nach wie vor stark?«

Sie wischt sich einen Krümel von der zitternden Unterlippe.

»Es ist völlig unverändert.«

Thorsten beugt sich auf dem Stuhl nach vorn. Sie unterscheiden sich so stark, die Abschlussgespräche. Letzte Woche hat er mit einem jungen Mann gesprochen, der Schokolade mitgebracht hatte und ein ums andere Mal wiederholte, wie dankbar er sei, am Projekt teilgenommen zu haben. Aber es liegt in der Natur der Sache, dass es auch enttäuschte Teilnehmer gibt, für die nun eine weitere Hoffnung geplatzt ist.

»Das tut mir leid«, sagt er. »Darüber sollten Sie mit Miguel sprechen. Von ihm werden Sie erfahren, ob Sie Callocain erhalten haben oder nicht.« Er hebt die Hand, um Birgit zu signalisieren, dass er verstanden hat, wie sie über die Sache denkt. »Er kann Sie dann auch beraten, welche Möglichkeiten es im Weiteren für Sie gibt. Birgit, Sie werden die Hilfe bekommen, die Sie brauchen. Versprochen.«

Als sie gegangen ist, öffnet Thorsten das Fenster. Er hat noch ein paar Minuten bis zum Gespräch mit Mikkel, dem letzten Teilnehmer auf der Liste, bevor sein Part der Trauerstudie endgültig abgeschlossen ist. Alle Tests wurden durchgeführt, er selbst hat mit knapp zweihundert der beinahe vierhundert Teilnehmer gesprochen, und auch wenn es im Verlauf oft kleinere Probleme gab, wie immer bei der Durchführung von klinischen Studien, sind sämtliche Erwartungen übertroffen worden.

Nicht genug damit, dass es sich um die erste Studie ihrer Art auf dem Feld der Trauerforschung handelt, sie zeichnet sich zudem durch die Eigenschaft aus, der er in seinem Arbeitsleben den größten Wert beimisst: Sie bedeutet etwas. Ja, diese Aussage wagt er bereits jetzt zu treffen, denn ungeachtet der Befunde werden die dank der Studie gewonnenen Erkenntnisse bedeutsam dafür sein, wie Menschen mit anhaltender Trauerstörung zukünftig gesehen und verstanden werden. Diese Studie wird dazu beitragen, die Therapiestandards von Trauer zu verändern, und wenn das nichts ist, wofür es sich lohnt zu arbeiten, dann weiß er auch nicht.

Er wirft einen Blick auf den Gang, aber der ist noch immer leer, und nachdem er einige weitere Minuten gewartet hat, sucht er Mikkels Nummer aus der Teilnehmerliste heraus. Er wird direkt mit der Mailbox verbunden. »Hallo, Mikkel, Thorsten Gjeldsted von der Universität Aarhus hier. Ich rufe an, weil wir einen Termin um halb zwei hatten. Ich bin die nächsten Stunden im Büro, falls Sie die Nachricht rechtzeitig abhören, können Sie gern noch vorbeischauen. Ansonsten versuche ich es in den nächsten Tagen noch mal. Bis dann!«

Mikkels Geschichte gehört zu denen, die Thorsten am stärksten beeindruckt haben. Er und seine kleine Familie waren in einen Unfall im Silkeborgvej verwickelt, und wenige Tage darauf erlag zuerst Thorstens Freundin ihren Verletzungen, dann die neugeborene Tochter des Paares. In einem der Vorgespräche hatte Mikkels Schwester Louise ihren Bruder als allseits beliebten und sozial engagierten jungen Mann mit etwas zu viel Energie beschrieben. Genau wie Louise hatte Mikkel ihre schwierige Kindheit erstaunlich gut überwunden. Nach dem Unfall aber ging es stetig bergab. Schließlich verlor er aufgrund der vielen Krankmeldungen seinen Job als Erzieher, und zu Beginn der Trauerstudie kam er im wahrsten Sinne des Wortes kaum aus dem Bett.

Ein Windstoß wirbelt die Unterlagen auf dem Schreibtisch auf, und Thorsten schließt das Fenster. Seiner Auffassung nach hat sich Mikkels Befinden während der letzten Monate deutlich gebessert, dennoch würde er das Ganze gern in einem abschließenden Gespräch zu Ende führen. Zudem besteht bei Trauernden ein erhöhtes Suizidrisiko, und auch wenn es im Rahmen der Trauerstudie bisher zum Glück keinen Todesfall gegeben hat, ist dies stets sein erster Gedanke, wenn jemand einem Termin fernbleibt. Bevor er an diesem Nachmittag sein Büro verlässt, versucht er es daher ein weiteres Mal bei Mikkel. Aber es geht noch immer niemand ran.

Anna

Irgendetwas kitzelt Anna am Hals. Ohne die Augen zu öffnen, wühlt sie sich tiefer in ihr warmes Nest aus Decken, doch da ist es schon wieder, diesmal an ihrer nackten Schulter. Unwirsch schlägt sie mit der Hand danach.

»Guten Morgen!«

Sie blinzelt sich den Schlaf aus den Augen. Die Art Unwohlsein, die auf zu viele Drinks und viel zu wenig Schlaf folgt, überkommt sie wie ein spontaner Anfall von Seekrankheit.

»Du siehst aus, als hättest du einen üblen Kater.«

Er lächelt und sieht eigentlich ganz schnuckelig aus mit den dunklen Korkenzieherlocken. Sie hat keinen Schimmer, wie er heißt.

»Wie kannst du so fit sein?«, gähnt sie und überlegt, ob sie in der Lage ist, erneut mit ihm Sex zu haben, bevor er geht. Er stützt sich auf den Ellbogen und gibt ihr einen Kuss.

»Du hast heute Nacht im Schlaf geredet«, sagt er.

»Irgendwas von deiner Mutter. Weißt du noch, was du geträumt hast?«

Anna schüttelt den Kopf. Die Nacht ist auf schwarzen Schlaf reduziert, so wie es ihr am liebsten ist. Aber es passt ihr nicht, dass ein Fremder sie im Schlaf hat reden hören, sie dabei vielleicht sogar angestarrt hat. Das Gesicht verrät einen, wenn man schläft, so viel weiß sie.

Auf dem Weg ins Bad ärgert sie sich darüber, dass sie immer nackt schläft. Sie muss sich angewöhnen, einen Slip bereitliegen zu haben, falls sie wieder jemanden mit nach Hause nimmt.

»Wollen wir zusammen frühstücken?«, ruft er ihr nach.

»Sorry, geht leider nicht. Ich muss in einer halben Stunde in der Uni sein, also …« Sie schließt die Tür und lässt sich aufs Klo plumpsen.

»Wie wär's dann mit ner gemeinsamen Dusche?«, hört sie ihn von draußen rufen. »Oder wenigstens ein paar Kindern? Reihenhaus in der Vorstadt?«

Nachdem sie sich kaltes Wasser ins Gesicht gespritzt hat, wickelt sie sich in ein Handtuch und geht zu ihm in den Flur, wo er sich gerade die Schuhe anzieht.

»Wo wohnst du?«, fragt sie, und er wirft die Locken zurück.

»Beim Tousparken.«

Er greift nach seiner Jacke, meidet ihren Blick. Da tut er ihr doch ein bisschen leid.

»Magst du einen Apfel oder so?« Sie schlurft in die Küche und schaut in die leere Obstschale.

»Nein danke, passt schon.«

»Alles klar.« Sie geht wieder zu ihm in den Flur. »Es liegt nicht an dir, ich bin einfach ein bisschen komisch, ich hab's nicht so mit Nachspiel.«

Einen Moment lang stehen sie da und schauen sich an, dann legt er die Hand auf die Türklinke.

»War jedenfalls schön heute Nacht. Mach's gut.«

Sie lächelt ihn an, schließlich kann er nichts dafür, dass sie im Schlaf redet.

»Und grüß deine Mutter!«

Die Worte hängen im Treppenhaus, bis die Tür hinter ihm zufällt und das Echo zerschlägt.

Eine halbe Stunde später macht sie sich auf den Weg, es ist das erste Mal seit Wochen, dass sie an einem Vormittag in etwas anderem als ihrer Everlast-Trainingshose aus dem Haus geht. Das Fahrrad knarzt unter ihr, der erste Gang hat den Geist aufgegeben, aber sie kämpft sich halb in die Pedale gestellt bergan, bis sie beim Gamle-By-Freilichtmuseum in die Vestre Ringgade biegt. Die ersten Schweißtropfen rinnen ihr zwischen den Brüsten hinab, als sie ihr Rad vor dem Institut für Psychologie abstellt.

»Klopf, klopf.«

Thorsten sitzt an seinem überfrachteten Schreibtisch, offenbar versunken in die vor ihm ausgebreiteten Papiere.

»Anna!«, ruft er, als er sie bemerkt. »Das ist ja eine Überraschung!«

»Ich bin gerade vorbeigekommen, und da dachte ich, wir könnten über meine Masterarbeit reden, falls du kurz Zeit hast.«

Thorsten nimmt die Brille ab und legt sie auf einen freien Fleck auf der Fensterbank.

»Na, du hast heut Nacht wohl einen draufgemacht«, stellt er fest. »Soll ich uns erst mal einen Kaffee holen?«

Sie setzt sich in den abgewetzten Sessel und schaut sich um. Falls überhaupt möglich, ist es hier noch chaotischer als bei ihrem letzten Besuch irgendwann vor den Sommersemesterferien. Auf sämtlichen Flächen stapeln sich Fachbücher und Nachschlagewerke, und der muffige Geruch nach Druckerschwärze erinnert sie an die Schulbibliothek damals.

»Ich dachte, ich könnte doch über die Trauerdiagnose schreiben«, sagt sie, als er zurückkommt. »Kritisch, natürlich.«

Er stellt zwei Becher auf den niedrigen Couchtisch, schiebt ein paar Ordner zur Seite und sinkt in den Sessel ihr gegenüber. Der Kaffeeduft lässt ihren leeren Magen grummeln.

»Trauer?« Er kneift die Augen zusammen. »Ist das eine gute Idee?«

»Warum nicht?«, erwidert sie, fährt jedoch fort, ohne seine Antwort abzuwarten: »Und, bist du dabei?«

Zu ihrer Verblüffung schüttelt er den Kopf.

»Das wird leider nichts, Anna, du bist zu spät dran. All meine Betreuungsstunden sind schon belegt, das geht bei dem ganzen Top-Down-Management ziemlich schnell. Ich darf keine weiteren Abschlussarbeiten betreuen, so gern ich auch möchte.«

»Dein Ernst?«

Diese Möglichkeit war Anna gar nicht in den Sinn gekommen. Thorsten zu fragen, hatte sie im Grunde als reine Formalität erachtet.

»Ich könnte ja mal Svend fragen, ob er es machen würde«, schlägt sie vor, ohne es wirklich ernst zu meinen.

»Du kannst es probieren«, sagt Thorsten, »ich bin mir aber ziemlich sicher, dass es bei ihm ähnlich aussieht. Wegen der Trauerstudie haben wir dieses Semester alle nur wenig Zeit. Du bist zu spät dran.«

»Danke, das sagtest du schon.«

Sie beugt sich vor und stützt ihren brummenden Kopf einen Moment lang in die Hände, dann richtet sie sich wieder auf.

»Kacke.« Anscheinend hat sie im Moment aber auch gar kein Glück. »Mein Antrag beim Studienausschuss wurde auch gerade abgelehnt. Ich muss Neuro wiederholen.« Sie hält den Blick gesenkt, damit Thorsten nicht sieht, wie ihr die Tränen in die Augen schießen. Sie schnieft laut. »So eine Scheiße.«

Die Federn des Sessels geben nach, und im nächsten Moment steht er neben ihr und reicht ihr eine rote Serviette mit irgendeinem beknackten Weihnachtsmotiv. Sie schnäuzt mitten in die Engelsflügel hinein.

»Das wird schon«, sagt er und tätschelt ihr den Arm.

Sie schneidet eine Grimasse. Im Augenblick fühlt es sich jedenfalls nicht so an. Sie war fest davon ausgegangen, dass man sie bestehen lassen würde, schließlich hat sie alle Leistungen erbracht, das einzige Problem waren die vielen Fehlzeiten.

»Lass uns mal überlegen«, meint Thorsten. »Vielleicht könntest du dich mit jemandem zusammentun, wie heißt sie noch gleich …« Er kramt in den Papierstapeln auf dem Schreibtisch und zieht einen Block heraus, den er gegen das Licht hält, um besser sehen zu können. »Shadi. Sie schreibt auch über Trauer. Wer weiß, vielleicht könnt ihr ja sogar voneinander profitieren. Das wären nur ein, zwei Betreuungsstunden mehr für mich, die kriege ich bestimmt irgendwie in die Excel-Datei geschmuggelt.«

Anna verdreht die Augen. Sie kennt Shadi, sie hatten ein paar Seminare zusammen. Am besten erinnert sie sich an sie aus Statistik, wo Shadi auf fast schon unheimliche und zugleich so heruntergespielte Weise geglänzt hat. Sie ist der Typ, der es gernhat, wenn die Dinge aufgehen, dafür hat Anna sie noch nicht einmal eine eigene Meinung in dem Fach formulieren hören, das sie seit bald fünf Jahren studiert.

»Ich glaube, da schlage ich mich lieber mit Svend rum.«

»Du könntest auch überlegen, ein anderes Thema zu nehmen«, sagt Thorsten. »Ich will mich ja nicht einmischen, aber …«

»Dann lass es«, schneidet sie ihm das Wort ab. »Mir fällt schon was ein.«

Sie zielt mit der zusammengeknüllten Serviette auf

Thorstens Mülleimer und landet einen festen Treffer genau gegen die obere Innenkante. Mit einem großen Schluck leert sie ihren Becher, dieses Gespräch läuft so was von gar nicht nach Plan.

»Ich meine, sie sitzt drüben in der Bibliothek und schreibt, falls du sie noch erwischen willst.«

»Au, fuck!« Entnervt stellt Anna den Becher ab, der Kaffee rinnt brennend ihre Kehle hinab. »Was hast du gesagt? Wer sitzt in der Bib?«

APRIL 2011

Elisabeth

Während der ersten Tage war Elisabeth stumm. Ihr Kopf war leer, sie hatte keine Tränen, und als ihre Sinne sich wieder regten und sie sich in Vinters Bett liegend fand, das Gesicht in seine Decke gedrückt, in seinem Duft, schmerzte es so sehr, dass sie wünschte, sie wäre nie erwacht.

Seit dem Tag seiner Geburt hatte sie in der Angst gelebt, ihn zu verlieren. Viel zu früh, still und blau war er auf die Welt gekommen, und diese Blautöne tauchten ihr Leben in besonderes Licht. Die erste Operation erfolgte unmittelbar nach der Geburt, es dauerte lang, bis sie ihn mit nach Hause nehmen konnte. Irgendwann jedoch durfte sie seinen kleinen Körper mit den durchsichtigen Fingernägeln und dem flackernden Puls an ihre Brust legen. Sie pustete Wärme in ihn hinein, betete dafür, dass sein Herz stark genug würde, um aus eigener Kraft zu schlagen, doch erst als sie eines Tages all den bekannten Gesichtern auf der Station zum Abschied winkte und mit ihrem Sohn im Arm hinaus zu ihrem Auto wankte, erst da wagte sie ernstlich daran zu glauben, dass es ihn gab.

Sie taufte ihn Vinter, obwohl er im Frühling gekommen war, wegen seiner bleichen Haut und weil sie seine Zehen und die winzigen Fingerchen massieren musste, um das Blut zum Zirkulieren zu bringen.

Nala lag apathisch am Fußende. Es war nicht zu sagen, ob die Hündin etwas spürte oder ob Elisabeths Zustand auf sie abfärbte. In jener Zeit ließ sie das Tier nur in den Garten, sie war kaum imstande, die einfachsten Bewegungen auszuführen, um Nala zu füttern oder das trübe Wasser in der Schüssel zu wechseln. Alles schmerzte. Sie fühlte sich, als hätte sie Grippe. Trauer ist wie Gicht, dachte sie, Trauer ist eine Krankheit, die einen zerfrisst. Das Telefon klingelte, aber sie ging nicht ran. Lag bloß im Bett, strich Nala zuweilen über den Kopf, erwiderte den braunen Blick der Hündin und schloss wieder die Augen.

So vergingen Wochen. Sie überstand die Beerdigung, ohne so recht zu wissen, wie, spürte die Bewegung ihrer Beine, den harten Stuhl und die an sie gedrückten Körper. Im Büro hatten sie ihr einen Monat freigegeben, einfach so, und sie war dankbar dafür. Kurz dachte sie an ihre laufenden Projekte und den Bericht, dessen Deadline am Tag nach Vinters Tod gewesen wäre. Dann schob sie den Gedanken beiseite.

Irgendwann begann sie, durchs Haus zu wandern. Zwang sich, bei der Spielzeugkiste stehen zu bleiben, bei Vinters Stuhl am Esstisch und der Plastikunterlage auf dem Wohnzimmerboden, auf der er so gern zum Malen gesessen hatte. Abends ging sie früh mit eingeschaltetem iPad ins Bett. Vinters Decke, in der sie lebte und atmete, roch schließlich nicht länger nach ihm. Sie hatte seinen Duft aufgebraucht.

Eines Sonntagabends war der erste Monat vergangen. Die Erde auf dem Grab war gesackt, der Stein, der nicht länger der jüngste auf dem Friedhof war, hatte in Regen und Wind gestanden.

»Komm«, sagte sie zu Nala, die zunächst nicht von Vinters Bett springen wollte. »Na komm, wir gehen jetzt.«

Behutsam zog sie das Bett ab, faltete die Decke ihres Sohnes zusammen, drehte die Heizung auf eins herunter und schloss die Tür hinter sich.

An diesem Abend lief ein Reh durch den Garten. Elisabeth stand bei der Mülltonne, hatte gerade den Sack mit der Bettwäsche weggeworfen, als sie es hörte. Ein trommelnder, fremder Laut, der vom Gras gedämpft wurde. Das Tier blieb vielleicht zehn Meter entfernt von ihr stehen. Mit halb abgewandtem Kopf verharrte es dort in der Dunkelheit, sie meinte, es atmen zu hören. Keiner von ihnen rührte sich. Mein kleiner Junge ist tot, dachte sie. Und ich habe mich selbst zum Weiterleben verdammt. Vielleicht hatte sie eine unbewusste Regung gemacht, denn mit einem Mal setzte sich das Tier in Bewegung und verschwand in wildem Lauf Richtung Wald.

2

SEPTEMBER 2024

Shadi

»Shadi?«

Die Stimme ist rau und viel zu laut für die konzentrierte Stille im Lesesaal. Shadi steckt mitten in einer Gedankenkette über die Trauer als notwendige Kehrseite der Liebe, und die Unterbrechung trifft sie wie ein Schlag gegen den Hinterkopf.

»Du bist doch Shadi, oder?«

Hastig dreht sie sich um und bedeutet dem Mädchen, leise zu sein. Anna heißt sie, Shadi kennt sie aus ihrer Stammgruppe. Mit dem bauchfreien Top und Resten von Pink in den kurzen Haaren sieht sie aus, als käme sie direkt von einem Festival. Shadi hat zwar noch nie mit ihr gesprochen, trotzdem hat sie eine ziemlich genaue Vorstellung davon, wie sie ist. Sie gehört zu denen, die immer noch an den Lerngruppen festhalten, in die sie zu Anfang des Studiums von den Dozenten gesteckt wurden, weil sie leidenschaftlich bis spät in die Nacht über Simone de Beauvoir diskutiert, dabei selbstgedrehte Zigaretten raucht und die Machtstrukturen des Patriarchats verbal auseinandernimmt. So eine, die in den Seminaren eine viel zu große Klappe hat, aber vergisst, für die Klausuren zu lernen.

Gerade sieht sie ziemlich fertig aus. Ihre Augen sind blutunterlaufen, und selbst aus der Entfernung meint Shadi eine Fahne zu riechen.

»Komm mit raus«, flüstert sie.

Auf dem Weg folgen ihnen böse Blicke der anderen Studierenden. Shadi hasst es selbst, wenn jemand die Ruheregel bricht.

»Was ist?«, fragt sie, als die Tür hinter ihnen zugefallen ist.

»Wollen wir uns nicht irgendwohin setzen?«, fragt Anna, und Shadi führt sie in die Küche. Die Stühle schrappen über den Betonboden, als sie sich setzen.

»Du weißt, wer ich bin, oder?«, fährt Anna fort. Shadi nickt. »Gut. Ich hab eben mit Thorsten wegen meiner Masterarbeit gesprochen, und wie es aussieht, bin ich ein bisschen spät dran. Das heißt, er kann mich nicht betreuen. Jedenfalls nicht allein. Wenn ich aber mit jemandem zusammen schreibe, den er schon angenommen hat …«

Der Satz ist ein Haken mit einem glitschigen Wurm, den Shadi nicht schlucken mag. Statt Annas Blick zu erwidern, konzentriert sie sich auf den Ring von Emil, dreht ihn in einem fort am Finger.

Anna seufzt. »Also pass auf. Du schreibst über Trauer, ich schreibe über Trauer, wenn wir uns zusammentun, können wir uns Thorsten teilen. Ich habe meine Bachelorarbeit bei ihm geschrieben, und das war die beste Betreuung, die ich je hatte.«

»Tut mir leid«, presst Shadi hervor. Zum Glück klingt sie entschiedener, als sie sich fühlt. »Ich schreibe am besten allein. Außerdem hab ich schon angefangen.«

Sie schielt zu Anna, schaut hastig wieder weg. Dieser Blick.

»Wie lautet deine Fragestellung?«

»Die ist noch nicht ganz ausformuliert.« Shadis Beine rutschen unter dem Tisch herum, obwohl sie sich bemüht, still zu sitzen. »Ich dachte, ich schaue mir die Gründe an, warum die Trauerdiagnose eingeführt wurde, obwohl es so viel Widerstand gab. Und dann diskutiere ich die Vor- und Nachteile, sowohl ethisch als auch aus fachlich-psychologisch und eher pragmatischer Sicht.«

»Pragmatisch?« Anna speit das Wort geradezu aus. »Was meinst du denn bitte damit?«

Shadi schluckt, versucht, die richtigen Worte zu finden.

»Viele, die jetzt eine Trauerstörung diagnostiziert bekommen, hatten ja vorher auch schon eine Diagnose, nur hieß es da eben Belastungsreaktion oder Depression. Vielleicht ist es sinnvoller, die Dinge beim Namen zu nennen. Dann ist es für die Leute einfacher, die richtige Behandlung zu bekommen.«

»Perfekt!« Anna klatscht in die Hände. »Führen wir doch am besten auch eine Diagnose für Obdachlosigkeit ein, dann können wir den Leuten helfen, eine Wohnung zu finden!«

Shadi traut sich nicht, ihr zu sagen, dass diese Diagnose bereits im Z-Register aufgeführt ist.

»Manche zerbrechen völlig daran«, murmelt sie.

»Aber das heißt doch nicht, dass sie krank sind!« Annas Stimme hat einen metallenen Klang angenommen, in ihren graublauen Augen blitzt etwas Wildes. »Sie sind bestimmt einsam, vielleicht haben sie vorher schon mal jemanden verloren, oder sie haben mit anderen Dingen zu kämpfen, und jetzt hat es ihnen den Boden unter den Füßen weggerissen. Aber ob jemand vulnerabel ist oder psychisch krank, das ist ein himmelweiter Unterschied!«

»Da siehst du's«, murmelt Shadi und steht auf, um ein bisschen Abstand zu bekommen. »Wir wollen nicht mal dieselbe Arbeit schreiben.«

Anna steht ebenfalls auf. Sie ist größer als Shadi, und jetzt, da sie einander gegenüberstehen, wird Shadi bewusst, dass sie wohl auch ein paar Jahre älter ist.

»Schön!« Anna sieht nicht aus, als ob sie es auch nur im Entferntesten schön fände. »Na dann viel Spaß mit deinem pragmatischen Projekt. Herzlichen Dank für nichts!«

Nachdem Anna gegangen ist, bleibt Shadi einen Moment in der Küche allein. In ihren Füßen prickelt es, als wäre sie mit knapper Not einem auf sie zurasenden Auto ausgewichen.

Doch auf dem Weg zurück in den Lesesaal sieht sie Anna wieder. Sie steht ein Stück den Gang hinunter an die Wand gelehnt und telefoniert. Als sie die Stimme hebt, kann Shadi hören, was sie sagt: »Deshalb hab ich doch ein Attest bekommen! Ich kapiere nicht, wie ihr mich in dem Fach durchfallen lassen könnt. Ihr zerstört Leben!«

Zurück im Lesesaal sinkt Shadi auf ihren Platz und versucht, sich daran zu erinnern, wo sie stehen geblieben war, aber sie ist viel zu aufgewühlt. Da sieht sie, dass eine Mail von Thorsten gekommen ist. Rasch überfliegt sie die Nachricht, schließt die Augen und legt den Kopf in den Nacken. Er war es also, der Anna geraten hat, sich an sie zu wenden. Wie Thorsten schreibt, wäre es eine große Hilfe, wenn Shadi eine Zusammenarbeit in Erwägung ziehen würde. Die Mail schließt mit den Worten, *Es ist natürlich dein gutes Recht, Nein zu sagen*, aber das stimmt ja nicht.

Ihr Hals schnürt sich zusammen. Nicht genug damit, dass Anna sie hasst, Shadi hat sich auch, ohne es zu wissen, dem Wunsch ihres Betreuers direkt widersetzt. Mechanisch beginnt sie, ihre Sachen zusammenzupacken, heute bringt sie sowieso nichts mehr zustande. Wenn es angeblich so gesund ist, Grenzen zu setzen, denkt sie und schaltet die Leselampe aus, warum fühlt es sich dann dermaßen mies an?

Thorsten

»Oh, hallo.« Thorsten betritt den Besprechungsraum, in dem Elisabeth, die Forschungsleiterin von Danish Pharma, bereits Platz genommen hat. »Sie sind heute also auch noch mal dabei?«

Elisabeth hat sie bei der Trauerstudie beraten und an einigen der Besprechungen teilgenommen. So eine Zusammenarbeit zwischen Universität und Industrie ist höchst ungewöhnlich, war jedoch eine der Bedingungen dafür, dass die Universität Aarhus bereits in einer solch frühen Phase das neue Trauermedikament untersuchen durfte. Und obwohl Thorsten anfangs dagegen war, muss er einräumen, dass bis jetzt alles reibungslos verlaufen ist.

Elisabeth schaut von ihrem Smartphone auf und grüßt ihn.

»Soweit ich informiert bin, steht ihr kurz vor dem Abschluss«, sagt sie. »Für meinen Teil dürfte es also das letzte Mal sein.«

Thorsten wählt einen Platz an der Längsseite aus. Elisabeth hat sich ans Kopfende gesetzt, und Kamilla, seine Chefin, möchte mit Sicherheit an das andere Ende.

»Wer war eigentlich die junge Frau, mit der Sie da vorhin gesprochen haben?«, fragt Elisabeth. »Groß, kurze Haare, sehr passioniert?« Sie weist mit dem Kinn zum Gang, und auf einmal durchbricht ihr Lächeln die

Aura fast schon übertriebener Professionalität, die sie für gewöhnlich ausstrahlt. »Ich habe mehrere Stunden im Büro neben Ihrem gesessen, das Gespräch war kaum zu überhören.«

»Ah, das muss Anna gewesen sein«, sagt Thorsten, »eine meiner Studierenden. Sie hat manchmal eine ziemlich große Klappe. Immer kontra, Sie wissen schon.«

In diesem Augenblick kommt Kamilla in Begleitung von Cecilie und Svend herein. Kamilla geht zu Elisabeth, wechselt einige Worte mit ihr, derweil stellt Cecilie eine Springform auf den Tisch. Svend lässt sich mit gequälter Miene auf den Platz neben Thorsten fallen.

»Mann, ich sag dir«, schnaubt er. »Jeder Versuch, einen Psychologiestudenten auch nur einen Hauch von Verständnis für die Funktionsweise des Gehirns zu lehren, ist, als würde man einem Neugeborenen beibringen, Saxofon zu spielen.«

Um sie herum nehmen die übrigen Mitglieder des Forschungsteams ihre Plätze ein.

»Kuchen?« Cecilie reicht Svend einen Teller. »Der ist mit Mandelmehl gebacken, also leider nichts für dich, Thorsten.«

»Schade«, meint er, doch als er die Masse aus Nüssen und Trockenfrüchten, die Cecilie als Kuchen bezeichnet, betrachtet, ist er ausnahmsweise einmal froh über seine Allergie.

»Guten Tag allerseits.« Die Gespräche um den Tisch verstummen, als Kamilla das Wort ergreift. »Herzlich willkommen zu einem der letzten Treffen, bei denen das ganze Team versammelt ist.« Sie nickt zunächst Miguel zu, Oberarzt am Skejby Krankenhaus, dann Jesper, dem Chefpsychologen des Nationalen Trauerzentrums, der im Grunde nur zu den Meetings kommt. »Ich würde vorschlagen, wir nutzen die Zeit heute, um über die vorläufigen Ergebnisse zu sprechen, die Anton uns gleich präsentieren wird. Daher ist auch Elisabeth dabei, falls es noch letzte Fragen gibt.«

Sie lächelt Elisabeth zu und lässt anschließend den Blick über jedes einzelne Gesicht in der Runde gleiten.

»Wichtig ist, dass wir hinsichtlich der gewonnenen Erkenntnisse zu einem gemeinsamen Ergebnis gelangen. Callocain wird in der nächsten Zeit bis zur Zulassung immer stärker in den Fokus der Aufmerksamkeit rücken, und meine Hoffnung ist, dass unsere Studie einen Beitrag zu einer schon jetzt deutlich polarisierten Debatte leisten kann.«

Allgemeines Nicken. Neben Thorsten mümmelt Svend laut vernehmbar den augenscheinlich extrem pappigen Kuchenverschnitt.

»Wie ihr wisst, hat Anton unter Hochdruck an der Auswertung der Daten gearbeitet.« Kamilla weist mit der Hand auf Anton, der für die statistische Bearbeitung der von Thorsten und den anderen erhobenen Daten zuständig ist. »Sie sind der Ertrag unserer gesamten Arbeit und bilden die Grundlage, auf der unsere Artikel aufbauen werden, es wird also spannend. Anton, gibst du uns einen Überblick?«

Anton, der mit Nachnamen Maninnen heißt und sicher finnische Wurzeln hat, steht auf und lässt einen Stapel gehefteter Blätter herumgehen.

»Unsere Testgruppe hat sich bekanntlich aus knapp vierhundert Patienten mit einer diagnostizierten anhaltenden Trauerstörung zusammengesetzt«, beginnt er. »Eine Hälfte wurde mittels Losverfahren der medikamentösen Intervention mit Callocain zugeteilt, während die andere Hälfte Kalktabletten erhalten hat, und die erste große Erkenntnis ist, dass wir dieselbe gute Wirkung sehen wie schon Elisabeth und ihr Team bei Danish Pharma. Bei fünfundsiebzig Prozent der Interventionsgruppe hat die Einnahme der Callocain-Tabletten eine gewisse oder deutliche Wirkung gezeigt, was ja sehr schöne Zahlen sind, verglichen beispielsweise mit Depression oder Schizophrenie.«

Während Anton weiterspricht, beobachtet Thorsten Elisabeth. Sie hört mit einem kleinen Lächeln um die Mundwinkel zu, wirkt jedoch weder überrascht noch erleichtert. Als bekäme sie lediglich etwas bestätigt, was sie ohnehin bereits weiß.

»Neben den kognitiven und persönlichkeitsbezogenen Untersuchungen beinhaltet unser Testapparat bekanntlich das eigentliche Trauerscreening, ein zweigeteilter Test mit Schwerpunkt auf Empathie und einer Reihe Hirnscans, mittels derer wir uns ein Bild davon machen, wie die Studienteilnehmer sich an die Toten erinnern. Und in ebendiesen Scans liegt meiner Auffassung nach der Schlüssel für die Wirksamkeit.«

Anton wischt sich hastig über die schweißglänzende Stirn. Er unterstützt auf Projektbasis verschiedene Institute, wenn Bedarf für statistische Assistenz besteht, und Thorsten arbeitet zum ersten Mal mit ihm zusammen. Seinem Gefühl nach gehört der Zahlennerd zu der Sorte Mitarbeiter, die im Maschinenraum Gold wert sind, jedoch ins Schwimmen geraten, wenn sie zu weit ins Rampenlicht gezogen werden.

»Im Rahmen der Scans wurden den Trauernden etliche neutrale Bilder von Landschaften, fremden Menschen und so weiter gezeigt, gemischt mit einigen privaten Aufnahmen ihrer verstorbenen Angehörigen. Hier seht ihr das Resultat.« Anton blättert einige Seiten im Handout vor und deutet auf die entsprechende Stelle. »Die Interventionsgruppe reagierte weniger stark auf die Bilder ihrer Verstorbenen als die Kontrollgruppe, sowohl im Hinblick auf Hirnaktivität als auch auf den Puls.«

Thorsten schaut auf das Diagramm und die über das Papier tanzenden Punkte. Irgendwo auf diesen Graphen befinden sich Birgit, Mikkel und all die anderen, die er getestet hat. Sie haben im riesigen Bauch des Scanners gelegen. Der Blutfluss in den verschiedenen Arealen des Hirns hat sie in blauen, gelben und rötlichen Nuancen aufleuchten lassen, und Anton erklärt anhand der Bilder, dass die vielen Scans zusammengenommen jeweils den Prototypen eines trauernden Gehirns mit Callocain-Behandlung und ohne ergeben.

»Wie Sie sehen können, besteht bei denjenigen die

Callocain bekommen haben, eine verminderte Aktivität der beteiligten Areale. Insbesondere Amygdala und Hippocampus sind hier interessant, da sie nicht annähernd so stark aufleuchten wie bei der Kontrollgruppe.« Anton nimmt seine Lesebrille ab. »Zusammenfassend lässt sich sagen, dass die Interventionsgruppe sich weniger deutlich oder zumindest weniger emotional an ihre verstorbenen Angehörigen erinnert. Die Erinnerungen sind bei Einnahme der Tabletten vereinfacht gesagt weniger schmerzhaft.«

»Sehr interessant.« Kamilla lächelt ihn an. »Vor allem, wenn man unsere anderen Tests hinzuzieht, die weder Zeichen eines allgemeinen Gedächtnisschwunds noch sonstige kognitive Defizite in Verbindung mit den Tabletten ergeben haben.«

Elisabeth neigt den Kopf zu einem kaum merklichen Nicken.

»Wir hatten Glück mit unserem Target«, sagt sie. »Und natürlich freut mich ungemein, dass eure Studie die Ergebnisse untermauert, die wir bei Danish Pharma bereits dokumentiert haben.«

Rikke, ihr Postdoc am Institut, und einige der anderen Teammitglieder stürzen sich in eine Diskussion über die Bedeutung kognitiver Defizite bei Trauerleidenden, und Thorstens Gedanken schweifen ab. Er blättert das Handout durch, bis er bei den Tests anlangt, die er selbst mitdurchgeführt hat. Die steigenden und fallenden Kurven starren ihm von der Seite entgegen. Er freut sich schon auf die anstehende Detektivarbeit, wenn es daran geht, zu verstehen, was sie da eigentlich gefunden haben.

Anna

Es ist kurz vor eins, Anna kauft sich ein Sandwich in der Bibliothekskantine und schlingt es an einem der Bistrotische runter. Sie hat keine Ahnung, was sie machen soll. Shadi hat sich glasklar ausgedrückt, und Svend hat kaum den Blick von seinem Computerbildschirm gehoben, als er ihr mitteilte, dass sie bereits die Dritte diese Woche sei, der er für die Betreuung der Masterarbeit eine Absage erteilen müsse. So nah dran, und jetzt entgleitet ihr alles. Warum schafft sie es nie, etwas festzuhalten?

Kaum hat sie sich den letzten Bissen in den Mund gestopft, prallt sie um ein Haar gegen eine Frau mit einem dicken Wälzer unter dem Arm und einem vollen Becher, der ganz knapp nicht überschwappt.

»Hi.«

Die Frau lächelt Anna an. Sie hat volles, lockiges Haar, und wie sie hier mitten im Café steht, scheint ein Leuchten von ihr auszugehen.

»Hi«, antwortet Anna dümmlich, und erst da tritt die Frau zur Seite, damit sie vorbeikann.

»Oder magst du vielleicht noch einen Moment sitzen bleiben?« Sie weist mit dem Kinn auf den Stuhl, von dem Anna eben aufgestanden ist.

Dass jemand derart unverhohlen mit ihr flirtet, kommt selten vor, zumindest am helllichten Tag. Und wäre Anna nicht so wütend und alles so ein elendes Chaos, hätte sie die Einladung bestimmt angenommen, um zu schauen, was sich ergibt.

»Das ist lieb«, sagt sie stattdessen. »Aber ich muss los.«

Kurz darauf strampelt sie so schnell durch die Stadt, wie ihr ächzendes Fahrrad es erlaubt.

»Du bist total abgemagert, da sind ja überhaupt keine Muskeln mehr! Hast du mal in den Spiegel geguckt?«

Isam grinst, hebt ihren erschöpften rechten Arm hoch und kneift in den Bizeps. Sie reißt den Arm zurück.

»Entspann dich!«

Er tänzelt weg, immer noch grinsend.

»Ich geh an den Sack.«

Eigentlich kann sie nicht mehr, aber sie muss dringend wieder in Form kommen, außerdem hat er recht, sie hat abgenommen. Ihre Kondition ist auch schlechter geworden, sie ist schon außer Puste, bevor ihre Beine übersäuern.

Die ersten Schläge sitzen gut. Präzise, schnell aus der Deckung heraus, schnell wieder zurück, ein solcher Treffer gegen den Kopf, und es würde sogar einen Mann zu Boden bringen. Die Rufe der anderen erfüllen die Luft, der beißende Schweißgeruch kitzelt in der Nase. Sie wechselt zwischen Geraden und Haken, wirbelt herum und versetzt dem Boxsack einen harten Kick in die Seite. Was soll sie bloß mit ihrer Masterarbeit machen? Muss sie sich wirklich ein neues Thema suchen? Sie kickt erneut.

»Weiter so!« Isam taucht neben ihr auf. »Los, schlag zu!«

Sie spürt selbst, wie die Technik mit zunehmender Erschöpfung schlampiger wird. Ihre Füße rutschen über den schweißfeuchten Boden, ihre Knöchel brennen. Dazu diese verdammte Sache mit dem verpatzten Neuro-Seminar. Als sie ging, meinte Thorsten, sie solle Einspruch einlegen, aber das sagt sich so leicht. Thorsten hat keine Vorstellung, wie kompliziert das alles ist.

»Pass auf den Ellbogen auf«, hört sie Isam sagen und weiß, dass er recht hat, aber ihr fehlt die Kraft, es zu korrigieren. Trotzdem schlägt sie weiter, bis es ihr in den Ohren pfeift, sie krümmt sich über die blaue Matte und erbricht ihren Mageninhalt in einem sauren Schwall.

»Scheiße!« Aus dem Augenwinkel sieht sie Isam angewidert das Gesicht verziehen. »Das machst du aber selbst weg.«

Er verschwindet hinüber zu einer Gruppe gaffender Jugendlicher. Anna steht gebückt und spuckt in die Lache zu ihren Füßen, während sich ihr Zwerchfell in Wellen zusammenzieht.

Shadi

Die Gurke ist von gestern, trotzdem riecht Shadi daran, drückt vorsichtig die grüne Schale. Zufrieden teilt sie ein Stück in zwei Hälften, bestreut beide mit Salz und geht zum Sofa. Von hier kann sie das Meer sehen, durch die Windböen wirkt es, als würde eine Riesenkrake am Grund sitzen und Tinte an die Oberfläche spritzen.

Heute bleibt sie zu Hause, auf dem Esstisch warten bereits stapelweise Bücher. Offiziell ist ihre Masterarbeit erst vor anderthalb Wochen angelaufen. Anna hat den Finger auf einen wunden Punkt gelegt, als sie sich nach der genauen Fragestellung erkundigte. Shadi hat immerhin eine grobe Vorstellung, worüber sie schreiben will, und als ihr die Idee letztes Jahr kam, klang sie sowohl interessant als auch wichtig, zumindest hat sie sich das eingebildet. Jetzt, da es so weit ist, erscheint ihr die Masterarbeit vor allem als unüberschaubare Menge loser Buchstaben, die mühsam sortiert und von einem Stapel auf einen anderen gebracht werden müssen.

Nachdem sie die Gurke gegessen hat, kann sie es nicht länger hinauszögern. Sie entscheidet, mit der Definition der Diagnose weiterzumachen. Die ursprüngliche Bezeichnung lautet *Prolonged Grief Disorder*, was ihr eigentlich besser gefällt als die Übersetzung »anhaltende Trauerstörung«. Wer will schon eine anhaltende Störung haben, wenn es auch mit verlängert getan ist?

Sie hackt in die Tastatur. Ob sie alle Diagnosekriterien im Einzelnen durchgehen soll, reicht ein Überblick? Das muss sie Thorsten in der nächsten Sprechstunde fragen. Für den Augenblick begnügt sie sich damit, zu notieren, dass das Verlangen und die Sehnsucht nach dem Verstorbenen die Hauptmerkmale der Störung sind und sie sich vor allem dadurch von anderen Leiden wie etwa einer Depression unterscheidet.

Wie immer speichert sie das Dokument mehrfach beim Schreiben, trotzdem fühlt sie sich nie ganz sicher. Dinge verschwinden, ein Computer kann abstürzen, und dann ist alles weg. So was kommt vor. Hör jetzt auf, ermahnt sie sich selbst, als sie die Datei zum zweiten Mal in ihre Dropbox hochlädt, sie ist doch schon gespeichert. Aber sie kann nicht anders.

Im ersten Semester hatten sie Sozial- und Persönlichkeitspsychologie, und im Seminar, das von einem aufstrebenden Doktoranden gehalten wurde, haben sie alle einen Persönlichkeitstest gemacht, um die Theorie am eigenen Leib auszuprobieren. Der Dozent hatte betont, dass es weder gute noch schlechte Ergebnisse gäbe, aber natürlich gab es die. Ein hoher Wert im Neurotizismus, der Kontrolle von Gefühlen, steht beispielsweise im Zusammenhang mit psychischer Erkrankung und einem frühen Tod. Offenheit, eine Kategorie, in der Shadi katastrophal schlecht abgeschnitten hat, war ein allseits beliebter Parameter, während niemand sie um die Eigenschaft beneidete, in der sie mit Abstand am meisten punktete. Denn alle wussten, was Gewissenhaftigkeit bedeutete, und genau so sahen die anderen sie: quadratisch, praktisch, langweilig.

Andererseits, denkt sie und öffnet das Dokument, das sie für Quellenangaben und mögliche weitere Sekundärliteratur erstellt hat, sind es ebendiese Qualitäten, dank derer sie das Psychologiestudium als eine der Jahrgangsbesten abschließen wird.

»Hi, Schatz!«

Emil ist eine Welle aus Energie, die in die Wohnung strömt, obwohl sie seiner Stimme anhört, dass er groggy ist. Sie geht zu ihm in die Küche, wo er gerade eine Einkaufstüte auspackt.

»Wie war dein Tag?«, fragt er und küsst sie. »Was Neues von deiner verkaterten Freundin, mit der du die Masterarbeit schreibst?«

Shadi weiß, dass sie die Angewohnheit hat, ihr Studentenleben etwas schillernder zu beschreiben, als es in Wahrheit ist. Einmal hat sie, um Emil zum Lachen zu bringen, einen verrückten Anruf von jemandem erfunden, der sich angeblich verwählt hatte, und vielleicht hat sie gestern ein bisschen dick aufgetragen, als sie von ihrem Zusammenstoß mit Anna erzählt hat.

»Sie hat vorhin geschrieben«, sagt sie, nimmt ihm die Packung Tomaten aus den Händen und beginnt, eine nach der anderen zu waschen. »Aber ich hab noch nicht geantwortet.«

»Was wollte sie?«

Emil hackt mit sicheren Bewegungen eine Schalotte, Shadi dreht das Wasser ab und stellt sich hinter ihn. Schmiegt ihre Wange in die Mulde zwischen seinen Schulterblättern, die sich anfühlt, als wäre sie genau für sie geschaffen, und versucht, ihren Atem mit seinem zusammenfließen zu lassen.

»Sie will sich mit mir treffen, sie behauptet, sie hätte etwas, das mich dazu bringen wird, meine Meinung zu ändern. Glaubst du, das ist eine Falle?«

Sein Lachen ist ein tiefes Brummen an ihrer Wange.

»Klar ist das eine Falle«, sagt er. »Vor der musst du dich in Acht nehmen, Schatz. Die ist gefährlich!«

JULI 2011

Elisabeth

Elisabeth hatte alles, was an Vinter erinnerte, sorgfältig in seinem Zimmer eingeschlossen, doch damit konnte sie die Zeit weder vor- noch zurückdrehen. Wie findet man wieder einen Sinn im Leben, wenn dieser eine Mensch, der einem alles bedeutet hat, verloren ist? Denn so fühlte es sich an. Sie hatte ihr Kind verloren. Und weil Vinter ihre Stunden gefüllt und sie ihm zuliebe Tag für Tag eine schier endlose Abfolge an Bewegungen ausgeführt hatte, stand sie nun ohne Richtung da. Alle Zärtlichkeit, die sie an sich entdeckt hatte, hatte ihm gegolten. Die Vorsicht, mit der sie seinen kleinen Körper hielt, als sie ihn als Säugling badete, die Zärtlichkeit, mit der sie sein helles Haar kämmte und an den weichen Wangen schnupperte, all das war heimatlos geworden, ohne ihn kehrte ihre frühere Härte dreifach verstärkt zurück. Entweder das oder der totale Zusammenbruch.

Ihr Körper funktionierte wie gewohnt, äußerlich betrachtet war vieles sicherlich unverändert. Aufstehen, duschen, frühstücken, zur Arbeit fahren. Ihre Lippen formten sich routiniert zu Vokalen und Konsonanten, ihre Finger brachten flimmernde Stränge aus Ziffern und Buchstaben an Bildschirmen hervor. Doch innerlich war es spürbar. Die Richtung fehlte.

Wenn sie nach einem langen Tag spätabends nach Hause kam, lief Nala ihr so freudig entgegen, dass der moppelige Hundeleib wedelte. Tagsüber bezahlte Elisabeth die Nachbarstochter teuer, um sich nicht mit dem Tier beschäftigen zu müssen. Das Einzige, woran sie beim Anblick der Hündin denken konnte, war der Mensch, der fehlte.

»Auf deinen Platz!«, befahl sie, musste es jedoch drei-, viermal wiederholen, bevor Nala resigniert ein letztes Mal warm über ihre Hand leckte und zurück in ihren Korb trottete. Dort lag sie, während Elisabeth rastlos durchs Haus irrte. Häufig trank sie ein Glas Wein, bisweilen mit zwei Valium dazu, und sagte sich, das sei die Belohnung dafür, einen weiteren Tag überstanden zu haben. Manchmal ging sie joggen, das half auch, und je mehr Kilometer sie sich abrang, desto leichter fiel ihr das Einschlafen. Warum sie aber derart kämpfte, um sich am Leben zu halten, warum sie nicht einfach aufgab, das begriff sie selbst nicht.

Eines Samstags fuhr sie zum Secondhandladen, um Vinters Kleidung abzugeben. Sie stellte die schwarzen Säcke direkt hinter der Eingangstür ab und winkte der Frau hinter dem Tresen entschuldigend zu, bevor sie wieder hinaushastete.

Die Spielsachen verschenkte sie an Freunde und Bekannte, die Möbel und alles Übrige warf sie weg.

Ihre Lieblingsfotos ließ sie in seinem Zimmer hängen, darunter eines von seinem ersten Geburtstag und das aus dem Kindergarten, auf dem in dem weichen Gesicht bereits die Züge des älteren Jungen zu erahnen waren. Wenn die Sehnsucht sie zu überwältigen drohte, suchte sie dort im leeren Kinderzimmer Zuflucht. Sobald sie die Tür aufschloss, drückte sich Nala mit einem eifrigen Winseln an ihr vorbei, als glaube sie, Vinter hätte sich bloß dort drinnen versteckt. Minutiös suchte die Hündin sämtliche Ecken mit ihrer feuchten Schnauze ab, um schließlich verwirrt zu Elisabeth zu schauen. Vinter war der geworden, der nirgends war und gleichzeitig überall.

3

SEPTEMBER 2024

Thorsten

Als Thorsten an diesem Morgen sein Büro betritt, nickt er wie immer dem Porträtfoto seines ehemaligen Mentors über dem Sofa zu. Er hat es selbst bei Hudsons Abschiedsvorlesung geknipst, und nun hängt es hier als Erinnerung an das Credo des verstorbenen Professors, niemals das System über den Menschen zu stellen, sondern stets den Einzelnen zu betrachten.

Leider hat das Bild den Nachteil, dass es Thorsten gleichzeitig an bessere Zeiten mit weniger Verwaltungsaufwand und erheblich mehr Zeit für die Forschung erinnert – jedenfalls kommt es ihm in Retrospektive so vor.

Mikkel, der Patient von neulich, hat sich immer noch nicht gemeldet, obwohl Thorsten mehrfach angerufen und Nachrichten hinterlassen hat. Und vielleicht ist es Hudsons scharfer Blick von der Wand, der ihn an diesem Morgen als Allererstes die Datei mit den Kontaktinformationen öffnen und die Nummer von Mikkels Schwester wählen lässt.

»Louise«, meldet sich eine raue Stimme.

Thorsten nennt seinen Namen und den Grund des Anrufs. Da die Schwester bei Mikkels Vorgespräch zu

Beginn des Projekts dabei war, erscheint es ihm keine Verletzung der Schweigepflicht.

»Immer, wenn wir es wie hier mit verletzlichen Menschen zu tun haben, versuche ich nachzuhorchen, wenn jemand einen Termin verpasst«, erklärt er.

»Er ist im Moment echt schwer zu erreichen«, sagt Louise. »Ich habe mich gefragt, ob es ihn vielleicht schmerzt, mit mir und den Kindern zusammen zu sein, jetzt, wo er völlig allein ist. Er hat nichts dergleichen gesagt, aber das könnte doch sein, oder?«

Ihre Aufrichtigkeit hat etwas Rührendes, Thorsten stimmt Louise zu.

»Sonst ist Ihnen in letzter Zeit aber nichts aufgefallen?«, erkundigt er sich. »Es könnte alles Mögliche sein. Haben sich vielleicht seine Interessen oder seine Stimmung verändert, irgendetwas an seinem Wesen?«

»Also, er ist aus dem Fußballverein ausgetreten, wo er die Kids trainiert hat. Das war das Einzige, was er nach dem Unfall beibehalten hat, er war dort über zehn Jahre aktiv.«

Thorsten notiert sich die Antwort, davon hatte Mikkel nichts erwähnt.

»Aber Sie haben nicht den Eindruck, dass er wieder stärker unter der Trauer leidet?«

»In letzter Zeit? Nein, ich denke nicht«, antwortet Louise. »Vielleicht ist er ein bisschen kurz angebunden, aber eigentlich ist er erstaunlich gut gelaunt.« Da begreift sie, worauf Thorsten hinauswill. »Sie glauben doch nicht, dass ihm etwas zugestoßen ist?«

»Nein, nein«, sagt Thorsten rasch, »gar nicht. Ich bringe nur gerne alles zu einem ordentlichen Abschluss.«

Das scheint sie zu beruhigen, und sie verspricht, ihrem Bruder auszurichten, dass er anrufen soll, sobald sie von ihm hört.

Einige Stunden später ist Thorsten gerade dabei, das Abendessen zu machen, da ertönt die charakteristische Skype-Melodie auf seinem Laptop. Das muss Andreas sein. Bis jetzt haben sie im Großen und Ganzen wie vereinbart einmal die Woche miteinander gesprochen, aber das letzte Mal war die Verbindung einfach zu schlecht.

»Moment«, sagt er, nachdem er auf den grünen Hörer geklickt hat. Die Luft in der Küche ist dick vom Bratrauch, deshalb öffnet er rasch das Fenster und schaltet die Platte aus, obwohl er das Fleisch eben erst in die Pfanne gegeben hat. Dann setzt er sich mit dem Laptop ins Wohnzimmer.

»Hi, Pa.« Andreas sieht weit weg und glücklich aus auf der verpixelten Übertragung. Seine Haare sind so lang geworden, dass er sie zusammenbinden kann. Das Gespräch beginnt etwas stockend, trotzdem sind sie besser geworden im Vergleich zu anfangs, haben quasi einen Rhythmus gefunden. Und obwohl Thorsten es ungern zugibt, spricht er jetzt, da Andreas durch Asien reist, mehr mit seinem Sohn als vorher zu Hause in Aarhus.

»Morgen geht's weiter«, erzählt Andreas. »Zusammen mit einem, den ich neulich beim Wandern getroffen habe.«

»Ach so?« Thorsten hatte gedacht, Andreas wolle eine Weile in Guilin bleiben, aber die Pläne ändern sich ständig. »Hast du schon gepackt?«

Andreas lacht, dass es knistert.

»Ich hab doch bloß den hier, Pa.« Er dreht den Bildschirm und klopft auf den Rucksack, der an der Wand lehnt. »Der ganze Mist, den man zu Hause anhäuft«, er schüttelt den Kopf, »alles nutzloser Shit, denk nur mal an deinen Keller. Ich hab hier alles, was ich brauche.«

Thorsten kann sich ein Schmunzeln nicht verkneifen. Jeder Generation ihre Rebellion, das ist sicher alles richtig so, sowohl was die Frisur als auch was den Idealismus angeht.

»Im Keller sind ja auch einige Sachen von dir«, bemerkt er. »Aus der Zeit, als du klein warst. Vielleicht können wir die Kisten irgendwann mal zusammen durchgehen.«

Es kommt ihm vor, als wäre es ein ganzes Leben her, dass Anita das Auto gepackt hat, einen blassen Andreas auf den Rücksitz setzte und davonfuhr zu ihrem neuen Zuhause in Åbyhøj. Einem neu gebauten Reihenhaus mit offenem Dachstuhl. Das hat sie tatsächlich gesagt, als sie Thorsten ihr Vorhaben mitteilte, als ob dieser Dachstuhl irgendetwas bedeutete, wo sie gerade dabei war, ihn nach fünfzehn gemeinsamen Jahren zu verlassen.

»Was ist mit dem Klavier?«, fragt Andreas. »Hast du das noch?«

»Na klar.«

Thorsten erinnert sich genau daran, wo sie es hingestellt haben: hinten an die Wand, rechts neben das Fenster. Erinnert sich an den Druck hinter den Augen an dem Tag, als Andreas brüllte, dass er dieses dämliche Ding hasse und nicht mehr zu Besuch kommen würde, wenn Thorsten ihn weiter zwang, darauf zu spielen.

»Ich vermisse dich«, sagt Thorsten, und man kann ja viel sagen, aber dieses Lächeln hat Andreas von ihm.

»Ich dich auch«, sagt Andreas und streckt die Hand aus, als wäre der Bildschirm eine Art Fenster und sie beide wären nicht durch Tausende Kilometer getrennt. Als Thorsten es ihm gleichtut, ist es fast, als würden sie sich berühren.

Shadi

Es war Annas Idee, sich in einem Café in der Innenstadt zu treffen statt in der Bibliothek. Shadi hasst Cafés. Viel zu viele Menschen auf viel zu wenig Raum, man weiß nicht, wie es um die Hygiene in der Küche bestellt ist, und der ganze Prozess, Kontakt mit einer Bedienung aufzunehmen, ist eine Demütigung, die sie sich möglichst erspart.

»Also«, sagt sie, »du wolltest mir etwas zeigen?«

Anna jedoch lehnt sich kippelnd zurück und mustert sie prüfend hinter halb gesenkten Wimpern.

»Erst musst du mir sagen, welche Note du letztes Jahr in Klinischer Psychologie hattest.«

Am liebsten würde Shadi erwidern, dass sie das nichts angeht. Andererseits ist allgemein bekannt, dass Thorsten mit guten Noten geizt, vor allem in diesem Fach, wo eine Zwei bei ihm einer Eins bei den meisten anderen entspricht.

»Eine Zwei.«

»Ha!«, ruft Anna und lässt den Stuhl zurück nach vorn kippen. »Da hast du deinen ersten Grund, warum du mit mir zusammen schreiben solltest. Ich weiß genau, wie Thorsten tickt, *we are like that.*«

Sie illustriert es, indem sie Zeige- und Mittelfinger umeinanderschlingt.

»Also hattest du die Eins?«

Unter den Seminarteilnehmern wurde gemunkelt, dass irgendwer es geschafft habe, Thorsten eine Bestnote abzuringen, aber Shadi wäre im Traum nicht auf die Idee gekommen, Anna könnte diejenige sein.

»So sieht's aus. Bei meiner Bachelorarbeit hat er sich sehr viel mehr Zeit genommen, als nötig gewesen wäre, den Kontakt zu einem Experten in Kanada hergestellt und was weiß ich noch alles. Da hatte ich auch eine Eins. Nicht dass mir das so wahnsinnig wichtig wäre, ich hab gerade eine Fünf in Entwicklungspsychologie bekommen. Aber wenn mich mein Gefühl nicht allzu sehr täuscht, bedeuten dir solche Dinge etwas mehr.«

In diesem Moment kommt die Bedienung mit dem Essen. Anna schlägt sofort die Zähne in ihren vegetarischen Burger, sodass Rotkraut und Tomaten herausquellen, kurz darauf ist sie verschmiert mit Guacamole. Sie hat etwas Überwältigendes, egal ob sie aufgebracht ist, so wie neulich, oder aber wie heute gut drauf. Als würde sie es geradezu darauf anlegen, eine Reaktion zu provozieren.

»Kann sein.« Mehr fällt Shadi als Antwort nicht ein, das alles ist ja total schräg. Was von Weitem nach Mitleidsprojekt gerochen hat, könnte sich am Ende als vorteilhaft herausstellen. Bislang hat sie bei Thorsten nicht im Ansatz das Engagement bemerkt, von dem Anna da spricht. Seine fachliche Kompetenz entspricht genau ihren Erwartungen, aber er ist freundlich auf eine distanzierte Weise, jedes Mal denkt sie, dass er ihren Namen vergessen hat, sobald sie aus der Tür ist. Gleichzeitig ärgert sie die Sache mit den Noten, und sie ist drauf und dran, Anna nach ihrem Durchschnitt zu fragen. Das Problem ist nur, dass sie Anna glaubt. Zensuren sind ihr tatsächlich egal.

Shadi stochert in ihrem Sandwich herum. Die Avocado schmeckt nach nichts und ist so hart, dass sie sie kaum runterkriegt, aber soll sie sich wirklich trauen, sie herauszupicken? Vorsichtig legt sie ein Stück zur Seite.

»Was ist los?«, fragt Anna.

»Nichts, die Avocado ist bloß nicht richtig reif.«

Anna streckt den Arm über den Tisch und stupst das Stück mit ihrer Gabel an.

»Frag, ob du eine neue kriegst.«

»Nein, nicht so schlimm, ich sortiere die harten Stücke einfach aus.«

Nachdem sie ein bisschen gepult hat, findet sie ein weiteres Stück und schiebt es an den Tellerrand.

»Dein Ernst jetzt?«

Bevor Shadi reagieren kann, hat Anna die Bedienung gerufen.

»Wir hätten gern ein neues Sandwich, das heißt, falls ihr eine reife Avocado habt«, sagt sie und deutet auf Shadis Teller. »Die da ist steinhart.«

Shadi kann der Bedienung nicht in die Augen sehen. Aber zehn Minuten später, gerade als Anna Shadi ihre, wie sie es nennt, großartige, fast schon allumfassende Fragestellung präsentieren will, bekommt sie ein neues Sandwich und ein Glas Saft als Entschuldigung.

»Danke schön«, murmelt sie, ohne so recht zu wissen, ob es an Anna oder die Bedienung gerichtet ist.

Anna

In einem Anfall von Enthusiasmus nimmt Anna ein Buch über das duale Prozessmodell der Trauerbewältigung mit in die Küche und beginnt zu lesen, während sie sich nach dem Joggen dehnt. Die Welt steht ihr wieder offen. Nach dem Gespräch mit Thorsten neulich war sie kurz davor, alles hinzuschmeißen, aber jetzt ist sie Anna, die ihre Traumabschlussarbeit mit ihrem Traumbetreuer schreibt. Zwar mit Shadi an der Backe, aber diesen Preis ist sie bereit zu zahlen. Nun hat sie einen Plan mit einer Ziellinie in fünfeinhalb Monaten, wenn sie Abgabe haben.

Immer noch außer Puste, trinkt sie ein paar Schlucke Leitungswasser direkt aus dem Hahn und dehnt den anderen Oberschenkel. Trauer, liest sie, muss verstanden werden als ein Hin- und Herschwingen zwischen dem unerträglichen Schmerz des Verlusts und einem geistigen Vermeidungsverhalten, welches das Selbst vor den heftigen Gefühlen zu schützen versucht. Gähn. Die Autoren sprechen von verlustorientierten Stressoren versus wiederherstellungsorientierten Stressoren, und eigentlich sollte sie *Stressoren* sicherheitshalber noch mal nachschlagen. Aber schnell passiert, was immer schon ein Problem war und nur noch schlimmer geworden ist: Angesichts der steifen akademischen Sprache streicht sie die Segel.

Frustriert geht sie auf Wikipedia. Da versteht man wenigstens was. In den USA wurde die Trauerdiagnose bereits 2013 in den Anhang der Behandlungsleitlinien aufgenommen, während die Weltgesundheitsbehörde Trauer als psychiatrisches Krankheitsbild 2018 hinzugefügt hat. In Dänemark wurde die anhaltende Trauerstörung erst Anfang 2020 eingeführt, als Anna googelt, findet sie Zeitungsartikel, die bis ins Jahr 2014 zurückreichen. Die meisten sind kritisch und tragen Überschriften wie *Die kranke Kehrseite der Liebe* und *Heilung auf Rezept.* Das *Kristeligt Dagblad* zeigt sich etwas gemäßigter in einem Essay vom letzten Jahr über Menschen, die gern vor allen unangenehmen Herausforderungen gefeit sein möchten, dabei jedoch riskieren, ihren ethischen Kompass zu verlieren. Anna lächelt in sich hinein, das dürfte das erste Mal sein, dass sie mit dieser Zeitung einer Meinung ist.

Als ihre Wade zu krampfen anfängt, legt sie das Handy weg und geht eine Runde durch die Wohnung. Kurz überlegt sie beim Anblick des leeren Kühlschranks, ob sie sich zum Einkaufen aufraffen kann, aber sie muss noch duschen, und es ist so viel einfacher, Milan an der Ecke anzurufen und das Übliche zu bestellen.

Während sie mit ihm telefoniert, kommt eine Benachrichtigung von Låvely. Erst kann sie das Gesicht, das auf dem Display auftaucht, nicht einordnen, aber dann fällt der Groschen: Es ist die Frau, die sie in der Bibliothekskantine beinahe angerempelt hätte. Siri heißt sie. Ihr lockiges Haar ist zu einem Dutt hochgesteckt, das Foto dürfte ein paar Jahre alt sein, sie schaut Anna ernst, fast schon arrogant an. Wenn du mich willst, sagt der Blick, kannst du's ja probieren. Auch wenn sie älter ist als die Frauen, mit denen Anna sonst etwas hat, schickt sie ein Herz zurück.

Ihr eigenes Profilbild ist vom Sankt-Hans-Abend letztes Jahr, wie sie mit einem Bier in der Hand am Strand sitzt und in die Sonne blinzelt. Sie sieht unbeschwert aus, und wenn sie zurückdenkt, war sie das vielleicht auch. Jedenfalls unbeschwerter als jetzt.

Zwei Stunden später, als sie dem Turm in der Küche einen weiteren Pizzakarton hinzugefügt und die verschwitzten Laufklamotten achtlos über die Stuhllehnen gehängt hat, lässt sie sich aufs Bett fallen. Ihr Vater hat im Laufe der letzten Woche dreimal angerufen und eine einzelne, hilflose Nachricht hinterlassen, aber sie hat keine Lust, mit ihm zu reden. Nicht weil sie Streit haben, sie regt sich nur so schnell über ihn auf, und dann zieht es sie noch mehr runter. Stattdessen schreibt sie ihm eine SMS und verspricht, sich in den nächsten Tagen zu melden.

Als sie das Handy weglegen will, leuchtet es abermals auf.

Lust auf ein Treffen? Diesmal richtig?

Die Nachricht ist von Siri.

Shadi

Emil hat nicht gesagt, wann er nach Hause kommt, und um kurz vor sieben ist Shadi zu erschöpft zum Weiterarbeiten. Ihre Augen tun weh nach den vielen Stunden am Bildschirm, also speichert sie das Dokument mit der Masterarbeit, das mit beruhigender Geschwindigkeit länger wird, und blinzelt ein paar Mal gegen die Trockenheit. Dann macht sie sich ans Kochen. Gibt einen Klecks Butter in die Pfanne, hackt Petersilie, streut zum Schluss Zitronenabrieb über die fertige Pasta. Aber Emil ist noch immer nicht da, und als sich sein Schlüssel endlich im Schloss dreht, ist ihr Teller längst leer.

»Tut mir leid, ist ein bisschen später geworden.« Er kommt zu ihr ins Wohnzimmer, seine Nase ist kalt an ihrer. »Was ist, bist du sauer?«

Sie zuckt mit den Achseln. Kurz darauf hört sie, wie er sich ein Glas Wasser einschenkt, dann steht er wieder neben ihr.

»Warum hörst du eigentlich nie deine Platten?«, fragt er.

»Das tue ich doch?«

»Tust du gar nicht, es ist immer still, wenn ich nach Hause komme.« Er hebt die Haube des Plattenspielers. »Die liegt hier schon seit Ewigkeiten drin.«

Shadi zieht die Beine an, schlingt die Arme um ihre Knie.

»Ich arbeite ja, ich kann mich nicht konzentrieren, wenn Musik läuft.«

Emil murmelt irgendwas. Er klappt die Haube wieder zu und blättert durch den Stapel mit Platten.

»Hast du keinen Hunger?«, fragt sie und steht auf.

»Ich hab schon gegessen.«

»Oh.« In ihrem Kopf rauscht es. »Mit wem? Du hättest doch was sagen können.«

Emil dreht sich zu ihr um, so schnell, dass Shadi wie angewurzelt stehen bleibt.

»Also hätte ich dich erst um Erlaubnis bitten sollen, oder was?«

Sie schüttelt den Kopf, die Unruhe schießt von der Brust in die Arme. Sie begreift nicht, was gerade passiert. Wäre es ein normaler Abend, hätte sie Emil davon erzählt, dass das Essen von Gemüse früher mal als Zeichen von Geisteskrankheit galt, oder er hätte sich über das neue Betriebssystem auf der Arbeit beklagt. Sie hätten zusammen auf dem Sofa Pomelo gegessen und einen Film auf Netflix geschaut. Stattdessen steht er vor ihr und funkelt sie kampflustig an.

»Wenn ich angerufen hätte, wissen wir doch beide, wie es geendet wäre. Du wärst traurig gewesen, und ich hätte ein schlechtes Gewissen gekriegt, aber das hatte ich sowieso, keine Sorge. Und dann wäre ich sofort nach Hause gefahren. Mal wieder!«

Das letzte Wort schreit er fast. Etwas Fremdes und Gefährliches drängt sich zwischen sie, und Shadi fällt ein, was sie normalerweise vergisst; dass sie nicht alles über Emil weiß. Dass Dinge in ihm vorgehen, von denen sie keine Ahnung hat.

»Was willst du von mir?« Er wirft resigniert die Arme hoch. »Soll ich mich dafür entschuldigen, dass ich mit meinen Kollegen gegessen habe?«

»Nein«, murmelt sie. »Ich finde nur, du könntest Bescheid sagen.«

Ihr Herz hämmert. Die nächsten Worte sollte sie nicht sagen.

»Außerdem verstehe ich nicht, warum du lieber mit ihnen Zeit verbringst als mit mir.«

Er starrt sie völlig entgeistert an.

»Was redest du da? Ich verbringe doch nicht lieber Zeit mit ihnen als mit dir?«

Und sie sollte sich freuen, dass er das sagt, sie sollte es gut sein lassen. Sie muss sich die Finger vor den Mund pressen, so sehr zittert ihr Kinn, trotzdem kann sie die Worte nicht zurückhalten.

»Warum gehst du dann mit ihnen essen, statt zu mir nach Hause zu kommen? Du warst doch schon den ganzen Tag mit ihnen zusammen?«

»Ganz ehrlich, Shadi.« Emil atmet angestrengt aus. »Hast du denn nie Lust, dich mal mit anderen Leuten zu treffen?«

»Nein«, erwidert sie trotzig, er aber legt den Kopf schief und zieht das Schweigen in die Länge.

»Ich finde, du hältst dich selbst zurück. Du bist die klügste, tollste Person, die ich kenne, aber keiner darf es sehen. Hab ich nicht recht, Shadi?«

Später öffnet er die Tür zum Schlafzimmer, wo sie auf dem Bett liegt. Ihr Kopf fühlt sich schwer an und voll von etwas, dass sie nicht loswird. Aus irgendeinem Grund hat sie immer noch nicht geweint.

»Kommst du mit raus?«, fragt er.

»Spazieren?«

Er nickt.

Es nieselt, daher schlüpft sie in die dicke Winterjacke, wickelt den Schal um den hochgestellten Kragen. Emil wartet, während sie den Reißverschluss ihrer Stiefel schließt, sie steht schwankend auf einem Bein und kommt sich unbeholfen vor, als sie sich an der Wand abstützen muss.

Er lässt sie vorgehen, damit er hinter ihnen abschließen kann, dreht ihr zuliebe dreimal am Türknauf. Man kann sein ganzes Leben darauf verwenden, sich zu bedanken und zu entschuldigen, denkt sie, dieselben Muster wiederholen, dieselben Worte von Mal zu Mal nachlässiger dahinsagen, während es dem anderen zunehmend schwerer fällt, einem zuzuhören.

Als sie einige Meter den Bürgersteig entlanggegangen sind, finden ihre Hände sich in der wassergesättigten Luft.

AUGUST 2011

Elisabeth

Mehrere Bekannte schlugen Elisabeth vor, *mit jemandem zu reden* – jeder von ihnen nannte verschiedene Namen, offenbar waren sie alle irgendwann in ihrem Leben schon mal in Therapie gewesen – oder in eine der Trauergruppen von der Gemeinde zu gehen. Etwas Schlimmeres konnte sie sich nicht vorstellen.

»Vielleicht ist es doch ein bisschen schnell gegangen«, meinte Malene, als sie eines Tages vorbeikam. »Du denkst, es geht dir besser, aber es macht eher den Eindruck, als hättest du deine Gefühle erstickt.« Sie sah sich um. »Und wo sind die ganzen Sachen hin?«

So ein bescheuertes Bild, von wegen Gefühle ersticken, dachte Elisabeth. Das klang, als lodere etwas in ihr, das jeden Moment aufflammen könnte, doch so war es nicht. In ihrem Inneren gab es kein Feuer, keinen brennenden Schmerz, stattdessen herrschten dort eine Kälte und Ausweglosigkeit, wie sie es nie zuvor erlebt hatte.

»Meine Freundin ist nach dem Tod ihrer Mutter in so eine Gruppe gegangen«, fuhr Malene fort, »das hat ihr sehr geholfen. Vielleicht wäre es leichter für dich, mit jemandem über Vinter zu sprechen, der dich nicht kennt.«

Das war vielleicht gar kein so dummer Gedanke. Für Elisabeth war es praktisch unmöglich, mit ihren Bekannten über Vinter zu sprechen. Sie hatte Angst, die anderen könnten selbst anfangen zu weinen, eigene Verlustgeschichten erzählen oder sie mit ihren persönlichen Erinnerungen an Vinter belästigen. Sie konnte ja ihre eigenen kaum ertragen.

»Danke, das ist lieb«, antwortete sie und hoffte, Malene würde bald gehen. »Ich werd's mir überlegen.«

In Wahrheit hatte sie keinerlei Absicht, dem Vorschlag zu folgen, doch noch am selben Abend schickte Malene ihr einen Link zu einer sogenannten offenen Trauergruppe, in die man jederzeit einsteigen und wieder aufhören konnte. Zwei Tage später stand Elisabeth zu ihrem eigenen Erstaunen an die Mauer des Friedhofs gedrückt, auf dem ihr Sohn begraben lag, und starrte zu einem erleuchteten Raum auf der anderen Straßenseite hinüber. Verborgen im Schatten eines großen Baumes beobachtete sie, wie Auto um Auto vor dem Gebäude vorfuhr und Leute ausstiegen, die aussahen wie beliebige Durchschnittsbürger.

Die Stühle standen in einem Kreis, und es gab noch freie Plätze, als Elisabeth sich endlich einen Ruck gab und die Straße überquerte. Sie wusste nicht, wie man sich an einem solchen Ort verhielt, eine rothaarige Frau stellte jedoch Augenkontakt her. Sie nickten einander zu.

»Herzlich willkommen, sind Sie zum ersten Mal da?«

Ein Mann Mitte fünfzig war neben ihr aufgetaucht und stellte sich als Gruppenleiter vor, und einer spontanen Eingebung folgend nannte Elisabeth ihren Zweitnamen anstelle ihres Vornamens. Das Ganze hatte etwas Irrwitziges, der Rolltisch mit den Plastikkaraffen, der hässliche Linoleumboden und die Art, wie alle so mühelos in ihre Rolle schlüpften. Trauernde Menschen waren gute Menschen, erweckte es den Eindruck, trauernde Menschen lächelten sich fürsorglich an und sprachen mit gedämpften Stimmen.

Zur vollen Stunde hieß der Gruppenleiter alle willkommen. Die Regeln waren einfach. Man meldete sich, wenn man etwas sagen wollte, man hörte einander zu und respektierte die Grenzen der anderen. Elisabeth schlug die Beine übereinander, hier konnte sie sein, wer sie wollte.

Die rothaarige Frau machte den Anfang. Sie war offenbar schon hier gewesen, sie sprach wie einstudiert, als hätte sie zu Hause geübt.

»Ich versuche, den Alltag zu bewältigen«, erklärte sie. »Die beiden Kleinen müssen in die Schule, mein Mann arbeitet. Irgendwie geht alles um mich herum weiter.« Sie hob den Blick von ihren Händen, die fest verschränkt im Schoß lagen. »Immer wieder spiele ich ihn durch, den Tag am Strand, als Lucas ertrunken ist. Vielleicht sitzen wir gerade beim Essen und eines der Kinder erzählt etwas, und auf einmal merke ich, dass ich gedanklich ganz woanders bin. Dass ich sozusagen an diesem Strand festsitze, während der Rest der Familie ...«

»Nein.«

Elisabeth krampfte sich zusammen. Sie hatte gar

nichts sagen wollen, das Wort war ihr einfach herausgerutscht. Jetzt waren alle Blicke auf sie gerichtet.

»Tut mir leid«, sagte sie und stand auf. »Ich muss gehen.«

Der Gruppenleiter tat sein Bestes, sie zum Bleiben zu überreden. Sie könne gern bloß zuhören, ohne selbst etwas zu sagen, und sie sei natürlich jederzeit willkommen, sollte sie es sich anders überlegen, dieser Ort stehe ihr ebenso offen wie allen anderen. Aber das stimmte nicht. Elisabeth spürte es mit jeder Faser: Auch hier passte sie nicht hin. Nicht mal im Kreis der Trauernden gehörte sie dazu, und kurz darauf stand sie mit ihren beschämend trockenen Augen wieder auf der Straße.

Obwohl sie nie wieder zu der Gruppe ging, veränderte das Treffen etwas. Vielleicht weil ihr bewusst wurde, wie viele wie sie von ihrer Trauer zerfressen wurden. Im Internet fand sie heraus, dass in Dänemark jährlich um die fünfundfünfzigtausend Menschen sterben. Jeder Einzelne von ihnen war Teil eines größeren Netzes, ähnlich den Spinnweben, die sie und Vinter im Herbst aus Streichhölzern und Kastanien gebastelt hatten. Jeder Streichholzkopf repräsentierte jemanden, dessen Leben nach dem Tod einer Person für immer verändert war. Mütter, Väter, Geschwister und Freunde, Erzieher, Lehrer, Kollegen, Großeltern, Partner und Kinder. So viele Leben, die so leicht aus der Bahn geworfen werden konnten. Vermutlich war das der Moment, in dem ihr die Idee zum ersten Mal kam.

4

SEPTEMBER 2024

Anna

Anna zählt siebzehn Pizzakartons, die sie flachtritt, damit sie in die Tonne passen. Die Sonne fällt durch die Blätter. Noch sind mehrere der Bäume am Platz grün, doch bald wird sich das Laub gelb färben und hinabwirbeln auf den Asphalt, sich in den Pfützen sammeln und an ihren Stiefeln haften, wenn sie ihr Fahrrad holt. Sie bleibt das Gesicht nach Osten gewandt stehen und lässt sich vom Licht und der milden Wärme einhüllen.

Gestern hat ihr Vater sie angerufen. Sie weiß, welche Überwindung dies für ihn ist, trotzdem hat sie bloß dagesessen und aufs Display geschaut, während die vier Buchstaben den Bildschirm füllten. So ist es geworden, sie schiebt ihn vor sich her wie schweren, frisch gefallenen Schnee, aber so kann es natürlich nicht weitergehen. Sie zieht das Handy aus der Hosentasche. Heute ist so ein Tag, an dem es geht.

»Anna«, sagt er, ohne sich mit Namen zu melden, wie er es sonst häufig tut, aus alter Gewohnheit von früher, als die Telefone noch nicht verrieten, wer hinter dem Anrufer steckte.

»Hi, Papa.«

Wie üblich fragt er, wie es ihr geht, aber er klingt anders dabei. Sie selbst klingt ihrem Gefühl nach wie immer, genau genommen aber kann sie es nicht wissen. Schließlich ist keiner von ihnen beiden mehr wie früher.

»Ganz gut so weit«, antwortet sie. »Ich hab einen Betreuer für die Masterarbeit gefunden und schreibe mit einer Kommilitonin zusammen.«

Er sagt nicht, dass es viel zu lange her ist, seit er sie zuletzt gesehen hat. Dass er keine Ahnung hat, was sie in den letzten Monaten getrieben hat, er fragt nicht, ob sie verreist war, ohne ihm davon zu erzählen, oder ob sie sich jeden Abend besoffen und rumgevögelt hat, um zu vergessen, was im Frühjahr geschehen ist. Vielleicht denkt er so gar nicht.

»Und bei dir?«, fragt sie.

»Ach, na ja. Ich war bei der Ärztin.«

»Und?«

»Wir halten die Krankschreibung vorläufig aufrecht. Ich hab nicht so wirklich …« Er zögert. »Ich bin, glaube ich, noch nicht ganz bereit, wieder zurückzugehen.«

Wie sie darüber denkt, weiß er sehr genau. Schon gleich zu Beginn seiner Krankschreibung hat sie ihm gesagt, dass sie es für keine gute Idee hält, sich derart zu isolieren. Ob es nicht besser wäre, er würde wieder in den Alltag finden. Jetzt ist er wie befürchtet völlig raus, und sie kann sich nur schwer vorstellen, wie er jemals an seinen Arbeitsplatz zurückkehren, sich neben seinen alten Kollegen einreihen und die gewohnten Routinen aufnehmen soll. Solange sie denken kann, war er bei

Sandkvist Strom tätig, und sie glaubt nicht, dass er je über einen anderen Job nachgedacht hat.

»Was machst du so den ganzen Tag? Hast du aufgeräumt?«

Sie bereut die Frage, kaum dass die Worte heraus sind. Warum fühlt es sich jedes Mal, wenn sie miteinander sprechen, an, als würde sie ihm wehtun? Sie wünschte so sehr, sie wäre einfühlsamer, aber runde, weiche Worte kommen ihr nur schwer über die Lippen.

»Ich schreibe jetzt Listen«, sagt er mit aufgesetzter Munterkeit, die sie umso mehr schmerzt. Bloß ihr zuliebe gibt er sich solche Mühe.

»Listen?«

»Ja, das hat meine Ärztin vorgeschlagen. Jeden Abend schreibe ich eine Liste mit Dingen, die ich am nächsten Tag machen will, Kleinigkeiten nur. Wenn ich aufwache, schaue ich darauf und weiß, womit ich anfangen muss. Ist es erledigt, streicht man es durch.«

Sie sieht ihn vor sich, wie er mit konzentriert gerunzelter Stirn am Küchentisch sitzt und sorgfältig in seiner ungelenken Handschrift *Müll rausbringen* auf einen linierten Block schreibt. Um ihn herum schwebt Staub, sammelt sich unbehelligt auf Regalen und Fensterbänken, kein Laut ist in der Wohnung zu vernehmen. Dann schaltet ihr Vater das Licht aus und legt sich in sein großes, leeres Bett.

»Ich komme bald mal vorbei, Papa«, sagt sie. »Nächste Woche, ja? Da komme ich.«

Thorsten

»Und deshalb, ihr Lieben, ist die Fähigkeit, eine gute Beziehung zu etablieren, euer mit Abstand wichtigstes Instrument. Ganz gleich, welchen Ansatz ihr wählt, egal worüber eure Klienten klagen und wie brillant ihr auch sein mögt …« Ein Lachen geht durch die Reihen im Saal. »Wenn die Beziehung nicht stimmt, kommt ihr auf keinen grünen Zweig.«

Die Vorlesung läuft gut. Die neuen Studierenden sind zu Beginn des Semesters immer zurückhaltend, nur eine traut sich, die Hand zu heben, im Anschluss aber kommen mehrere zu Thorsten nach vorn, und das liebt er. Seit einigen Jahren bleibt immer weniger Zeit für die Lehre, während das Augenmerk zunehmend auf obskurer Bürokratie und einer fast schon fließbandartigen Produktion von Artikeln liegt. Auch wenn die Psychologie deutlich weniger betroffen ist als die geisteswissenschaftlichen Fächer, sind die Kürzungen auch bei ihnen spürbar, und als Puk, eine der fähigsten Wissenschaftlerinnen, die er kennt, letztes Jahr gefeuert wurde, schien ihm der Tiefpunkt erreicht. Aber hierauf, auf Zeit für den Kontakt mit den Studierenden, besteht er. Sonst können sie ihn auch gleich feuern.

Als die Letzten den Hörsaal verlassen haben, begibt er sich zurück in sein Büro und holt Antons Unterlagen zur Trauerstudie hervor. Auf Seite acht warten die

Hirnscans, die ihm gleichermaßen genial wie wahnwitzig vereinfacht vorkommen. Noch ist es niemandem gelungen, vollständig zu erklären, was hinter den Schädelknochen vorgeht, wie der Geist Erinnerungen schafft und aufbewahrt, die uns auf Dauer das Gefühl geben, ein und dieselbe Person zu sein. Im Großen und Ganzen ist das Bewusstsein noch immer ein Rätsel, dennoch hält er hier eine Abbildung des durch Trauer verursachten Schmerzes in Händen. Das ist doch erstaunlich.

Die Unterschiede der beiden auf der Seite abgebildeten Gehirne sind augenfällig; ein Kind könnte das Vorherrschen gelber, grüner und blauer Farbtöne auf dem einen Bild im Kontrast zu den wärmeren rötlichen und orangen auf dem anderen Bild erkennen. Die kühlen Farben sagen ihm, dass die Gehirne der Patienten, die Callocain erhalten haben, weniger stark durchblutet waren, wenn ihnen ein Foto des Verstorbenen gezeigt wurde. Was bedeutet das? Trübt das Callocain in irgendeiner Weise die geistigen Fähigkeiten der Patienten und schwächt damit ihre Emotionen ab? Instinktiv scheint ihm der Gedanke unheimlich. Er muss jedoch die Ergebnisse aus dem zwischenmenschlichen Blickwinkel betrachten, das war schließlich sein Part in der Studie. Unmittelbar wirft die Empathie für ihn die meisten Fragen auf. Er hat mehrere Untersuchungen dazu gelesen, dass trauernde Menschen teilweise weniger Mitgefühl und soziales Engagement zeigen als der Durchschnitt, da sie für eine Weile das Bedürfnis haben, sich von der Welt abzukapseln. So weit, so gut.

Müsste sich das mit zunehmender Besserung ihres Befindens aber nicht wieder einpendeln? Er trinkt einen Schluck lauwarmen Kaffee. Trotzdem starrt er gerade auf vier Säulen, die in etwa gleich hoch sind. Vor Behandlungsbeginn und erneut ein halbes Jahr später, bei sämtlichen Studienteilnehmern. Kaum Veränderung bei der Empathie. In der Gruppe, die Callocain erhalten hat, ist der Durchschnittswert sogar leicht gesunken, was noch merkwürdiger ist. Warum in aller Welt sollte man sich weniger für seine Mitmenschen interessieren, je mehr der eigene Schmerz in den Hintergrund tritt? Müsste ein junger Mann wie Mikkel, dem es spürbar besser geht, sich nicht wieder besser in andere hineinversetzen können?

Aus dem Ordner mit den Testergebnissen fischt er Mikkels Unterlagen heraus. Es muss möglich sein, eine Schicht tiefer zu dringen, als Antons Übersicht zulässt. Die Zahlen kennt Thorsten ja bereits, doch die Ergebnisse sind neu. Wenn man knapp zweihundert Personen mit exakt denselben Fragen interviewt, lässt sich schwer vermeiden, dass der ganze Prozess ein wenig mechanisch wird. Thorsten hat sich darauf konzentriert, eine angenehme Atmosphäre zu schaffen, die Antworten der Teilnehmer zu notieren und die seiner Einschätzung nach entsprechende Punktzahl zu umkringeln. Alles andere, wie Stichprobenkontrollen durchführen, die Zahlen addieren, die einzelnen Werte berechnen und sie in Relation zu der Gesamtheit setzen, hat er Natasha, Rikkes Doktorandin, überlassen. Und Anton natürlich.

Deshalb betrachtet er Mikkels Antworten nun, als sähe er sie zum ersten Mal. Sorgfältig rechnet er die Punktzahlen zusammen, die er ihm gegeben hat. Als er das Ganze eine halbe Stunde später nicht nur einmal, sondern zweimal durchgegangen ist, lehnt er sich zurück. Nimmt die Brille ab und reibt sich die müden Augen. Kann das wirklich sein? Mikkels Trauerscore liegt im letzten Test bei gerade mal vier, was ein fantastisches Ergebnis ist. Klinisch gesehen erfüllt er das Krankheitsbild überhaupt nicht mehr, er ist geheilt. Aber es ist der Empathiescore, der Thorsten benommen macht. Während der Trauertest einen umso höheren Wert ergibt, je mehr Symptome man hat, belohnt der Empathietest Zeichen von Mitgefühl und Interesse an anderen mit einem entsprechend hohen Score. Thorstens Faustregel besagt, dass alles unter zehn besorgniserregend ist. Addiert er Mikkels Antworten, kommt er in der letzten Testrunde auf fünf Punkte. Das ist ein massiver Rückgang gegenüber dem ersten Gespräch mit ihm, was allein schon beunruhigend ist. Noch dazu aber ist der Wert jetzt derart niedrig, dass er sich dem Niveau nähert, das man üblicherweise bei einem Menschen mit einer dissozialen Persönlichkeitsstörung erwarten würde – Menschen, die im Volksmund und in besonders schweren Fällen als Psychopathen bezeichnet werden.

Shadi

»Sie kommt bestimmt gleich«, sagt Shadi und checkt zum wiederholten Mal ihr Handy. Keine Nachricht von Anna. Thorsten schenkt ihr Wasser ein, sie hat nicht den geringsten Schimmer, was sie ansatzweise Intelligentes sagen könnte. Stattdessen trinkt sie, schluckt viel zu laut.

»Und, kommst du voran?«

Thorsten lächelt ihr zu und scheint nicht bemerkt zu haben, wie unwohl sie sich in ihrer Haut fühlt.

»Ja, ich glaube schon. Ich bin jetzt bei fünfzehn Seiten«, antwortet Shadi. Und dann beginnt sie zu ihrem eigenen Entsetzen, sämtliche Artikel aufzuzählen, die sie bisher gelesen hat.

»Andersen, Carson, Davidsen, Erikson et al«, leiert sie herunter, sie kann sich nicht bremsen, »und Guldin hat einen wirklich guten Punkt in Bezug auf die historische Entwicklung des Verständnisses von Trau …«

In diesem Moment stürmt Anna in einem kalten Luftzug und mit rosigen Fahrradwangen durch die Tür.

»Sorry«, sagt sie und lässt sich neben Shadi aufs Sofa plumpsen. »Was hab ich verpasst?«

»Wir haben weit ausgeholt.« Thorsten zwinkert Shadi zu. »Aber ich glaube, wir sind jetzt bereit für ein etwas grundlegenderes Gespräch darüber, worauf eure Arbeit abzielt. Oder was meinst du, Shadi?«

Irgendwie schafft sie es, zu nicken. Dann sinkt sie auf das Sofa zurück und hört Anna zu, die kein Problem damit hat, all ihre Ideen in Worte zu fassen. Folgt ihren Händen, die abwechselnd wild gestikulieren oder auf den Tisch klopfen, um etwas zu unterstreichen. Sie kann sich natürlich nicht sicher sein, man weiß nicht alles über sich selbst, aber Shadi hat das Gefühl, dass ihre eigenen Hände wie flügellahme Vögel in ihrem Schoß liegen, wenn sie spricht.

»Ist es wirklich richtig«, Anna schaut appellierend von Thorsten zu Shadi und wieder zurück, »dass selbst unsere Trauer, eine unserer grundlegendsten menschlichen Eigenschaften, pathologisiert wird? Dann sind es nicht die Trauernden, mit denen etwas nicht stimmt, dann ist es die Welt.«

Darauf, denkt Shadi, wird Anna für die Dauer der Masterarbeit herumreiten, bis von einer differenzierten Stellungnahme nicht mehr die Rede sein kann. Ihr Top klebt unter dem Strickpulli an der Haut, wenn sie nicht aufpasst, werden sich ihre Atemzüge stechend ganz oben in ihrer Brust festsetzen.

»Ihr solltet euch unbedingt eine eigene Meinung bilden«, nickt Thorsten. »Die Trauer als Grundbedingung des Menschseins und die ethischen Folgen einer Psychologisierung derselben, das ist hochrelevant!« Er fuchtelt mit den Armen. »Man sollte doch denken, zu lieben und über den Verlust des geliebten Menschen zu trauern, wäre eine der wichtigsten Lebensaufgaben überhaupt. Geht es da wirklich darum, sie schnellstmöglich hinter sich zu lassen?«

»Genau!«, ruft Anna.

Shadi holt tief Luft, rutscht auf dem Sofa hin und her. Nicht dass sie per se anderer Meinung wäre, sie fürchtet nur, dass es zu eindimensional wird. Außerdem ist sie diejenige, die sich mit Anna auseinandersetzen muss, wenn die Sprechstunde vorbei ist. Aber da sagt Thorsten glücklicherweise etwas, das Shadi selbst sagen würde, wenn sie nur könnte.

»Ihr müsst das Ganze natürlich auch aus der anderen Perspektive betrachten. Diese Diagnose, wie sie nun mit diesen Kriterien festgelegt wurde, ist ja nicht aus der Luft gegriffen, sondern beruht auf jahrelanger Forschung.«

»Ja, und einer eifrigen Industrie voller Lobbyisten und Korruption«, bemerkt Anna. Thorsten lacht schallend.

»Tatsächlich gibt es gute Gründe, die anhaltende Trauer als psychische Erkrankung zu bezeichnen«, meint er. »Und wir dürfen nicht vergessen, dass eine solche Diagnose dazu beiträgt, Überbehandlung vorzubeugen.«

»Wie das denn bitte?«, fragt Anna. »Ich würde eher denken, es wäre umgekehrt.«

»Ohne eine Diagnose laufen wir Gefahr, dass alle Hinterbliebenen ein Therapieangebot erhalten«, erklärt Thorsten, »und das ist schlicht unnötig; den normalen Trauerprozess bewältigt man mithilfe des persönlichen Netzwerks problemlos allein. Eine entsprechende Diagnose hilft, die vergleichsweise kleine Gruppe herauszufiltern, die wirklich Unterstützung benötigt.«

»Aber brauchen wir eine Diagnose dafür?«, wendet Anna ein. »Werden wir nicht genau dafür ausgebildet, solche Dinge einzuschätzen?«

Thorsten schüttelt den Kopf.

»Meiner Erfahrung nach hat unser gutes Therapeutenherz die Angewohnheit, mit uns durchzugehen. So wie es aktuell geregelt ist, kann jeder Angehörige bei einem Todesfall über die Krankenkasse eine Therapie bezuschusst kriegen. Und nicht alle unsere Fachkolleginnen und -kollegen sind, was die Forschungsliteratur angeht, auf dem neuesten Stand, es gibt also sicher welche, die meinen, eine Gesprächstherapie könne nie schaden.«

Shadi muss an ihre ehemalige Psychologin Annemette denken. Daran, wie sie Shadi eines Tages vor bald zwei Jahren die Hand gab und sagte, es sei jetzt Zeit für sie, auf eigenen Füßen zu stehen. Hätte sie diese Entscheidung nicht getroffen, wäre Shadi bestimmt weiter zu ihr gegangen. Obwohl es sie jedes Mal nervös machte, sich selbst derart zu entblößen und über all ihre merkwürdigen Gedanken zu sprechen, war es auch schön, in Annemettes Büro zu sitzen; eine weitere Person außer Emil gefunden zu haben, vor der sie sich nicht zu verstecken brauchte.

»Ich kenne viele Hinterbliebene, denen es richtig dreckig geht«, fährt Thorsten fort. »Menschen, deren Leben vollständig in die Brüche gegangen ist. Wenn man sie ansieht, fällt es nicht allzu schwer zu argumentieren, dass sie krank sind.«

Shadi nickt. Thorsten hat recht, diese Menschen gibt es, sie hat die Statistik gesehen. Und sie weiß von sich selbst, wie wichtig es sein kann, das, womit man kämpft, benennen zu können.

»Aber ist es so schlimm, wenn es einem schlecht geht?«, beharrt Anna. »Das ist ja wie bei *Matrix*, wir nehmen einfach eine blaue Pille und vergessen alles!«

Thorsten nickt, offenbar schluckt er alles, was Anna sagt. So macht man es sich natürlich einfach. Werdet Veganer, umarmt die Schweine, liebt einander und lasst das Leben in Scherben splittern, wenn ein Unglück hereinbricht, das sagt sich alles so leicht, wenn es einen nichts kostet.

»So simpel ist das nicht.«

Erst ist Shadi nicht sicher, ob die beiden sie überhaupt gehört haben. Aber als sie den Blick hebt, schauen sowohl Thorsten als auch Anna sie erwartungsvoll an.

»Psychische Krankheiten existieren«, sagt sie. »Und was soll gut oder echt daran sein, vor die Hunde zu gehen, wenn es sich vermeiden lässt.« Sie senkt den Blick wieder. »Manchmal braucht man einfach Hilfe.«

Sobald die vereinbarte Zeit um ist, beginnt Shadi, ihre Sachen zusammenzupacken. Sie ist völlig geschafft. Thorsten wedelt mit einem Buch von Robert Nozick; er und Anna stecken mitten in einer Diskussion über dystopische Kulterzählungen. Das Ratschen von Shadis Reißverschluss schneidet durch den Redestrom.

»Ich muss jetzt los.« Sie steht auf.

»Alles klar, dann bis bald«, sagt Thorsten mit leicht zerstreutem Gesichtsausdruck, Anna hebt bloß die Hand.

»*Vergiss mein nicht!* Mit Jim Carrey und Kate Winslet«, ruft sie triumphierend, als Shadi die Tür hinter sich schließt. Kaum auf dem Gang, zieht sie ihr Handy aus der Tasche. Zum Glück geht Emil sofort ran.

»Hi, Schatz, was gibt's?«

Er klingt gut gelaunt. Warum kann sie das nicht auch sein, warum ist bei ihr immer alles so anstrengend? Manchmal scheint es, als ob sie nichts anderes tut, als sie beide runterzuziehen.

»Ich bin fertig mit der Sprechstunde«, sagt sie.

»Wie lief's? Hast du dieser Anna gezeigt, wo es lang geht?«

Aber bevor Shadi antworten kann, schnürt sich ihr Hals zusammen. Es fühlt sich genauso an wie damals, als sie den oberen Teil ihres Ringfingers in der Tür einquetschte und Amandas Mutter sie ins Krankenhaus fuhr, den Stummel in einem Beutel Eiswürfel. Sie schaffte es, ohne zu weinen, bis in den OP, und alle lobten sie, weil sie so ein großes Mädchen war. Aber in der Sekunde, als ihre Mutter durch die Tür stürzte, kamen die Tränen.

Anna

Billie Eilish begleitet Anna, während sie Klamotten aufs Bett schmeißt, durchs Wohnzimmer ins Bad wirbelt. *You and your fit friends anyway, I'd take them all out any day.* Das Gespräch mit Thorsten heute Morgen lief überraschend gut, auch wenn Shadi ein bisschen missmutig war, und jetzt trifft sie sich mit Siri.

Wie immer widmet sie der Körperpflege die größte Aufmerksamkeit. Dusche, Rasieren, Unterwäsche. Der Rest variiert, ob sie sich schminkt oder nicht, wie sie die Haare trägt. Beim Outfit ist sie sich lange unschlüssig und probiert verschiedene Kombinationen vor dem Spiegel, bis sie sich letztlich für den orangefarbenen Jumpsuit, Eyeliner und die großen Ohrringe entscheidet. So. Sie mustert sich prüfend im Spiegel, streicht das Haar auf die Seite. Das muss genügen, beschließt sie, und zieht die Kunstpelzjacke vom Bügel. Sie ist spät dran.

Bevor sie die drei Stufen zum Caparnaum hinuntergeht, wirft sie einen Blick auf die Uhr. Viertel nach, das ist für ihre Verhältnisse noch völlig im Rahmen. Drinnen im Warmen öffnet sie die oberen Knöpfe. Im Café sitzen Pärchen und Freundinnen an kleinen Tischen und unterhalten sich, eine größere Gruppe prostet sich mit Bier zu, und da, ganz hinten in der Ecke am Fenster, sitzt sie. Annas Herz macht einen kleinen Hüpfer, als ihre Blicke sich treffen.

»Soso, du lässt mich also gleich beim ersten Date warten?« Siri steht auf und reicht ihr eine langfingrige Hand. Sie ist weich im Vergleich zu Annas, die immer voller Schrunden und Hornhaut vom Training ist.

»Entschuldige.« Anna lächelt. »Mein Gehirn hat die Angewohnheit, Abstände in Luftlinie zu messen, es überrascht mich immer wieder, dass ich um Gebäude und andere Hindernisse herum muss.«

Als sie sich setzen, streifen sich ihre Knie unter dem Tisch.

»Schön, dich wiederzusehen«, sagt Anna.

»Ja? Ich war mir nicht sicher, was du von der ganzen Sache hältst.« Siri lächelt sie an.

»Ja, es war gut, dass du geschrieben hast. Ich hatte es bloß eilig neulich. Was war das eigentlich für ein Buch, das du ausgeliehen hast? Schien ja ein ziemlich dicker Schinken zu sein.«

»Ach, bloß ein bisschen Patentgesetz. Man muss schließlich auf dem Laufenden bleiben.«

Anna nickt ernst.

»Der Grundstein einer jeden Hausbibliothek.«

»Du sagst es«, schmunzelt Siri und fährt sich durch das volle Haar. Sie hat feine Gesichtszüge, eine leicht schräge Nase und hohe Wangenknochen, die für Anna so ziemlich das Hübscheste überhaupt sind.

»Ich bin Juristin«, fügt Siri hinzu, »es ist also nicht bloß ein heimlicher Fetisch von mir. Und du, du studierst noch?«

»Psychologie«, nickt Anna. »Mir fehlt nur die Masterarbeit, ich hab ein bisschen sehr lange mit der Betreuersuche getrödelt.«

Siris Lächeln ist hintergründig, ein besonderes Licht in ihren Augen.

»Ich erkenne ein Muster«, bemerkt sie, und ein warmes Gefühl durchströmt Anna.

»Ich komme vielleicht ein bisschen langsam in die Gänge, aber wenn ich es mal geschafft habe, bin ich *all in*«, sagt sie.

Wieder berühren sich ihre Knie, und statt ihr Bein zurückzuziehen, lehnt Anna sich noch weiter vor, presst ihren Schenkel gegen Siris. Am liebsten würde sie sich über den Tisch beugen und sie an sich ziehen, doch Siri nähert sich von selbst, langsam, bis ihre Gesichter direkt voreinander sind. Da dreht sie den Kopf, streift so dicht an Annas Wange vorbei, dass diese Siris Haut an ihrer spürt, und flüstert: »Ich hab Lust auf dich.«

Später, als Siri sich wieder angezogen hat, sie zum Abschied geküsst und in die Aarhuser Nacht verschwunden ist, liegt Anna noch eine Weile mit zur Seite geschobener Decke wach. Ihre Brustwarzen pochen dumpf, ihr Körper fühlt sich leicht und geschmeidig an, als hätte der Sex mit Siri etwas in ihr gelöst, von dem sie gar nicht wusste, dass es feststeckt. Sie hat jetzt schon wieder Lust auf sie. Verspürt dieses alberne Bedürfnis, hier liegen zu bleiben, inmitten des Dufts und dem Gefühl, überall berührt worden zu sein, und darauf zu warten, dass Siri zurückkommt, damit sie von vorn beginnen können. Sie seufzt. Natürlich muss das eine Mal, dass jemand geht, genau das eine Mal sein, dass Anna wünschte, der andere würde bleiben.

FEBRUAR 2012

Elisabeth

»Danke«, sagte Elisabeth und nahm den Strauß entgegen.

Sie trat zur Seite und ließ Malene und deren Familie herein. Die Kinder umschlangen ihre Beine, bevor sie ins Wohnzimmer rannten, aber die hellen Stimmen schnitten ihr ins Fleisch, und für einen Moment dachte sie, sie müsse alle vier wieder nach Hause schicken. Dass sie noch nicht bereit war, kleine Kinder im Haus zu haben, ihren Duft einzuatmen und das Gewicht ihrer zappelnden Körper zu spüren, wenn sie auf ihren Schoß kletterten und ihre klebrigen Hände in ihre legten. Dann schüttelte sie das Gefühl ab und ging eine Vase holen. Seit der Beerdigung hatte sie eine Abneigung gegen gestutzte Stile und straff zusammengebundene Blumengebilde entwickelt, und ihr Geruch, insbesondere der von Lilien, war nun unwiderruflich mit dem Tod verbunden. Trotzdem stellte sie den Strauß auf den Esstisch.

»Dürfen wir hoch in Vinters Zimmer?«, fragte Amalie, die auf einmal vor ihr stand. Der Leberfleck über ihrem Auge war gewachsen, braun und schrumpelig wölbte er sich hervor. Warum ließen sie ihn nicht wegmachen? Bevor Elisabeth zu einer Antwort ansetzen konnte, legte Malene ihrer Tochter einen Arm um die Schulter.

»Bleib du mal lieber bei uns, Schatz, wir haben doch eure eigenen Spielsachen dabei.«

Aber die Kinder quengelten, sie verstanden nicht, warum sie nicht wie sonst nach oben gehen und mit Vinters Sachen spielen durften. Später, als Elisabeth die Tarte und die Salate auftischte, die sie in stundenlanger Arbeit vorbereitet hatte, auf die ihr jetzt aber jeglicher Appetit vergangen war, und während Mark von irgendwelchen Windrädern erzählte, die wieder abgebaut werden mussten, weil sie nicht den brasilianischen Vorgaben entsprachen, und Malene das Essen für August kleinschnitt, stahl sich Amalie vom Tisch. Nicht zur Toilette, sondern um nach oben zu schleichen. Den Gang entlang und über die knarzende Diele hinweg, zu einer Tür, die nicht geöffnet werden sollte.

»Warum ist hier abgeschlossen?«

Ihr Ruf gellte durchs Haus. August fing an zu weinen, und Elisabeth saß im Gestank der Blumen und wünschte, es wäre bald vorbei. Die Kinder hatten ja recht, das alles war grundverkehrt. Vinter war weg, seine Sachen waren verschwunden, und seine Mutter war eine andere geworden.

»Ich will zu Vinter ins Zimmer«, rief Amalie erneut. Es war, als würde ihr Ruf auf dem Weg durch das Treppenhaus anschwellen.

»Schatz, kommst du bitte runter?«

Malene, die den weinenden August auf den Arm genommen hatte, lächelte Elisabeth entschuldigend an. *Wir wissen ja, wie Kinder sind*, sagte ihr Blick. Elisabeth hörte Amalie oben an der Türklinke rütteln. Sie rannte die Treppe hinauf, und auf dem oberen Absatz angekommen sah sie das kleine Mädchen. Amalie hielt die Klinke mit beiden Händen fest, und beim Anblick von Elisabeth warf sie sich mit aller Kraft gegen die Tür.

»Ich will rein!«, schrie sie. Vor ihrem inneren Auge sah Elisabeth das lärmende, lebende Kind in Vinters Zimmer stürzen und alles aufwühlen. Mit zwei langen Schritten war sie bei ihr. Schaffte es nicht, sich zu bremsen, klatschend traf die Ohrfeige Amalies Wange.

Alle vier hatten ihre Jacken an, als sie etwas später in den Flur kam. Mark konnte ihr nicht einmal in die Augen sehen, er murmelte etwas und verschwand mit August an der Hand den Gartenweg hinunter. Malene blieb mit Amalie zurück, die flammende Wange eine Anklage zwischen ihnen.

»Sie vermisst ihren Freund. Wir alle vermissen ihn, Elisabeth, und ich verstehe, dass es schwer für dich ist. Aber das.« Malene schüttelte den Kopf, ihr Blick hatte etwas Definitives.

Als sie weg waren, ging Elisabeth zurück ins Wohnzimmer. Der Tisch sah aus wie ein kümmerliches Stillleben mit den halb gegessenen Speisen, dem mitten in der Bewegung fallen gelassenen Besteck. Und dem Wein, sie hatten fast zwei Flaschen geleert. Wie viel hatte sie selbst getrunken?

Während sie dort stand, wuchs etwas in ihr; sie packte den Strauß und riss ihn zu sich, sodass die Vase und eines der Gläser umstürzte. Das spröde Knacken der Stängel, als sie sie entzweibrach, hatte etwas seltsam Befriedigendes.

5

SEPTEMBER 2024

Thorsten

»Ehe wir anfangen«, leitet Kamilla ein, »gibt es Neuigkeiten zu berichten: Bei unserem letzten Gespräch hat Elisabeth mir etwas Interessantes verraten. Wie es aussieht, ist Callocain nicht nur kurz vor der Einführung auf den europäischen Markt. Auch in den USA bahnt sich die Zulassung an. Die Sache wird richtig groß. Das bedeutet, auf unserem Projekt wird noch mehr Aufmerksamkeit liegen als erwartet, auch bei unseren Kollegen im Ausland. Wir von der Uni Aarhus bereiten den Weg für die zukünftige Forschung und können sehr stolz auf unsere Leistung sein.«

Die Stimmung im Besprechungsraum ist ausgelassen, Cecilie sieht aus, als wolle sie klatschen. Thorsten weiß nicht so recht, was er denken soll; es wäre großartig, wenn sie führend auf dem Gebiet der Trauerforschung und von allen zitiert würden. Auf der anderen Seite hätte er gern Gewissheit, dass sie sich über die Tragweite ihrer Ergebnisse im Klaren sind, bevor sie sie feiern. Daher hält er sich zurück, während die anderen die Konferenz über die Trauerstörung diskutieren, die sie nächstes Jahr ausrichten werden. Erst als Kamilla fragt, ob es sonst noch etwas zu besprechen gibt, hebt er die Hand.

»Ein Punkt bei deinen Ergebnissen hat mich etwas stutzig werden lassen, Anton«, sagt er und sucht den Blick des Statistikers. »Für mich sieht es nach einem Fehler aus. Und das macht mir natürlich Sorgen, wenn wir zu früh damit an die Öffentlichkeit gehen.«

Anton sieht ihn abwartend an, das schmale Gesicht ist ausdruckslos.

»Es geht um einen jungen Mann namens Mikkel Jespersen«, fährt Thorsten fort. »Im Lauf des Projekts ist sein Empathiescore stark gesunken, was ja für sich genommen schon interessant ist. Ich finde, darüber haben wir noch nicht ausreichend gesprochen, die ausbleibende Normalisierung der Empathiewerte bei den Patienten, die Callocain erhalten haben. Warum nimmt die Empathie bei einigen derart drastisch ab, warum ist der Score bei vielen weiterhin unnatürlich niedrig, obwohl es ihnen besser geht, und wie setzen wir diese Erkenntnis mit unseren übrigen Ergebnissen in Zusammenhang?« Er lässt die Fragen für einen Moment in der Luft hängen. »Der mögliche Fehler aber liegt darin, dass Mikkel in der letzten Testrunde fünf Punkte erzielt hat. Trotzdem steht in deiner Auswertung, Anton, dass der Empathiewert der Probanden auf einem Intervall von sieben bis achtundzwanzig streut. Da frage ich mich, wo Mikkels Score abgeblieben ist?«

»Anton?«

Kamilla wendet sich ihm zu. Im Raum herrscht Stille, keiner rührt sich.

»Das muss ein Ausreißer sein.«

Antons wässrig graue Augen begegnen Thorstens Blick.

»Ein was?«

»Ein Ausreißer. Ein Datenwert, der so stark von den übrigen abweicht, dass er das Gesamtergebnis verzerren würde. Man kann deshalb entscheiden, solche Ausreißer aus der Analyse auszuschließen.«

»Du hast also Mikkels Wert ausgeschlossen, weil er zu extrem ist?«

Anton nickt.

»Und wurden auf diese Weise noch weitere Werte herausgepickt?«, fragt Thorsten. »Denn wenn die Ergebnisse so extrem sind, ist es dann nicht gera …«

Weiter kommt er nicht.

»Super.« Kamilla klatscht in die Hände. »Damit wäre das ja geklärt.« Sie lächelt ihn an. »Sonst noch etwas?«

»Ja«, sagt Thorsten. »Ich hoffe, Anton, du prüfst noch mal genau, dass es sich auch wirklich so verhält, wie du sagst.«

Die Grimasse des Statistikers lässt sich schwer deuten. Ist es Ärger, der den Mundwinkel zucken lässt? Eine fehlerfreie Auswertung sollte doch mindestens ebenso in seinem Interesse liegen wie in Thorstens, aber vielleicht passt es ihm einfach nicht, dass seine Kompetenz infrage gestellt wird.

»Wir wissen, dass trauernde Menschen auf mehreren Gebieten Defizite haben.« Thorsten schaut seine übrigen Kollegen an. Die meisten hören aufmerksam zu, und obwohl Svend aussieht, als wäre er eingenickt, weiß Thorsten, dass er ihm folgt. »Darunter Theory of Mind, also die Fähigkeit, Gefühle und Intentionen in sich und anderen zu erkennen, und damit zusammenhängende Funktionen, die wir als Empathie bezeichnen. Dieses Bild findet sich immer wieder. Aber wie schon gesagt sehen wir bei der mit Callocain behandelten Gruppe einen nochmals niedrigeren Empathiescore, obwohl sich ihr Zustand rein auf die Trauer bezogen im Schnitt verbessert hat.« Er tippt auf das Diagramm vor sich. »Die naheliegende Annahme wäre doch, dass ihr Interesse an anderen mit fortschreitender Genesung steigt, das ist aber nicht der Fall. Wie sollen wir das deuten?«

Cecilie hebt die Hand, doch Anton kommt ihr zuvor: »Die psychologischen Interpretationen überlasse ich euch, ich will aber noch mal betonen, dass der geringe Rückgang, den wir hier sehen, im Rahmen der statistischen Unsicherheit liegt. Statt also von einer verminderten Empathie bei der Callocain-Gruppe zu sprechen, wäre es korrekter, zu sagen, dass sich der Score im Verlauf der Studie bei keiner der Gruppen verändert hat.«

»Okay«, sagt Thorsten, »trotzdem frage ich mich: Warum ist er nicht gestiegen, wie man erwarten würde? Warum zeigen sie weniger Empathie als die Durchschnittsbevölkerung?«

Cecilie beugt sich vor.

»Könnte es eine verzögerte Reaktion sein, das heißt, erst kommt es zu einer Besserung, und andere Dinge, wie zum Beispiel die Empathie, folgen später?«, schlägt sie vor. »Würden wir die Leute in einem halben Jahr noch mal testen, wäre sie vielleicht wieder im Normbereich, oder was meint ihr?«

»Darauf können wir in unseren Publikationen im Forschungsausblick hinweisen«, pflichtet Miguel ihr bei. »Eine der Theorien in Bezug auf die verminderte Empathie bei schwer Trauernden lautet bekanntermaßen, dass sie schlicht weniger Energie übrig haben, auch für andere Menschen, und vielleicht ist das erst mal weiter der Fall, selbst wenn es ihnen allmählich besser geht. Außerdem, die Hölle, das sind ja bekanntlich die anderen«, er blinzelt Svend zu, »und wenn man sich gestattet, wieder zu lieben, riskiert man, genau dasselbe noch mal durchleiden zu müssen.«

Thorsten brummt, die Argumentation der beiden passt zu Louises Überlegung, dass Mikkel nach seinem Verlust den engen Kontakt zu seiner Familie nicht aufrechterhalten kann. Und es entspricht auch Thorstens eigener Erfahrung, dass es für viele in der ersten Zeit ein ganz natürlicher Verteidigungsmechanismus ist, sich vor der Welt zu verschließen.

Zu seinem großen Erstaunen hebt Natasha, Rikkes scheue Doktorandin, die Hand. Leuchtend rote Flecken klettern wie Schlingpflanzen über den Kragen ihrer Bluse, und Thorsten wirft ihr ein, wie er hofft, aufmunterndes Lächeln zu.

»Es könnte ja auch von den Tabletten kommen«, sagt sie.

»Du meinst, als Nebenwirkung?«

Die Frage kommt von Miguel, und Natasha nickt, augenscheinlich erleichtert, dass man sie versteht.

»Ihr erklärt das Phänomen psychologisch«, führt sie ihren Gedanken aus. »Wenn aber Callocain aufs Gehirn wirkt, wie wir es auf den Scans gesehen haben, und die Erinnerungen an die Verstorbenen dadurch eine weniger emotionale Reaktion auslösen als bei der Kontrollgruppe, könnte das Medikament dann nicht auch die Empathie beeinflussen? Wäre es nicht komisch, wenn das Callocain so spezifisch wirkt, dass die emotionale Distanz ausschließlich das Verhältnis zu den Verstorbenen betrifft?«

»Eben!« So viel hat Thorsten Natasha noch nie auf einmal sagen hören. »Genau mein Gedanke.«

»Hätte Danish Pharma eine derartige Nebenwirkung, wie ihr sie vermutet, nicht bemerken müssen?«, wendet Kamilla ein. »Fairerweise muss man sagen, dass sie wesentlich mehr Zeit und Mittel darauf verwandt haben als wir.«

Natasha senkt den Blick, es ist, als würde sie auf ihrem Stuhl zusammenschrumpfen, und Thorsten weiß, dass sie jetzt nichts mehr sagen wird.

»Anders als wir haben sie die Empathie aber gar nicht untersucht«, gibt er zu bedenken. »Das ist eine Nische, diese Art psychologische Tests sind bei ihnen nicht vorgesehen. Und noch etwas: Auch wenn bei jemandem wie Mikkel auf dem Papier eine Verminderung der Empathie auffällt, er selbst hat nicht darüber geklagt. Was, wenn es nicht als Nebenwirkung gemeldet wird, weil die Leute es überhaupt nicht als Problem wahrnehmen?«

»Dann stellt sich die Frage, ob es überhaupt das Problem ist, zu dem du es machen willst?« Kamilla schaut auf ihr Handy. »Wir sind schon über der Zeit, den Rest der Diskussion müssen wir also vertagen. Ich werde vermutlich die meisten von euch in einem Monat zum nächsten Meeting einladen, alles Weitere in der Zwischenzeit bitte per Mail. Die Ergebnisse stehen fest?« Sie hebt mit einem fragenden Blick in Antons Richtung das Handout, und er nickt. »Dann geht es jetzt darum, wie wir sie bestmöglich deuten und präsentieren. Für die eher peripheren Diskussionen haben wir anschließend noch reichlich Zeit. Ich gebe dann demnächst eine Pressemeldung über die vorläufigen Befunde heraus. So, das war's von mir für heute.«

Thorsten bleibt sitzen, während sich der Raum langsam leert. Er hat immer noch nichts von Mikkel gehört, aber das Mindeste, was er tun kann, ist, sich zu vergewissern, dass seine Testresultate gewissenhaft behandelt worden sind. Und wenn die anderen kein Interesse daran haben, sie genauer unter die Lupe zu nehmen, muss er es eben selbst tun.

Shadi

Erst sucht Shadi die einfachen Sachen heraus, schwarze Hose, Unterwäsche, Socken, und legt alles auf dem Stuhl bereit. Bei den Pullis muss sie momentan die ersten drei im Stapel abzählen und dann den vierten nehmen, aber manchmal geht es schief. Obwohl sie den richtigen Pulli herauszieht, fühlt er sich falsch an, weshalb sie ihn zurücklegen und von vorn anfangen muss, was das ganze System durcheinanderbringt. Denn dann weiß sie nicht, ob sie von da weiterzählen soll, wo sie schon war, oder wieder ganz von oben anfangen, und die altbekannte Hitze breitet sich von der Brust aus, steigt wie Flutwasser Richtung Hals.

»Bist du fertig, Schatz?«

Sie hat so lange vor dem Schrank gestanden, dass sie dachte, Emil wäre schon eingeschlafen. Ihre Hände zittern, sie wünschte, sie könnte sich losreißen, aber nicht sie macht die Regeln, sie versucht nur mit aller Macht, sie zu befolgen, und gerade versagt sie auf ganzer Linie.

»Ich weiß nicht …«

Emil stützt sich auf die Ellbogen. Das mit der Kleidung hat sie ihm nicht erzählt, aber er kennt sie gut genug, um den Treibsand zu erkennen, wenn er sie hinunterzieht. Im nächsten Moment steht er neben ihr, vollkommen ruhig, und legt ihr einen Arm um die Schulter.

»Welchen magst du gern anziehen?«, fragt er.

Ihre Stimme ist belegt, als sie antwortet: »Den da, vielleicht? Oder den?«

Sie zeigt ihm den lila Pulli, der beim ersten Zählen die Nummer vier im Stapel war, und dann den weißen, den sie im zweiten Durchgang gezogen hat. Sie kann jetzt unmöglich mehr zwischen den beiden entscheiden, alles fühlt sich schlecht an.

»Hm.« Emil sieht nachdenklich aus, ihre Augen hängen an seinem Gesicht. »Den weißen fand ich schon immer schön.«

»Sicher?«

Er nimmt ihr den Pulli aus der Hand und zieht sie an sich.

»Ganz sicher.«

Das Laken ist kühl auf ihrer Haut. Emils Atemzüge werden rasch tiefer, während Shadi mit flatterndem Zweifel unter den Rippen in der Dunkelheit liegt.

Am nächsten Tag bleibt sie wieder zu Hause, obwohl Anna geschrieben hat, ob sie sich nicht mal zusammensetzen wollen. Das Dokument für die Masterarbeit ist inzwischen mehr als zwanzig Seiten lang, und obwohl es nur eine Rohversion ist, ist Shadi ziemlich zufrieden. Bisher hat nur sie Material in den Ordner hochgeladen, und als sie nun sieht, dass etwas von Anna gekommen ist, klickt sie sofort auf das Dokument. Jetzt wird sie sehen, warum Thorsten so begeistert von ihr ist. Aber es ergibt keinen Sinn. Der Text ist dermaßen unbeholfen formuliert, dass sie sich fragt, ob Anna womöglich

Legasthenikerin ist. Die Kommata sind falsch oder gar nicht gesetzt, an etlichen Stellen fehlen Wörter, und dazu kommen lauter merkwürdige Rechtschreibfehler, die sich dank der Korrekturhilfe mit einem Klick hätten beheben lassen. Der Text liest sich, als wäre er von einer Irren oder einem Wirbelwind geschrieben worden. Und trotzdem. Als Shadi nach dem ersten oberflächlichen Urteil ernsthaft zu lesen beginnt, treten die offensichtlichen Mängel in den Hintergrund. Hier handelt es sich nicht um Passagen aus Büchern und Artikeln, die Zeile für Zeile umformuliert und mit Fußnoten versehen sind, und anders als in Shadis Teil des Dokuments gibt es keine kopierten Textblöcke, die darauf warten, an entsprechender Stelle eingefügt zu werden. Was Anna geschrieben hat, gleicht mehr einer frei fließenden Reflexion. Wörter und Sätze entspringen offensichtlich ihrer eigenen Feder, und auch wenn ihre Aussagen gelegentlich durch einen Verweis auf die Fachliteratur untermauert sind oder eine Notiz in Klammern darauf hinweist, dass sie noch einen finden muss, haben die Seiten eine Einmaligkeit und einen Klang, den Shadi fast schon als literarisch bezeichnen würde. Ihr war überhaupt nicht klar, dass man so schreiben kann, schon gar nicht für die Uni.

Ein wohlbekanntes Ziehen im Unterleib unterbricht sie. In den letzten Monaten hat sie etwas Neues bemerkt, wenn ihre Tage einsetzen. Noch kann sie es nicht benennen, aber irgendetwas hat sich verändert zu früher, als die Blutungen nur eine regelmäßige Störung waren, die zusammen mit all dem Papier in der Toilette verschwanden.

»Ich hab noch nie gesehen, dass jemand so viel Klopapier verbraucht wie du«, rief er ein paar Wochen nachdem sie zusammengezogen waren. »Was machst du bloß damit?«

Das hätte sie ihm erklären können; wie sie die Brille damit auslegt, wenn sie das Gefühl hat, dass sie dreckig ist. Wie sie das Papier als schützende Haut zwischen Fingern und Oberfläche benutzt, wenn sie zum Beispiel die Spülung drückt, und noch mal kurz danach, wenn sie den Wasserhahn aufdreht, während ihre Hände noch schmutzig sind; wie oft sie sich abwischen muss, bevor es sich okay anfühlt. Aber sie hat nichts gesagt. Stattdessen machte sie ein geheimnisvolles Gesicht, als handele es sich um ein besonderes weibliches Mysterium und keine zwanghafte, insistierende Notwendigkeit.

Und jetzt also dieses neue Gefühl. Sie spreizt leicht die Schenkel, um den blutigen Faden zu sehen, als er schlierige Aquarelle auf der Wasseroberfläche bildet. Nicht länger nur eine Art Abfall, den sie loswerden muss, sondern eine Monat für Monat verstreichende Möglichkeit, von der sie weder weiß, ob sie sie nutzen möchte, noch ob sie den Mut dazu hat.

Anna

Vier Tage ist es her, seit Anna zuletzt von Siri gehört hat. Sie hat ihr natürlich auch nicht geschrieben, aus irgendeinem Grund scheint es ihr wichtig, dass Siri sich als Erste meldet. Die Sehnsucht nach ihr ist als leises Pfeifen in ihren Gehörgang eingezogen. Bringt sie dazu, durch Listen von Siris auf Facebook zu scrollen, bis ihr bewusst wird, dass sie nicht mal weiß, wie sie mit Nachnamen heißt. Stattdessen geht sie auf ihr Låvely-Profil und starrt auf die beiden Fotos von Siri. Das mit dem Dutt und dem ernsten, beinahe strengen Blick könnte ein Selfie sein. Das andere ist älter und aus etwas größerer Entfernung aufgenommen. Siri sitzt auf einer Terrasse und schaut in einen blühenden Garten. Der Wind bläst die dunklen Locken in ihr Profil, das dadurch teilweise verdeckt ist, trotzdem hat dieses Bild eine andere Ausstrahlung als das erste. Es wurde gemacht, als etwas in Siri offenstand, und Anna kommt die Vorstellung in den Kopf, dass sie dort sitzt und zu jemandem blickt, den sie liebt. Irgendwann, denkt Anna und legt das Handy weg, werde ich sie fragen, wer dieser Jemand ist.

Sie ist selbst überrascht, wie gern sie Siri wiedersehen möchte, aber im Moment ist sie wohl auch anfälliger dafür als sonst. Es war ein schweres Jahr. Erst die Zeit, als ihre Mutter krank wurde, hektisch und langgezogen und voller Angst. Dann kam die Zeit danach, und die weiß sie nicht so recht zu beschreiben, sie dauert noch an. Vielleicht geht es ihr etwas besser. Sie weint nicht mehr so viel. Gleichzeitig geht es ihr schlechter. Irgendetwas in ihr rasselt verloren herum, und sie hat Angst, dass es nie wieder an seinen Platz findet.

Irgendwie ist ihr der halbe Tag bereits durch die Finger geronnen, als sie ihren Laptop öffnet. Genau deshalb versucht sie Shadi auch zu einem gemeinsamen Schreibtag zu überreden, aber die lässt sie eiskalt abblitzen. Anna könne ja einfach in den gemeinsamen Ordner schauen, wenn sie wissen wolle, woran Shadi arbeite, das hat sie gestern geschrieben. Herzlichen Dank. Anscheinend gilt es, um jeden Preis zu vermeiden, dass sie persönlich miteinander sprechen.

Sie öffnet das Dokument mit ihrem Teil der Masterarbeit, drückt ein paar Mal die Leertaste. Shadi hat ihr vorgeschlagen, eine Zusammenfassung der verschiedenen Perspektiven in der Trauerliteratur bis zur Gegenwart zu schreiben, aber das ist einfach zu öde. Wenn sie nicht völlig in ihrer Arbeit versinkt, flackert ihre Konzentration und erlischt. Ihr Kopf ist eher auf kurze, intensive Sprints ausgelegt. Also öffnet sie stattdessen den Browser. Was sie jetzt braucht, ist eine Begegnung mit der Wirklichkeit. Danish Pharma lässt sämtliche internationalen Konkurrenten alt aussehen, indem sie eine Trauerpille herstellen, mit deren Entwicklung sie begonnen haben müssen, lange bevor die Diagnose überhaupt eingeführt wurde. Niemand sonst war so schnell, wenn man Thorsten zuhört, klingt es, als würde Danish Pharma als Alleinherrscher auf dem Thron der medikamentösen Trauerbehandlung sitzen, sobald Callocain zugelassen wird. Die haben dort garantiert etwas Spannendes zu erzählen.

Schnell geht sie auf die Homepage des Unternehmens und schickt eine Mail, in der sie schreibt, wer sie ist und was es für eine Riesenhilfe wäre, wenn sie zu einem Gespräch vorbeikommen könnte. Als das erledigt ist, klappt sie den Laptop zu, das muss reichen für heute. Wenige Minuten später hüpft sie mit der Trainingstasche auf dem Rücken die Treppe hinunter.

APRIL 2012

Elisabeth

Anfangs tüftelte Elisabeth im Geheimen an ihrer neuartigen Idee. Dem Heilmittel gegen Trauer. Nicht wie die Psychologen mit ihren Trauermodellen es getan hätten, oder der Pfarrer mit seinen Verheißungen vom segensreichen Leben nach dem Tod, sondern als Chemikerin. Sie wollte die exakte Zusammensetzung von Stoffen finden, die das Gleichgewicht in einem trauernden Gehirn wiederherstellen konnten. Obwohl es sich vollkommen richtig anfühlte, wagte sie jedoch nicht, es laut auszusprechen. Noch nicht.

Dann sah sie zum ersten Mal die Umrisse einer chemischen Struktur vor sich. Sie arbeitete die Nacht durch und stellte ihre Vision den Kollegen bei Danish Pharma vor. Auch wenn bei Weitem nicht alle es für machbar hielten, war sie überzeugend genug, dass beschlossen wurde, es auszuprobieren. Natürlich gab es keine Garantie, dass sie jemals ein Produkt entwickeln würde. Ihre ganze Annahme, dass die Trauer sich als Veränderungen der Nervenstrukturen im Gehirn nachweisen und medikamentös behandeln ließ, war gelinde gesagt gewagt. Die Hoffnung aber gab es, und die Arbeit hielt sie auf den Beinen. Sie war noch vor

Tagesanbruch im Labor, richtete all ihre Kraft auf das Projekt.

Seit Vinters Tod war inzwischen ein Jahr vergangen. Noch immer traf sie die Erkenntnis aus heiterem Himmel. Es konnte das Lachen eines Kindes sein oder das Gefühl beim Aufschließen der Haustür, dass er direkt hinter ihr stand, bereit, hineinzurennen. Auch wenn sie praktisch die gesamte Einrichtung ausgewechselt hatte, lagen überall Landminen. Dinge, an die zu denken sie vermeiden musste, weil sie etwas Schweres und Klebriges hinter sich herzogen, Orte, an denen sie nicht sein wollte. Und diese besonderen Tage, die in ihr Gegenteil verkehrt worden waren. Vinters Geburtstag, Karneval, Halloween. Das erste Weihnachten hatte sie bei Malene verbracht, aber das war noch schlimmer, als allein zu sein. Mitten beim Tanz um den Weihnachtsbaum musste sie auf die Toilette rennen und sich übergeben. Dieses Jahr würde sie eine Ausrede erfinden, um zu Hause bleiben zu können, falls Malene sie überhaupt einlud.

So verging die Zeit, ohne dass es wirklich besser wurde. Der einzige Lichtblick war ihr neues Baby, das mit jedem Tag wuchs und gedieh. Die Pille, die all jenen helfen sollte, denen es ging wie ihr. Die es nicht als heilsam empfanden, über das zu sprechen, was sie verloren hatten.

6

SEPTEMBER 2024

Thorsten

»Thorsten, hast du zehn Minuten?«

Kamilla geht weiter den Gang entlang auf ihr Büro zu, ohne eine Antwort abzuwarten, und Thorsten folgt ihr mit der dunklen Vorahnung, dass ihn irgendeine Form von Zurechtweisung erwartet.

»So, Thorsten«, Kamilla setzt sich und deutet auf einen Stuhl, »erst mal wollte ich hören, wie es dir geht?«

»Entschuldigung?«

»Einige von uns haben den Eindruck, dass du in letzter Zeit ein wenig angespannt bist. Wir machen uns Sorgen.« Kamilla lächelt. Täuscht er sich, oder sind ihre Zähne eine Nuance weißer geworden? Thorsten kneift die Augen zusammen, strahlen die immer so? »Außerdem missfällt mir persönlich die Art, wie du neulich Antons Arbeit kritisiert hast.«

»Na ja, es ist doch auffällig, dass Mikkels Werte in unseren Auswertungen nicht berücksichtigt sind. Auch kompetente Leute machen Fehler.«

»Gar keine Frage«, Kamillas Ton ist schärfer, »aber du bist schon ewig am Institut, Thorsten, du weiß ganz genau, wie es sich auf die Stimmung auswirkt, wenn du einer Person unterstellst, dass sie gepfuscht hat.«

»Was soll das denn für ein Forschungsmilieu sein, wenn es nicht mehr gestattet ist, auf einen möglichen Fehler hinzuweisen«, protestiert Thorsten, doch Kamilla schnalzt missbilligend mit der Zunge.

»Es geht um die Art, wie, Thorsten. Generell schätze ich dein Engagement sehr, diesen Drang, immer einen Schritt weiter zu gehen. Aber ich habe den Eindruck, du hast dich zu sehr in dieses Projekt reingehängt, darum suche ich jetzt das Gespräch mit dir. Sowohl um deinetwillen als auch im Interesse des Teams.«

Was bitte will sie damit sagen? Und mit wem hat sie hinter seinem Rücken geredet?

»Also soll ich den Mund halten und schön im Gleichschritt marschieren? Meinst du das?«

Kamilla schüttelt den Kopf, noch immer lächelnd. Wäre sie eine Katze, würde sie schnurren, Thorsten hatte noch nie viel für Katzen übrig.

»Ich möchte damit lediglich sagen, dass du dich gern an mich wenden kannst, wenn du zum Beispiel ein paar Tage frei nehmen möchtest. Ich weiß ja, dass du es in der Vergangenheit nicht immer einfach gehabt hast.«

»Holst du jetzt etwa eine vierzehn Jahre alte Krankmeldung aus der Schublade, Kamilla?«, entfährt es ihm. Er muss im falschen Film sein. Kamilla war noch nicht mal am Institut, als Anita ihn verließ und er gegen seinen Willen für einige Wochen nach Hause geschickt wurde, um seine Wunden zu lecken.

»Nein, Thorsten, keineswegs. Ich spreche von dem unglücklichen Vorfall mit Rikke letztes Jahr und deinen haltlosen Anschuldigungen gegen sie und ihre Studierenden …«

»Haltlos? Hätte ich von der Institutsleitung auch nur ein Minimum an Unterstützung bekommen, hätte man der Sache vielleicht auf den Grund gehen können.«

Kamilla aber fährt unbeirrt fort: »… und wie du dich dermaßen reingesteigert hast, dass ich zum Schluss nicht mehr wusste, ob ich dich feuern oder freistellen soll. Verstehen wir uns jetzt?«

Er rutscht auf dem harten Stuhl herum, um eine bequemere Position zu finden. Kamillas Worte fühlen sich an wie ein Überfall aus dem Hinterhalt, aber vielleicht hat sie recht damit, dass ihm die Sache von letztem Sommer noch immer an die Nieren geht. Er war überzeugt, und ist es im Grunde immer noch, dass ihr Postdoc Rikke mehreren der Studierenden zu besseren Noten bei einer Klausur verholfen hatte, und vielleicht war er mit seinen Vorwürfen etwas harsch. Aber dass Kamilla sogar erwogen hat, ihm zu kündigen, überrascht ihn.

»Alles, worum ich dich bitte, ist, dass du zu mir kommst, wenn du etwas brauchst oder du weitere Fragen zum Projekt hast. Das wäre sehr viel besser, als dass du dich unnötig in …«, sie sucht nach dem richtigen Wort, »Arbeit begräbst.«

Er greift nach dem Glas, das sie ihm hingestellt hat, verschätzt sich und verschüttet Wasser auf dem blanken Holztisch. Dieses Gespräch läuft gar nicht gut.

»Wo du es gerade erwähnst, ich fände es gut, wenn wir unsere Ergebnisse noch mal überprüfen, vielleicht eine Zweitmeinung einholen«, sagt er im Versuch, ein klein wenig die Kontrolle zurückzugewinnen, doch unter Kamillas Blick werden seine Bewegungen linkisch, als er versucht, mit dem Hemdärmel das Wasser wegzuwischen. »Ich hätte gern eine vernünftige Antwort, warum die Ergebnisse von einigen Patienten ausgesiebt werden. Ich habe Mikkel getestet und wüsste nicht, wieso seine Zahlen nicht valide sein sollten. Ganz im Gegenteil wäre es doch wichtig, herauszufinden, woran es liegt, dass sein Empathiescore und sicher auch der von anderen derart gesunken ist. Vor allem, bevor wir etwas an die Presse melden, oder nicht?«

»Thorsten.« Kamillas Hände liegen jetzt flach auf ihren Schenkeln. »Du hast bei einigen deiner Testpersonen einen Rückgang des Empathiescores bemerkt, so weit bin ich bei dir. Aber jetzt meinst du, das sagt allgemein etwas über das Projekt aus? Oder über Callocain, verstehe ich das richtig?«

Er zögert. Soll er ihr von dem Gespräch mit Louise erzählen und von seinem diffusen Gefühl, sie könnten etwas Wichtiges übersehen haben, etwas, das weit über Mikkels Resultate hinausgeht? Nein. Auch wenn er seiner Intuition normalerweise vertraut, noch hat er zu wenig Handfestes, um Kamilla überzeugen zu können. Besser, er untersucht die Sache erst mal weiter auf eigene Faust, bis er konkrete, valide Beweise erbringen kann.

»Einen Einzelfall oder zwei«, fährt Kamilla fort und bestärkt ihn damit in seinem Entschluss, »das kannst du zu nichts gebrauchen, das ist dir doch klar. Erinnerst du dich an den Skandal um die HPV-Impfung?«

Natürlich tut er das. Der Fall erschütterte das Vertrauen der Bevölkerung in die Experten und sorgte am ganzen Institut für hitzige Diskussionen.

»Die jungen Mädchen und ihre Angehörigen waren überzeugt, die Symptome kämen von der Impfung. Weiß Gott was alles wurde auf die Spritze zurückgeführt, obwohl die Nebenwirkungen nachweislich minimal waren und die Beschwerden anderweitig erklärt werden konnten. Die Leute haben nicht zugehört. Sie hatten ihre eigene Sicht der Dinge und waren komplett faktenresistent. Die Forschung belegte, dass mit der Impfung alles in Ordnung war, da hieß es, die Wissenschaftler wären korrupt und von der bösen Pharmaindustrie gekauft. Wenn man das Gesamtbild außer Acht ließ und lediglich diese eine Geschichte einer Spitzenschülerin las, für die alles glänzend lief, bis sie ihre Spritze bekam, fiel es auch leicht, sich von der Welle mitreißen zu lassen. Glücklicherweise gründen wir unsere Forschung aber nicht auf Bauchgefühle und Einzelfälle«, Kamillas Lächeln ist jetzt beinahe aalglatt, »sondern auf methodische Erhebung und statistische Bearbeitung von Daten. Und da keiner deiner Kollegen ähnliche Bedenken geäußert hat wie du, Thorsten, finde ich offen gestanden, du solltest es gut sein lassen damit. Hör auf, etwas zu suchen, was es nicht gibt, und lass uns dieses Projekt anständig zu Ende bringen. Okay?«

Aber bereits auf dem Weg zurück zu seinem eigenen, weichen Bürosessel überlegt Thorsten, wie er weiter vorgehen soll. Kamillas geheuchelte Besorgnis und ihre unverhohlene Aufforderung, klein beizugeben, hat ihn nur umso mehr darin befeuert, der Sache auf den Grund zu gehen. Nicht nur um seine fachliche Integrität zu wahren, sondern auch, weil keine Lean-zertifizierte Bürokratin nachsichtig den Kopf über Thorsten Gjeldsted schütteln soll.

Shadi

»Tschuldigung?«

Shadi klopft vorsichtig an die Tür. Thorsten sitzt an seinem Schreibtisch, auf dem wie üblich ein Chaos aus Büchern, Stapeln mit Artikeln und losen Blättern herrscht.

»Shadi?« Auf seinem zerstreuten Gesicht erscheint ein Lächeln. »Was kann ich für dich tun?«

Erleichtert presst sie den Satz zwischen zitternden Lippen hervor, die Worte hat sie sich tagelang zurechtgelegt und den ganzen Weg vom Lesesaal hierher geübt. Trotzdem verhaspelt sie sich.

»Ich wollte nur … du hattest gesagt, dass wir vielleicht Material von der Trauerstudie für unsere Masterarbeit benutzen können?«

Ihren Worten folgt eine Pause, die sie bereuen lässt,

überhaupt gefragt zu haben. Doch dann hellt sich Thorstens Miene auf.

»Ah ja, richtig. Das wären dann Teile, an denen ich gerade sitze.« Er weist mit dem Kinn auf den vor ihm liegenden Wust. »Wir haben gerade die erste Übersicht über die Ergebnisse bekommen, und obwohl noch nicht alle Punkte geklärt sind, sollte nichts dagegensprechen, dass ihr mitlest. Wenn ihr Glück habt, sind wir schnell, und ein oder zwei unserer Artikel durchlaufen sogar schon die Peer-Review, bevor ihr abgebt. Dann könntet ihr uns als Erste auf der Welt zitieren.«

»Oh«, sagt Shadi, obwohl sie keine Ahnung hat, was eine Peer-Review ist, »das wäre ja toll.«

»Ich habe Anna schon ein wenig Hintergrundmaterial geschickt«, sagt Thorsten. »Sowohl zu Diagnose als auch Standardbehandlung, vielleicht findet ihr da Anregungen.«

Shadi versteht nicht, wieso er nur Anna das Material geschickt hat, sagt jedoch nichts. Jetzt zählt einzig, Thorsten zu zeigen, dass sie mindestens ebenso fähig und zehnmal so fleißig ist wie seine Lieblingsstudentin.

Sie diktiert ihm ihre E-Mail-Adresse, die er umständlich mit einem einzelnen abgespreizten Zeigefinger und einer erschreckend langen Suche nach dem @-Zeichen eintippt. Da er ihr zuvor schon mal geschrieben hat, erscheint ihre Adresse in der Zeile, doch Thorsten bemerkt es nicht.

»So«, sagt er dann. »Wie du ja weißt, plant Danish Pharma, Callocain nach der Zulassung durch die europäische Arzneimittelbehörde EMA auf dem dänischen Markt einzuführen, und sie selbst haben ausgesprochen gute Forschungsresultate vorgelegt, die wir natürlich überprüft haben. Aber das eigentliche Ziel unseres Projekts ist es, verschiedene Hypothesen darüber zu testen, wie Callocain wirkt. Nicht biochemisch, sondern kognitiv, in Bezug auf die Persönlichkeit und so weiter.«

»Ich hab ein bisschen was darüber gelesen«, wirft Shadi ein. Das ist eine Untertreibung. Als Shadi das Thema ihrer Masterarbeit wählte, hat sie sämtliche verfügbaren Informationen auf der Homepage der Uni durchgelesen.

»Super«, sagt Thorsten. »Dann schaut euch einfach an, was ich geschickt habe, und fragt, falls es Unklarheiten gibt. Aber stützt euch besser noch nicht zu sehr auf die Testergebnisse, die können sich immer noch ändern.«

»Ich dachte, das Projekt ist abgeschlossen?« Shadi möchte nicht dumm klingen, aber wie sollen sich die Ergebnisse noch ändern, wenn die Studie beendet ist?

»Kann auch gut sein, dass alles bleibt, wie es jetzt ist. Da sind nur ein paar Details, bei denen ich mir nicht ganz …« Thorstens Blick gleitet erneut über die Papiere vor sich, als er fortfährt, scheint er nicht länger zu Shadi zu sprechen. »Ich bin ja nicht für die Analysen zuständig, vielleicht sollte ich mich nicht einmischen, aber ich möchte auf keinen Fall, dass uns ein Fehler unterläuft. Dafür ist dieses Projekt einfach zu wichtig.«

Er seufzt und nimmt die Brille ab, um sich die roten

Augen zu reiben. Als er den Blick wieder Shadi zuwendet, sieht er aus, als wäre er nach langem Schlaf erwacht.

»Kannst du die Auswertungen nicht einfach selbst überprüfen, wenn du Zweifel hast?«, fragt sie vorsichtig, doch das lässt ihn bloß noch verlorener aussehen.

»Das versuche ich ja, aber ich hab's nicht so mit diesen Statistikprogrammen«, räumt er ein. »Als ich studiert habe, gab es so was noch nicht, und hier am Institut habe ich glücklicherweise Leute dafür.«

Bestimmt wäre es besser, sie würde den Mund halten.

»Ich könnte das übernehmen«, schlägt sie zaghaft vor. »Wenn du möchtest.«

»Wirklich?« Thorsten reißt die Augen auf. »Kannst du so was?«

»Ja«, antwortet sie, ist das so verwunderlich? »Wir hatten ja Statistik im fünften Semester, aber das war ziemlich oberflächlich, deshalb habe ich mir das Programm selbst gekauft.«

»Nicht schlecht.« Thorsten mustert sie nachdenklich, doch gerade als sie glaubt, dass er einwilligen wird, schüttelt er den Kopf. »Nein, das geht nicht, ich kann meine Studierenden nicht die Forschungsarbeit für mich machen lassen. Aber danke dir für das Angebot.«

Wenig später, auf dem Weg die Treppe zur Bibliothek hinunter, ärgert sie sich, dass sie gefragt hat. Endlich hat sie mal in einem Gespräch mit ihm nicht wie eine komplette Idiotin gewirkt, und schon muss sie zu weit gehen. Klar braucht Thorsten keine Hilfe von einer Studentin, wenn ihm ein ganzes Forschungsteam zur Verfügung steht, was hat sie sich bloß dabei gedacht? Emil fände es sicher gut, dass sie Initiative gezeigt hat. Aber sie selbst ist sauer, ein einziges Mal hat sie sich weit rausgelehnt, nur um abgewiesen zu werden.

Anna

»Hi, Papa.«

Ihr Vater öffnet die Tür und steht dort mit seinem traurigen Lächeln, das die Mundwinkel nach oben schiebt, ohne die Augen zu erreichen. Die schlechte Rasur kratzt an Annas Wange. Sie zieht ihre Schuhe aus und wirft die Jacke obendrauf, er rührt sich nicht vom Fleck, daher geht sie voran in die Küche. Seit ihrer Kindheit hat sich kaum etwas verändert, dennoch ist die Wohnung anders als früher. Ein Fremder würde es wahrscheinlich nicht bemerken, doch es fühlt sich an, als käme überhaupt nie mehr etwas Neues, nicht einmal Sauerstoff, über die Türschwelle, und sie verspürt den starken Drang, ihren Vater an der Hand hinauszuziehen.

»Du musst sagen, falls du was möchtest.« Er sieht sich etwas hilflos um, macht eine vage Handbewegung Richtung Wohnzimmer. »Ich hab versucht, ein paar von Mamas Sachen zusammenzusuchen, aber sonderlich weit bin ich nicht gekommen.«

Sie weiß, dass sie ihm anbieten sollte zu helfen, aber sie bringt es einfach nicht fertig.

»Das eilt ja nicht«, sagt sie. »Mach dir keinen Stress.«

Das Essen ist miserabel. Sowohl die Wedges als auch die gräulichen Beefsteaks kommen direkt aus dem Gefrierfach, der Salat ist eine Fertigmischung aus der Tüte. Sie muss sich auf die Zunge beißen, um ihren Vater nicht anzumeckern, weil er so schlecht auf sich achtet. Stattdessen redet sie drauflos.

»Es wird eine kritische Analyse der neuen Trauerdiagnose«, sagt sie. »Es wäre ja nicht das erste Mal in der Geschichte, dass jemand andere als krank bezeichnet, um Macht über sie zu erlangen.«

Wie immer, wenn es ums Studium geht, bemüht sie sich, ihre Worte so zu wählen, dass ihr Vater versteht, wovon sie spricht. Nicht weil er dumm wäre, überhaupt nicht, aber als sie nach mehreren Wartesemestern und einer geglückten Bewerbung an der Uni anfing, war sie selbst überrascht von der Menge an neuen Termini. Bald merkte sie, wie sich Begriffe wie Diskurs und performativer Sprechakt in ihr festsetzten, einstige Wahrheiten infrage stellten und ihr Denken und ihre Sprache veränderten. Mehrfach hatte sie das Gefühl, dass sie in den Augen ihrer Eltern etwas abgehoben wirkte. Keiner der beiden konnte so richtig nachvollziehen, warum sie aufhörte, Fleisch zu essen, und Gesprächsthemen wie Politik oder gesellschaftliche Verhältnisse wurden mit der Zeit so heikel, dass sie sich angewöhnte, sie zu umschiffen.

Schließlich verstummt sie. Die Kiefer ihres Vaters mahlen mechanisch, ehe er einen Bissen ganz hinuntergeschluckt hat, schiebt er sich schon die nächste Fuhre in den Mund. Das Geräusch von zerkautem Essen, das fettige Glas, wenn er nachspült.

»Du schreibst also über Trauer?«, fragt er zum Schluss. »Tja, das ist wohl auch eine Art, damit umzugehen.«

Er stupst das Messer an, damit es parallel zur Gabel liegt.

»Ähm, ich mach das nicht als irgendeine kranke Form von Selbsttherapie, falls du das glaubst.« Sofort bereut sie den barschen Ton. »Ich meine, es hat nichts mit Mama zu tun.«

»Wenn du das sagst.« Er hebt den Blick. »Warst du in letzter Zeit auf dem Friedhof?«

Anna schüttelt den Kopf. Sie dachte schon, sie wäre darum herumgekommen, aber alle Wege führen offenbar zu Mama.

»Da krieg ich Gänsehaut.«

»Gänsehaut?«

»Ich mag Friedhöfe nicht. Außerdem brauche ich keinen besonderen Ort, um an sie zu denken.«

Ihr Vater lächelt, ein dünnes, blasses Lächeln.

»Nein, sie ist überall präsent, vielleicht sogar zu viel, kann schon sein. Aber ich habe angefangen, jeden Abend eine Liste mit Dingen zu schreiben, die ich erledigen will, einen der Schränke aufräumen zum Beispiel, einen Teil ihrer Kleider in Tüten packen. Das war die Idee meiner Ärztin.«

Anna springt auf, sie muss weg von diesem Tisch und all den kleinen Schritten, die nirgendwohin führen.

»Das hast du mir schon erzählt, Papa.«

Er senkt den Kopf, und sie fühlt sich beschissen. Die Spülmaschinentür fällt krachend herunter, und ihr Teller landet neben all den anderen einzelnen Tellern, die Abend für Abend nach einem weiteren Essen bei laufendem Fernseher einsortiert wurden. Als würde man über ein verletztes Tier steigen.

Shadi

»Was machst du gerade, Shadi joon?«

Die Stimme ihrer Mutter ist heiter. Im Hintergrund dudelt Musik, bestimmt das Radio in der Küche, und Shadi sieht sie genau vor sich. Das Telefon zwischen Ohr und Schulter geklemmt, während sie geschäftig mit irgendetwas hantiert, alles am Laufen hält.

»Nicht viel. Ich hab bis eben an meiner Arbeit geschrieben.«

»Und Emil?«

»Der arbeitet noch.«

Shadi weiß, was jetzt kommt. Ihre Eltern lieben Emil, aber auf eines ist immer Verlass.

»Es ist gut, dass er zielstrebig ist, aber er arbeitet zu viel, dein Emil. Das ist nicht gut fürs Herz.«

Die ewige Litanei ihrer Mutter, ein rauschender Strom aus Sorgen, den Shadi schon über sich ergehen lässt, solange sie denken kann.

»Und du sitzt den ganzen Tag vorm Computer und schreibst. Was ist eigentlich, wenn man eine schlechte Note bekommt, kann man es dann noch mal versuchen?«, will sie wissen, und Shadi antwortet wortwörtlich dasselbe wie beim letzten Mal, nämlich nein, kann man nicht.

»Nur wenn ich durchfalle.«

»Wenn du durchfällst?« Ihre Mutter schiebt das Wort beiseite wie einen stinkenden Lappen. »Aber was machst du dann? Kann man das Studium verlängern? Oder kriegst du dann keine Studienförderung mehr?« Der Strom fließt jetzt schneller, wirbelt Steine und Blätter auf. »Du weißt, dass wir dir jederzeit etwas leihen können, wenn es knapp bei euch wird, Schatz.«

»Mama, warum reden wir überhaupt darüber? Ich falle nicht durch.«

»Du hast doch damit angefangen!« Jetzt hat sie ihren gekränkten Tonfall ausgepackt, den sie immer benutzt, wenn Shadi oder ihre jüngere Schwester sich lächerlich verhalten. »Aber wäre vielleicht auch gar nicht das Schlechteste. Neulich habe ich gelesen, dass unter Psychologieabsolventen hohe Arbeitslosigkeit herrscht, die meisten bekommen ihre erste Stelle über Kontakte. Du hast ja nicht einmal einen Studentenjob, Shadi joon, obwohl ich dir von der Ärztin erzählt hatte, die jemanden sucht.«

Shadi kneift die Augen zu. Sie muss sich in Erinnerung rufen, dass ihre Mutter es nur gut meint. Wozu unnötig streiten.

»Wie geht es Bassu?«, fragt sie, und das hat den gewünschten Effekt. Während ihre Mutter von den Rückenproblemen ihrer Tante erzählt, nimmt sie das Handy vom Ohr. Emil hat geschrieben. Er geht noch ein Bier mit jemandem von der Arbeit trinken, steht da, und dann so ein dämliches Emoji mit zwei Bierkrügen.

An einem Donnerstag?, antwortet sie und würde ihn am liebsten bitten, sofort nach Hause zu kommen, ihn versprechen lassen, dass er in einer oder spätestens zwei Stunden da ist.

Sie folgt den blinkenden Punkten auf dem Display.

Man stelle sich vor, manche Leute können auch an einem normalen Wochentag Spaß haben, ohne dass die Welt untergeht.

»Joon?«

Shadi starrt auf das Handy. Jetzt muss sie es gut sein lassen, sie darf keine von diesen klammernden Freundinnen sein, die kein Mensch erträgt.

Wann kommst du heim? Ehe sie sich besinnen kann, hat sie auf Senden gedrückt. Keine blinkenden Punkte, nur ihr unregelmäßiger Puls. Sie presst sich die Hand fest auf die Brust. Er wird nicht antworten.

»Shadi, bist du noch da?«

»Ja!«, ruft sie und hebt das Handy wieder ans Ohr. »Aber ich muss jetzt Schluss machen, Mama. Emil ist da.«

OKTOBER 2013

Elisabeth

An dem Nachmittag, als Elisabeths Arbeitsgruppe bei Danish Pharma sich offiziell auf ein Ziel einigte, konnte sie sich vor Erschöpfung kaum noch auf den Beinen halten.

»Wir haben es!«, riefen sie einander ausgelassen zu, und jemand zauberte eine Flasche Champagner hervor. Sie würden sich auf die Dopaminrezeptoren konzentrieren. Sie hatten endlich eine Theorie, was im Gehirn der Menschen ablief, die in ihrer Trauer feststeckten. Die erste Etappe war heil überstanden, nun begann die Jagd auf das, worum es eigentlich ging. Ein Heilmittel.

»Geh nach Hause und schlaf dich aus, Elisabeth.«

Sofia drückte ihren Arm. Sie war eine der wenigen, die weder mehr noch weniger Abstand zu Elisabeth hielt als vor Vinters Tod, sondern sie genau wie früher behandelte. Elisabeth erwiderte ihr Lächeln. Im letzten Jahr hatte sie sich stärker verausgabt, als sie es je zu Vinters Lebzeiten getan hätte. Oft ließ sie sich ihr Abendessen ins Büro liefern, und die Nachbarstochter kümmerte sich um Nala, wenn Elisabeth lieber arbeitete, statt nach Hause zu gehen. In den wenigen Stunden, die sie schlief, träumte sie von komplexen Molekülverbindungen.

»Okay, danke euch«, sagte sie und hob die Hand zu einem matten Gruß. »Gute Arbeit, alle miteinander!«

Auf dem Heimweg hatte sie das Gefühl, durch dichten Nebel zu fahren, selten war sie derart erschlagen gewesen. Zwölf Stunden später wachte sie auf, um im Büro anzurufen und mitzuteilen, dass sie heute von zu Hause schlafen würde.

»Arbeiten«, verbesserte sie sich schnell, doch die Assistentin lachte nur und meinte, es sei ihr vergönnt. Während sie so im Bett lag, wurde Elisabeth von einer ungewohnten Ruhe erfüllt. Sie waren auf dem richtigen Weg.

7

SEPTEMBER 2024

Anna

Die Faustschläge sitzen. Der frustrierende Besuch bei ihrem Vater und die Tatsache, dass sie immer noch nichts von Siri gehört hat, stecken Anna als zitternde Anspannung in den Muskeln. Als sie fertig mit Aufwärmen ist, will sie sich einfach nur kloppen.

»Hey, Isam, hast du jemanden übrig?«, ruft sie. Er wendet sich von dem schlaksigen Jungen ab, dem er gerade Anweisungen gibt.

»Du kannst gleich eine Runde mit mir sparren, wenn du dich traust!«

Sie zeigt ihm den Mittelfinger und hält sich mit kurzen Serien warm. Ballt die Faust im linken Handschuh fester und beschließt zum x-ten Mal, beim nächsten Besuch netter zu ihrem Vater zu sein. Außerdem muss sie ihm helfen, Ordnung zu schaffen, es kann unmöglich gut sein, dass die Zeit in der Wohnung stillsteht.

Endlich ist Isam so weit. Sie beide sparren nicht oft. Isam ist sowohl schneller als auch stärker als sie, und Annas einzig wirkliche Waffen sind ihr Wille und ihre fehlende Angst. Es schreckt sie nicht, dass es wehtun kann, genau das will sie.

Obwohl sie damit aus der Deckung geht, greift sie zuerst an. Er blockt mit Leichtigkeit, und schon spürt sie das Wummern, als seine Faust ihren Wangenknochen trifft. Reine Provokation. Sie täuscht einen linken Haken an und versetzt ihm stattdessen rechts einen Tritt, zielt auf die Niere, doch Isam hat sie schon etliche Male kämpfen sehen. Mühelos schnappt er sich ihren Fuß, und im nächsten Moment landet sie mit einem Sturz auf der Matte, der ihr die Luft aus der Lunge drückt.

»Was ist?«, schnauft er über ihr, sie antwortet mit einem Faustschlag gegen seine Schulter.

»Na los, schlag zu«, presst sie zwischen den Zähnen hervor, »mach schon!«

Gerade will sie nichts lieber als fühlen, wie etwas innerlich zerbricht, Haut aufplatzt. Stattdessen legt er die Hände um ihren Hals und drückt zu.

»Ich schlage keine Mädchen, die auf dem Boden liegen.«

Er grinst mit seinen schiefen Zähnen. Vergebens tritt sie nach ihm, will sich herauswinden, doch er verstärkt den Würgegriff, sodass ihre Luftröhre blockiert wird. Sie schlägt nach seinem Gesicht, er aber hält sich knapp außer Reichweite, und so sehr sie auch an seinen Armen zieht und zerrt, um ihn zum Loslassen zu bewegen, er ist zu stark. Sie zappelt ein paar Sekunden. Dann gibt sie auf und schließt die Augen, obwohl all ihre Reflexe danach schreien, sich zu wehren. Das muss die ultimative Kontrolle sein, denkt sie, während ihr schwarz vor Augen wird. Vollkommen still dazuliegen und alles geschehen zu lassen, während der Tod eintritt.

Da lässt er los. Ein paar schnelle Ohrfeigen klatschen ihr auf die Wangen.

»Hey, alles okay?«

Sie öffnet die Augen und schnappt nach Luft.

»Penner«, faucht sie. Isam zwinkert ihr zu.

»Genau das wolltest du doch, oder nicht?«

Dann geht er rüber zu einer Gruppe Mädels, die gerade aus der Umkleide gekommen sind. Anna bleibt auf dem Boden liegen, während das Rauschen nachlässt. Obwohl ihr der Hals wehtut, ist es, als würde sich die Luftröhre mit jedem Atemzug weiten und noch größer werden als zuvor. Zum ersten Mal seit Tagen ist der Druck hinter der Stirn verschwunden.

Shadi

Es ist halb sechs morgens, als Emil nach Hause kommt, und Shadi weiß genau, dass irgendetwas überhaupt nicht stimmt. Keiner von ihnen sagt ein Wort, Emil legt sich angezogen neben sie und schläft sofort ein. Er stinkt nach Kneipe. Shadi betrachtet ihn im bleichen Licht. Denkt an den Tag vor einem Jahr, als ihr zum ersten Mal der Gedanke kam, er könnte nicht richtig glücklich sein. Sie hat versucht, mit ihm darüber zu reden, ihm gesagt, dass sie Angst hat, ihn zu verlieren, dass sie ohne ihn nicht kann.

Es fühlte sich richtig an, aber im Nachhinein versteht sie, dass es wohl auch eine Art war, ihn zum Bleiben zu bewegen. Wenn du mich verlässt, gehe ich kaputt.

Kurze Zeit später verliefen sie sich bei einem Spaziergang im Wald, Emil schrie sie an, sie solle gefälligst selbst den Weg zurück suchen. *Warum muss immer ich uns retten?*, brüllte er, und Shadi fing an zu weinen, weil sie sein verzerrtes Gesicht nicht wiedererkannte.

Vorsichtig setzt sie sich im Bett auf, streicht ihm übers Haar.

»Ich habe mit einer anderen geschlafen«, sagt er heiser.

Und alles in ihr bricht in Stücke.

»Shadi?«

Ihr Kopf sinkt auf die Brust.

»Es tut mir leid, Schatz.« Seine Stimme ist belegt vom Schlaf oder dem Alkohol, sie wünscht, dass er aufhört zu reden. »Es tut mir so leid.«

»Mit wem?«

»Ist doch egal. Du kennst sie sowieso nicht.«

Er setzt sich auf und fängt wieder an, sich zu entschuldigen.

»Nein«, sagt sie. »Ich will wissen, wie sie heißt.«

»Lucia«, murmelt er. »Lucia von der Arbeit.«

Hat sie den Namen schon mal gehört? Sollte sie sich nicht daran erinnern, wenn ihr Freund eine Kollegin erwähnt hätte, mit der er gerne schlafen möchte?

»Schatz?«

Emils Hand hängt zwischen ihnen in der Luft, und

Shadi spürt den Druck seines Körpers, obwohl sie sich nicht berühren. Als würde sich alles in ihm gegen sie wenden. Doch seine Hand führt die Bewegung nicht zu Ende, und sie sitzt ganz allein neben ihm, schwebend, unverbunden. Viellcicht kann sie tatsächlich nicht ohne ihn leben. Berühr mich, möchte sie sagen, wenn du mich willst, dann halt mich doch fest.

»Es tut mir so leid.« Emil hat angefangen zu weinen. »Ich wünschte, es wäre nicht passiert, aber bei uns ist alles so stressig geworden.«

Stressig. Das sagt er allen Ernstes, sie hat große Lust, ihn zu schlagen. Ihre Haut zieht sich um sie zusammen, lässt immer weniger Platz.

»Was?«, fragt sie.

»So hab ich es nicht gemeint, es ist nur …« Sein Tonfall hat etwas Flehendes angenommen, er will ihr irgendetwas begreiflich machen, aber wie soll sie zuhören, wenn sie keine Luft bekommt. »Ich vermisse es, mit Freunden was trinken zu gehen, ohne ein schlechtes Gewissen zu haben, ich will …« Er hält inne. »Wir sind nicht mal dreißig, Shadi, aber wir führen ein Leben, als wären wir achtzig!«

Er muss lange darüber nachgedacht haben, die Worte stürzen nur so aus ihm heraus. Einige davon hört sie, andere ziehen an ihr vorbei, sie hat keine Kraft mehr. Sie hat sich lange genug angestrengt, er hat recht, das Ganze ist zu angespannt. Irgendetwas drückt ihr auf die Lunge, sie will aufstehen, aber das Atmen fällt so schwer.

»Irgendetwas muss sich ändern, wenn es nicht schiefgehen soll«, sagt Emil, aber sie versteht nicht, was er meint. Es ist doch schon schiefgegangen.

Thorsten

Thorsten wacht noch vor dem Weckerklingeln auf. Heute hat er einen kleinen Abstecher auf dem Weg zur Arbeit eingeplant. Nur ein kleiner Umweg, ein einziger spontaner Schwenk mit dem Lenkrad. In Wahrheit jedoch fährt er in direkt entgegengesetzte Richtung zum Institut, aus der Stadt hinaus Richtung Tilst, und würde ihm unterwegs ein Kollege begegnen, er käme wohl in ziemliche Erklärungsnot.

Mag auch gut sein, dass er mal wieder etwas übereifrig ist. Er ist schon häufiger dafür kritisiert worden, sich zu sehr reinzuhängen. Zu viel Zeit auf eine begabte Studentin zu verwenden oder zu weit zu gehen beim Versuch, einem besonders schwierigen Klienten zu helfen. Anita hat ihm mal einen Vortrag darüber gehalten, dass er seinem Job neunzig Prozent seiner Energie widme, während sie und Andreas sich die restlichen zehn teilen müssten, und auch wenn er ihre Vorwürfe damals ungerecht fand, lag vermutlich mehr als nur ein Körnchen Wahrheit darin. Die Sache ist nur, dass er nicht weiß, wie er es anders machen sollte. Wenn man den Dingen keine Bedeutung beimisst, wo liegt dann der

Sinn? Warum überhaupt Psychologe werden, wenn man sich nicht für die Menschen einsetzt? Also ja, jetzt macht er eben einen Umweg.

Es ist die absolut richtige Richtung, zumindest in Bezug auf den Berufsverkehr, und nach knappen zwanzig Minuten mit voll aufgedrehtem Jazzsender parkt er vor einem hellgelben Reihenhaus. Ein weißer Zaun umrandet einen Grasstreifen, der sowohl zu schmal als auch zu vertrocknet ist, um als Garten durchzugehen. An der Grenze zum Nachbargrundstück, halb in der Hecke, steht ein Kinderwagen. Die Räder sind dreckverkrustet, das Verdeck hängt schief. Beim Anblick des ramponierten Wagens verspürt Thorsten für einen Moment den Impuls, auf dem Absatz umzudrehen und schnellstmöglich zu verschwinden.

Etwas verloren steht er da mit seiner Visitenkarte in der Hand. Ein Stück weiter die Straße hinunter knallt eine Autotür, davon abgesehen ist es beinahe beunruhigend still. Der Himmel hängt grau über der Stadt, jeden Moment kann es anfangen zu regnen. Thorsten gibt sich einen Ruck und geht zur Haustür. Er hört es drinnen klingeln, ein lauter, schriller Ton. Nichts rührt sich. Eigentlich will er nur seine Karte durch den Briefschlitz schieben, mit der Bitte, sich bei ihm zu melden, doch dann tritt er einen Schritt zur Seite, ins Gebüsch vor dem Küchenfenster. Eine Kombination aus Schmutz und Widerschein verstellt den Blick, er schirmt mit der Hand die Augen ab und drückt das Gesicht an die Scheibe. Und da. Wie eine Fata Morgana, ein Mann, der an der offenen Küchentür vorbeigeht. Ist er das? Noch in derselben unbequemen Haltung zieht Thorsten sein Handy aus der Tasche und tippt die Nummer ein, die er inzwischen auswendig weiß. Wie üblich nimmt niemand ab, doch da ist die Gestalt wieder, und ehe er sich fragen kann, ob er das Richtige tut, hat er schon gegen die Scheibe geklopft.

»Tut mir leid, dass ich Ihnen so nachgestellt habe«, sagt er, als Mikkel endlich die Tür öffnet. Es ist gut, ihn wiederzusehen, nicht als Zahl auf einer Liste oder als bläuliches Gehirn in Antons Unterlagen, sondern als quicklebendigen jungen Mann mit schlafzerzausten Haaren. »Ich wollte nur ganz sicher sein, dass es Ihnen gut geht, bevor wir die Studie abschließen.«

»Joa.« Mikkel unterdrückt ein Gähnen. »Alles bestens.«

Da er keine Anstalten macht, ihn hereinzubitten, tritt Thorsten einen Schritt zurück.

»Das freut mich zu hören«, sagt er, »Sie haben sich ja etwas rar gemacht. Ihre Schwester scheint Sie auch zu vermissen.«

»Louise?« Mikkel macht ein verdutztes Gesicht. »Also ich weiß nicht. Ist normal, oder? Man hat viel zu tun und kommt nicht immer dazu, sich um solchen Kram zu kümmern.«

Thorsten nickt, auch wenn er die Formulierung etwas eigenartig findet.

»Sie versteht einfach nicht, dass ich nicht das Bedürfnis habe, dauernd die Sache mit Julie und Thea durchzukauen.« Mikkel schneidet eine Grimasse. »Und diese Schuldgefühle, die hält doch kein Mensch auf Dauer aus.«

»Das verstehe ich. Aber davon abgesehen geht es Ihnen gut?«

»Ja, würde schon sagen.«

»Und ähm …« Thorsten zögert. Er denkt an Mikkels Empathiewerte in der letzten Testrunde, weiß aber nicht so recht, wie er am besten danach fragen soll. »Und wie sieht es mit Ihren Freunden und so aus? Soweit ich weiß, haben Sie Ihre Trainertätigkeit aufgegeben?«

Mikkel zuckt mit den Achseln, unterdrückt ein weiteres Gähnen.

»Sie haben doch bestimmt eine andere Beschäftigung gefunden?« Ein irritierter Zug huscht Mikkel über das Gesicht.

»Wie schon gesagt, ich hab genug zu tun«, antwortet er. Am Handgelenk prangt eine große Sportuhr, von der Sorte, die aussieht, als könne man sie gefahrlos auf dem Meeresgrund ablegen, ohne dass sie jemals stehenbleibt.

»Natürlich«, Thorsten lächelt entwaffnend, »dann nur eins noch. Dass es Ihnen besser geht, können Sie mir vielleicht erklären, was sich verändert hat? In den Monaten, die sie am Projekt teilgenommen haben?«

Einen Moment lang schaut Mikkel ihn müde an. Dann seufzt er.

»Wissen Sie, es ist ein bisschen, wie wenn man einen Film gesehen hat. Man erinnert sich an die Handlung und kann sie nacherzählen oder sagen, ob einem der Film gefallen hat. Hiermit ist es genauso.« Er deutet vage auf den Kinderwagen. »Ich weiß natürlich, was passiert ist, und ich kann Ihnen genau sagen, wie schlimm es war nach dem Unfall. Es fühlt sich bloß nicht länger an, als wäre ich Teil dieser Geschichte.«

Anna

Anna liegt mit einem Kissen im Rücken und die Beine um Siri geschlungen im Bett. Siri, die aus heiterem Himmel angerufen hat und wissen wollte, ob sie sich vielleicht irgendwann noch mal wiedersehen? Die geradezu die Treppe hochgerannt kam, umweht von einem exklusiven Duft nach Parfüm und Abendluft. Und die jetzt hier in Annas Zweizimmer-Schuhkarton sitzt und teuren Wein in ihr kalkfleckiges Wasserglas schenkt.

»Klingt, als hättest du ziemlich viel übrig für diesen Thorsten«, bemerkt sie mitten in Annas Erzählung über die Masterarbeit.

»Er hat's einfach voll drauf.« Anna kennt Siri nicht gut genug, um einschätzen zu können, was sie denkt, und ihre Miene verrät nichts. »Er war schon mal mein Betreuer, und danach haben wir irgendwie weiter Kontakt gehalten. Aber du brauchst nicht eifersüchtig zu sein«, Anna stupst Siri mit dem Fuß und lacht laut, »er ist noch älter als du!«

»So, kein Wein mehr für die Lady«, sagt Siri und windet sich frei. »Hast du irgendwas Essbares da?«

Anna zuckt mit den Achseln. Kurz darauf hört sie Siri in der Küche mit den Türen klappern.

»Im Eckschrank könnten noch Kekse sein«, ruft sie und geht ins Bad.

Als sie auf der kalten Klobrille sitzt, die Zehen gegen die Fliesen gepresst, spürt sie sofort, dass sie ziemlich betrunken ist. Wie ist das passiert? Siri wirkt nicht mal angeheitert, aber vielleicht gehört sie zu den magischen Wesen, die enorme Mengen Alkohol wegkippen können, ohne dass man es ihnen anmerkt. Annas beste Freundin in der Oberstufe war so jemand. Sie war es deshalb auch, die Anna nach dem Feiern getreu mit festem Griff um den Arm nach Hause brachte, ein Knoblauchbaguette in den Ofen schob und sie zwei große Gläser Wasser trinken ließ, bevor sie ineinander verknäult ins Bett fielen und schliefen, bis der Durst sie weckte.

Aus der Küche ist nichts mehr zu hören. Schnell checkt Anna ihr Handy. Shadi hat zwar endlich einem Treffen zugestimmt, aber sie hat nicht auf Annas letzte Nachricht geantwortet, und das Dokument im geteilten Ordner wurde ausnahmsweise seit vorgestern nicht mehr geöffnet.

»Bist du fündig geworden?«, fragt sie, als sie zurück ins Wohnzimmer kommt. Siri steht beim Schreibtisch, wo Annas Notizen und Artikel verstreut liegen, und sie muss versehentlich an die Tastatur gekommen sein, denn der Laptop hinter ihr leuchtet.

»Bloß die hier.«

Sie hält eine Packung getrocknete Aprikosen hoch, und bevor Anna fragen kann, was sie da am Schreibtisch macht, steht sie vor ihr. Legt die Arme um ihren Hals und küsst sie, dass es kitzelt.

»Großer Gott«, sie zieht Annas Rollkragen herunter und lässt die Finger über ihren Hals gleiten, wo Isams Griff grünliche Flecken hinterlassen hat, »hat jemand versucht, dich umzubringen, oder was?«

»Kann man so sagen. Mein Trainer hat's leicht übertrieben, er meinte, ich hätte es nötig gehabt.«

»Aha.« Das Licht spielt in Siris Augen, ihre Fingerspitzen auf der empfindlichen Haut lassen Anna erschauern. »Und, hatte er recht?«

Anna lächelt. Sie hat das Gefühl, Siri versteht ihren Drang, die Welt nach außen zu drücken. Vielleicht kennt sie es sogar von sich selbst. Ihr schwindelt, als sie sich vorbeugt.

»Du schmeckst gut«, murmelt sie mit vom Wein gefühllosen Lippen. »Nach Aprikosenküssen.«

JUNI 2015

Elisabeth

Über mehrere Monate hinweg hatte Elisabeth eine neue Routine etabliert. Jeden Morgen schenkte sie sich ein Glas Saft ein und schluckte eine genau abgemessene Dosis des Wirkstoffs, es ist ein feines weißes Pulver. Es ist nicht einfach, den Wirkstoff aus dem Labor von Danish Pharma verschwinden zu lassen. Mein Gott, dachte sie jedes Mal, wenn sie ein paar Milligramm abzweigte, es ist schließlich meine Erfindung. Natürlich wurde die Menge des Wirkstoffs fein säuberlich dokumentiert, aber beim Abmessen für die Versuchsportionen konnten Milligramm verloren gehen. Wer sollte schon vermuten, dass jemand auf die Idee käme, den Wirkstoff in einem so frühen Stadium an sich selbst zu testen. Noch wurde Callocain, so hatte Elisabeth es getauft, nur an Tieren erprobt, die aber hatten den offensichtlichen Nachteil, dass man ihnen keine Fragen stellen konnte. Es gab nur Beobachtungen und Messwerte. Elisabeth dagegen konnte sich selbst studieren und alles, was ihr auffiel, notieren. Zwar war eine Einzelperson eine hoffnungslos dürftige Informationsquelle, aber besser als nichts. Außerdem konnte sie hautnah dran sein.

Muskelkrämpfe, Mundtrockenheit, phasenweise heftige Stimmungsschwankungen und ein lästiges Herzklopfen, das sie erst nach Monaten wieder loswurde – bemerkte sie etwas Ungewöhnliches, kam es sofort ins Buch. Jedes Mal, wenn der Kugelschreiber über die Seite glitt, dachte sie: Die Trauer ist schlimmer. Nichts von alledem kommt auch nur in die Nähe.

Mehrfach waren ihre privaten Versuche entscheidend dafür, welchen Weg sie und ihre nichtsahnenden Kollegen einschlugen, sie feilten und justierten, untersuchten die Tiere in den Käfigen und die Zahlen auf den Monitoren, und mit der Zeit wurde die Liste an Nebenwirkungen kürzer. Und nicht nur das, allmählich meinte sie auch etwas von dem zu spüren, worum sich alles drehte. Linderung. Wie der Wirkstoff das rauschende Meer der Beatmungsgeräte dämpfte, das selbst jetzt, mehrere Jahre später, immer noch viel zu oft durch ihre Träume wogte. Wie die chemischen Verbindungen, die eines Tages zur ersten zugelassenen Trauermedizin der Welt werden würden, ein stetig dickeres Netz über dem Krater in ihrer Brust spannen.

8

SEPTEMBER 2024

Thorsten

»Rikke«, ruft Thorsten, als er sie draußen auf dem Gang vorbeigehen sieht. Umständlich stemmt er sich vom Stuhl hoch und läuft ihr nach.

»Falls du kurz Zeit hast, würd ich mir gern deine Tabellen vom EQ-Test anschauen«, schnauft er. »Nur um zu sehen, ob von deinen Testpersonen jemand bei unter sieben liegt.«

Rikke ist so groß wie er, also einen Meter achtzig, und macht ausgreifende Schritte, mit denen Thorsten gerade so mithalten kann. Das Nein steht ihr fett ins Gesicht geschrieben.

»Ich weiß nicht, wonach du suchst, Thorsten, aber wie du dir sicherlich vorstellen kannst, habe ich mit Unterricht und Sprechstunden und dem neuen Projekt, das ich gerade ankurble, mehr als genug zu tun. Wenn du dir bei den Zahlen immer noch unsicher bist, würde ich vorschlagen, du schaust in die Datenbank oder klärst das mit Anton. Wir anderen sind jetzt mit neuen Dingen beschäftigt.« Sie zieht die Bürotür demonstrativ hinter sich zu.

War ja klar. Hätte er sich auch gleich denken können. Das Verhältnis zwischen ihm und Rikke als angespannt zu bezeichnen, wäre untertrieben. Ironischerweise hat er sie selbst mit eingestellt, sein erster Eindruck von ihr war gut und ihr Lebenslauf überaus beeindruckend. Mit der Zeit jedoch meinte er hinter der Fassade etwas Berechnendes durchblitzen zu sehen. Da war diese Diskussion über Forschungsethik, die er zufällig bei der Weihnachtsfeier mitbekommen hat, in deren Verlauf Rikke mit jedem Drink gehässiger wurde. Das, dachte er damals, während sie eine weitere Doktorandin niedermachte, das ist nicht nur eine unschöne Seite, die zutage tritt, wenn sie betrunken ist. Das ist ihr wahrer Charakter. Und dann natürlich der ganze Ärger letzten Sommer mit Thorstens Kamilla zufolge »haltlosen« Anschuldigungen. Dieser Fall hätte seiner Meinung nach gründlicher untersucht werden müssen. Wenn er mit seinem Verdacht richtigliegt und Rikke ihren Studierenden tatsächlich geholfen hat, bei der Klausur zu betrügen, hätte sie in hohem Bogen fliegen müssen. Doch es gab keine wasserdichten Beweise, und die Angelegenheit wurde von Kamilla und der übrigen Institutsleitung in Windeseile unter den Teppich gekehrt. Seither ist die Stimmung zwischen Thorsten und Rikke eisig.

Zurück in seinem Büro geht er aufs Gruppenlaufwerk. Er greift nur selten darauf zu, doch Rikke hatte recht, nach einigem Suchen findet er die Datenbank, in der auch seine Resultate eingetragen sind.

Die Menge an Zahlen ist unüberschaubar, er kneift die Augen zusammen, fährt mit dem Zeigefinger über die flimmernden Zeilen. Da, ein Gesamtempathiescore von sechs. Er sucht weiter, mehrfach muss er von vorn anfangen, weil er verrutscht. Doch dann entdeckt er ihn, einen Wert mitten in der Tabelle, der gerade mal vier beträgt, also noch niedriger ist als Mikkels. Erschöpft lehnt er sich zurück. Insgesamt drei Studienteilnehmer hat Anton demnach aussortiert. Was das wohl für das Gesamtbild zu bedeuten hat?

Auf dem Block, auf dem er vorerst die Zahl drei notiert hat, zieht er nun einen Strich und schreibt: *Erheblicher Rückgang*. Es ist nicht gerade solide Wissenschaft, die er hier betreibt. Aber hinter jeder der Zahlen, die Thorsten hier vor sich hat, steckt ein klappriger Kinderwagen, ein leerer Stuhl am Esstisch.

Er fährt mit dem Finger über den flimmernden Bildschirm und versucht, die beiden Spalten zu vergleichen; die Empathiefähigkeit beim ersten Test und beim letzten ein halbes Jahr später, für sämtliche Projektteilnehmer. Schließlich hat er acht Beispiele notiert, wobei er nicht hundertprozentig sicher ist, alle gefunden zu haben. Acht Menschen, deren Einfühlungsvermögen im Laufe des letzten halben Jahres derart drastisch nachgelassen hat, dass es in Thorstens Augen zum Himmel schreit. Acht Menschen mit einem Wert von unter zehn. Andererseits, wie soll er beurteilen können, ob acht von dreihundertachtundneunzig viele sind oder wenige? Ob seine Definition eines erheblichen Rückgangs überhaupt schlüssig ist? Frustriert kratzt er sich am Nacken.

Die Antwort lautet natürlich, dass er das nicht kann.

Wenn er herausfinden will, was Sache ist, braucht er Hilfe.

Shadi

Ein Läuten durchdringt die Dunkelheit und reißt Shadi aus dem Schlaf. Benommen tastet sie nach ihrem Handy, es ist aus. Sie schaltet es ein. Nur langsam findet sie sich in den Nebeln zurecht, sie hat keine Ahnung, wie spät es ist, weiß nur, dass sie nach einem gefühlt tagelangen zittrigen, fiebrigen Zustand endlich eingeschlafen ist. Als ihr klar wird, dass die Türklingel läutet, ist ihr erster Gedanke Emil. Emil muss nach Hause gekommen sein, um ihr zu sagen, dass alles ein Fehler war und er nie hätte gehen dürfen. Doch schon fängt das Handy an zu bimmeln. Es ist Anna, und die Melodie mischt sich mit dem nervtötenden Läuten von der Tür. Als der Klingelton endlich verstummt, erscheint eine Nachricht auf dem Display: MACH ENDLICH AUF!

Schließlich gibt sie nach. Anna hat offenbar nicht die Absicht, zu gehen. Im Flurspiegel erhascht Shadi einen Blick auf ihr Gesicht. Ihre Haut ist fahl und trocken, die Augen wirken leblos. Sie sieht mit anderen Worten genauso aus, wie sie sich fühlt, und nachdem sie die Tür einen Spaltbreit geöffnet hat, verschwindet sie ins Bad, um sich kaltes Wasser ins Gesicht zu spritzen.

»Hallo? Shadi?«

Das Handtuch riecht nach Emil. Einen Moment lang

bleibt sie die Nase darin vergraben stehen. Dann reißt sie sich los und geht zu Anna in den Flur.

»Hi«, sagt sie, doch der Ton kommt kaum über ihre Lippen.

»Was ist los?«, fragt Anna. »Ich versuche seit Tagen, dich zu erreichen.«

Die Wohnung ist düster, einzig erhellt vom schwindenden Tageslicht, Shadi fühlt sich entlarvt, als könnte jeder sehen, dass hier drin etwas kaputt gegangen ist.

»Welcher Tag ist heute?«, fragt sie.

»Echt jetzt?«, Anna sieht sie skeptisch an. »Es ist Dienstag.«

Dann zieht sie Shadi in die Küche, drückt sie auf einen Stuhl und macht sich daran, Kaffee zu kochen. Anscheinend weiß sie ganz genau, wie Emils Monstrum von einer Maschine zu bedienen ist, und Shadi hat nicht die Energie, ihr zu sagen, wie sehr sie den Geschmack hasst. Dankbar, nicht länger allein sein zu müssen, lässt sie sich von Annas Geplapper und den vertrauten Geräuschen einlullen. Als ihr eine Tasse in die Hand gedrückt wird, trinkt sie gehorsam einen Schluck.

»So, und jetzt erzähl«, sagt Anna. »Was ist los? Du hast mich gestern versetzt und siehst aus, als hätte dich ein Traktor überrollt. Mehrfach.«

Gestern? Erst hat sie keinen Schimmer, wovon Anna da redet, doch dann fällt es ihr ein. In einem früheren Leben, vor der ganzen Sache mit Emil, hat sie einem Treffen mit Anna zugestimmt. Ein Teil von ihr fürchtet, dass alles erst richtig wahr wird, wenn sie es laut ausspricht, doch sie weiß, das ist nur magisches Denken. Die Dinge sind, wie sie sind.

»Mein Freund, Emil. Er war mit einer Kollegin im Bett, und jetzt ist er zu seinem Cousin gezogen.«

Anna zieht scharf die Luft ein.

»Wie lang wart ihr zusammen?«

»Fast acht Jahre.«

Unvermittelt drückt Anna sie in einer Art Umarmung an sich. Erst will Shadi zurückweichen, doch dann merkt sie, dass es eigentlich gar nicht so unangenehm ist. Bloß ungewohnt.

»Das wird schon wieder.« Anna lässt sie los. »Entweder du vergisst ihn und findest einen Besseren, oder ihr rauft euch wieder zusammen. Ich persönlich würde keinen zurücknehmen, der fremdgegangen ist, aber hey«, sie wirft die Arme hoch, »ich war auch noch nie länger als ein Jahr mit jemandem zusammen.«

Sie schaut sich um.

»Aber schön hast du's hier.«

»Die Wohnung haben meine Eltern gekauft.« Shadi schluckt die aufsteigenden Tränen herunter. »Wir haben darüber geredet, sie ihnen abzukaufen, wenn ich mit der Uni fertig bin, aber jetzt weiß ich nicht …«

Anna nickt. Sie hat die Milch aus dem Kühlschrank geholt und schenkt sich ein.

»Nicht!«, ruft Shadi.

Doch die klumpige, weiße Pampe schwappt aus der Packung in Annas Tasse, und Shadi wendet sich ekelerfüllt ab.

»Die hat schon bessere Tage gesehen«, konstatiert Anna. »Wie wär's, wenn ich ein bisschen was einkaufen gehe? Du machst nicht den Eindruck, als würdest du heute noch mal rausgehen.«

Jetzt kommen die verflixten Tränen doch.

»Das musst du nicht.« Anna hat sich bereits ihre Jacke von der Garderobenleiste geschnappt.

»Bin gleich wieder da. Irgendwelche Wünsche? Sonst gibt's nur Grünzeug, das sollte dir klar sein!«

Shadi schafft es gerade mal, die Spüle, in der sich die Milch als dicker Brei um den Abfluss gesammelt hat, grob sauber zu machen, als Anna erneut klingelt.

»Eine gesunde, vollwertige Ernährung ist das A und O in Krisensituationen«, sagt sie und hält eine Tiefkühlpizza hoch. Shadi ringt sich ein Lächeln ab.

»Das ist total lieb von dir, danke.«

Sie teilen sich das Essen bei laufendem Fernseher auf dem Sofa. Shadi ist immer noch im Schlafanzug, Anna hat sich in eine Decke gewickelt, ab und zu dreht sie den Kopf und schaut beinahe träumerisch auf den Hafen. Shadi folgt ihrem Blick. Rechts am Ufer steht eine Reihe von Kränen, die untergehende Sonne wirft ihr korallenfarbenes Licht aufs Wasser.

»Mann, und den Ausblick hast du jeden Tag«, murmelt Anna, den Mund voll Pizza.

Shadi graust vor dem Moment, wenn Anna aufsteht, um nach Hause zu gehen.

»Denkst du an Emil?«

Shadi zuckt mit den Achseln. Sie würde Anna gern

erklären, dass sie und Emil seit dem Einzug in diese Wohnung jede Nacht beieinander geschlafen haben. Dass er, egal wie spät es wird, immer nach Hause kommt, dass sie seine Atemzüge braucht, um ihre eigenen zu stabilisieren.

»Es ist komisch«, sagt sie, »ich vergesse dauernd, dass er nicht jeden Moment zur Tür reinkommt. Ich muss mich immer wieder neu daran erinnern.«

»Ein bisschen, wie wenn jemand gestorben ist. Man muss es wieder und wieder begreifen.«

Shadi möchte Anna fragen, woher sie das weiß, aber es geht sie nichts an.

»Was ist mit dir?«, fragt sie stattdessen. »Hast du einen Freund?«

Anna schüttelt den Kopf.

»Ich hab jemanden kennengelernt, aber es ist noch ganz frisch.«

Ihr Ausdruck verändert sich, als sie antwortet, ein weicher Zug legt sich um ihren Mund.

»Du siehst aus, als wärst du verliebt.« Shadi klingt traurig, obwohl sie es nicht so meint.

»Ich mag sie jedenfalls. Aber ich war noch nicht mal bei ihr zu Hause, also ich schätze mal, es dauert noch eine Weile, bis daraus was Festes wird.«

Anna streckt sich und gähnt. Jetzt ist es so weit, denkt Shadi. Jetzt geht sie.

»Kann ich heute hier pennen?«

Und es ist, als würde sie vor einer Katastrophe gerettet. Als würden sich die Ecken der Wohnung wieder zurück in ihre Winkel verziehen, jetzt, da Anna bei ihr bleibt.

»Klar, gern«, sagt sie und steht hastig auf, damit Anna nicht sieht, wie erleichtert sie ist. »Ich geh dir schnell Bettwäsche holen.«

Anna

Es ist genauso schön, wie Anna es sich vorgestellt hat, als sie die Augen aufschlägt und direkt aufs Wasser blickt. Als würde sie inmitten der Wolkenspiegelungen auf einem Floß dümpeln.

Sie lächelt Shadi an, die neben ihr liegt und sich den Schlaf aus den Augen blinzelt.

»Hast du gut geschlafen?«

Shadi nickt. Aus der Nähe kann sie den weichen Flaum auf Annas Haut sehen.

»Es ist nett von dir, dass du Leute, die in der Krise stecken, zu Hause besuchst und ihnen beim Einschlafen hilfst«, murmelt sie. Anna denkt an ihren Vater und die Art, wie sie ihn neulich mit einer schlechten Entschuldigung und dem Geschmack von Scham auf der Zunge allein gelassen hat.

»Eigentlich war ich bloß sauer auf dich, weil du mich gestern versetzt hast«, erwidert sie. »Aber dann ist mir eingefallen, dass du schon mehrere Tage nichts mehr auf Dropbox hochgeladen hast, und da du auch nicht ans Handy gegangen bist, musste ich doch schauen, ob alles okay ist bei dir.«

»Also halb nett, halb sauer?«

Shadis vorsichtiges Lächeln bringt Anna zum Lachen.

»Das klingt exakt nach mir!«

Unter der Dusche probiert sie sämtliche von Shadis Pflegeprodukten aus, von Kokoslotion bis zur lila Haarkur. Sie wickelt sich in das riesige Handtuch, das Shadi ihr herausgelegt hat, und öffnet den Badezimmerschrank. Natürlich macht man das nicht, natürlich soll man nicht in anderer Leute Sachen schnüffeln, aber sie tut es trotzdem. Jedes Mal. Manchmal erlebt sie eine Überraschung, wie bei dem Typen in Viby, der einen Medizinschrank voller Hasch hatte, aber meistens passen die Schränke zu ihren Besitzern, und inzwischen kann sie allein anhand der Badezimmer ein erschreckend treffendes psychologisches Profil der Leute erstellen.

Bei Shadi ist alles penibel sauber, keine Überraschung also. Im Schrank findet sich sorgfältig aufgereiht eine halbe Drogerie an ungeöffneten Kosmetikartikeln. Auf der Glasablage unter dem Spiegel steht eine tolle Gesichtscreme, und Anna gräbt einen ordentlichen Klecks heraus, wohl wissend, dass Shadi die Krise kriegen würde, bekäme sie es mit. Und dann öffnet sie die Schublade unter dem Waschbecken.

Darin liegen zwei Packungen. Die mit den lila Streifen kennt sie von damals, als sie selbst die Pille genommen hat, die andere ist weiß mit rotem Querstreifen und trägt den Namen Cipralex. Ob dieser Emil die vergessen hat? Sie dreht die Packung um. Auf dem Etikett steht Shadis Name.

Benommen sinkt sie auf den Klodeckel. Eine Tablette täglich gegen Ängste und Zwänge, steht auf der Verordnung. Hastig überfliegt sie den Beipackzettel. Eine Tablette täglich von einem Stoff, bei dem Shadi alle möglichen Nebenwirkungen von Stimmungsschwankungen und Krämpfen bis hin zu Gebärmutterblutungen riskiert. Sorgsam faltet sie den Zettel wieder zusammen und steckt ihn zurück in die Packung. Ängste und Zwänge? Shadi ist zwar nicht gerade die Lockerste, und vielleicht wirkt sie manchmal tatsächlich ein bisschen ängstlich. Aber soweit Anna sich entsinnt, hat sie Shadi noch nie etwas in der Art einer Zwangshandlung ausführen sehen.

Der Handtuchturban ziept an den Haarwurzeln, sie beugt sich vor und wickelt ihn ab. Soll sie Shadi gestehen, dass sie in ihren Sachen herumgestöbert hat? Es wäre eine Erleichterung, darüber zu sprechen, und sie würde Shadi gern alles Mögliche fragen. Wie sie es fertigbringt, etwas zu nehmen, das die Chemie in ihrem Gehirn verändert, zum Beispiel. Ob sie deshalb solch eine Anhängerin der Pharmaindustrie ist. Andererseits ist Shadi total fertig wegen Emil, und wenn Isams Training Anna eines gelehrt hat, dann, dass Timing alles ist. Jetzt, wo Shadi bereits am Boden liegt, ist es nicht unbedingt nötig, ihr auch noch in den Bauch zu treten.

Sie bleibt lange mit der Packung in den Händen sitzen. Versucht, sich vorzustellen, wie alt Shadi wohl war, als sie zum ersten Mal einen Arzt aufsuchte und um Hilfe bat, wie schlecht es ihr gegangen sein muss. Dann legt sie die Tabletten zurück in die Schublade und klaubt ihre Sachen zusammen, bevor sie die Tür mit dem Ellbogen öffnet und in einer Wolke aus Kokosdampf aus dem Bad tritt. Shadi sitzt im Schneidersitz mit einer großen, grünen Teetasse in den Händen auf dem Sofa. Und so friedvoll, wie sie in diesem Moment aussieht, weiß Anna, dass sie die Pillen nicht erwähnen wird. Nicht jetzt jedenfalls.

DEZEMBER 2015

Elisabeth

Die meiste Zeit sah Elisabeth selbst nach den Mäusen; tatsächlich bestand sie darauf. Sie wusste, dass einige ihrer Kollegen sie als pedantisch bezeichneten, die Sorte Mensch, die alles selbst machen wollen, aus Angst, das Ergebnis könnte sonst nicht gut genug werden. Prinzipiell hatten sie recht, geistlose Routinearbeit jedoch delegierte sie normalerweise bedenkenlos an andere. Allerdings war ihr vor Kurzem etwas aufgefallen, was unter keinen Umständen bekannt werden durfte.

Sie hatte eine Gruppe weiblicher Mäuse sich vermehren lassen, um zu untersuchen, ob das Präparat womöglich die Fruchtbarkeit minderte oder den Jungen schadete, zunächst sah jedoch alles wie immer aus. Die Mäuse brachten im Schnitt dieselbe Anzahl Junge zur Welt wie die medikamentenfreien Kontrollgruppen. Dennoch schwante ihr kurz nach den Geburten, dass etwas anders war. Die Jungen nahmen nicht im üblichen Tempo zu, und je länger sie sie beobachtete, desto offenkundiger wurde, wieso. Einige der Weibchen hatten schlicht kein Interesse an ihrem Nachwuchs. Elisabeth stand vor den Käfigen und observierte die Mäuse, während diese sich putzten, ihre Schnurrhaare richteten und fraßen, scheinbar ungerührt vom Rufen ihrer blinden Jungen, die sich als fiepende Knäuel aneinanderdrängten. Diese Mütter leckten ihre Neugeborenen weniger ab, verbrachten weniger Minuten am Tag mit ihnen und waren weniger sozial veranlagt, als die Vergleichsgruppe; eine Entdeckung, die Elisabeths rechtes Auge nervös zucken ließ. Die ganze Szene hatte etwas Abstoßendes, und es vergingen mehrere Tage, bis sie erkannte, woran es lag: Die totale Abhängigkeit der Jungen und die Zurückweisung der Mutter lösten Übelkeit bei ihr aus.

Zurück im Büro schloss sie die Tür hinter sich, doch das Fiepen der Jungen hatte sich ihr eingebrannt. Zwar nahm Elisabeth exakt dasselbe Medikament wie die Mäusemütter, doch in der Liste von Nebenwirkungen in ihrem Notizbuch stand nichts von mangelndem Interesse für den Nachwuchs. Aber es ließ sich unmöglich sagen, welche Art Mutter sie jetzt gewesen wäre, welche Art Tochter, Ehefrau oder Freundin. De facto war sie nichts dergleichen. Daher warf das Verhalten der Mäuse eine ernst zu nehmende Frage auf: Geschah, was auch immer in den kleinen Hirnen der Nager ablief, auch in ihrem? Hatte sie etwas übersehen?

Sie fuhr sich durchs Gesicht, drückte den Rücken auf dem Stuhl durch. Hätte sich etwas bei ihr verändert, hätte sie es sicher bemerkt. Außerdem blieben noch Jahre, um gegenzusteuern. Selbst wenn das Medikament die Bindungsfähigkeiten der Mäuse beeinflusste, konnte sie es immer noch richten. Käme es aber bereits jetzt ans Licht, in diesem frühen Stadium, würde die Entwicklung ihres Wundermittels im besten Fall um Jahre zurückgeworfen, im schlimmsten Fall als ein weiterer teurer Fehlschlag in die Geschichte von Danish Pharma eingehen. Das konnte sie nicht zulassen.

Leider war es auf diesem Level so gut wie unmöglich, die Daten zu manipulieren. Die verschiedenen Resultate wurden sorgfältig dokumentiert: das Gewicht der Mäuse, Reaktionszeiten, Spielaktivität, Schlafrhythmus. Zum Glück war es eine Doppelblindstudie, sodass niemand, nicht einmal sie als Versuchsleiterin, wissen konnte, welche Maus den Wirkstoff erhalten hatte und welche zur Kontrollgruppe gehörte. Auch wenn im Labor inzwischen über das unsoziale Verhalten der Mäuse getuschelt wurde, solange die Blindstudie lief, konnte niemand etwas mit Sicherheit wissen. Also massierte Elisabeth ihren zuckenden Augenmuskel und zermarterte sich mit zunehmender Verzweiflung das Hirn auf der Suche nach einer Antwort. Bis sich ihr eines Tages endlich die Lösung offenbarte.

9

SEPTEMBER 2024

Shadi

In gewisser Weise ist Shadi erleichtert, als Anna geht und sie wieder sie selbst sein kann, doch schon brechen erneut die Gedanken an Emil über sie herein. Seit gestern hat er zwei Nachrichten geschrieben und gebeten, dass sie ihn anruft, damit sie reden können. *Du fehlst mir*, stand am Schluss, und diese Zeile ist wie ein Zwangsgedanke, unmöglich, sich davon loszureißen.

Mehrfach fängt sie eine Antwort an, formuliert um, löscht und beginnt von vorn, bis sie sich selbst nicht mehr erträgt. Dann schreibt sie, dass sie Zeit zum Nachdenken braucht und ihn anrufen wird, wenn sie so weit ist. Starr steht sie da, die Pulsschläge rauschen durch sie hindurch. Endlich kommt die Antwort. Es sind nur drei Wörter.

Sie erinnert sich noch genau an das erste Mal, als er es gesagt hat. Anfangs, als ihre Beziehung noch frisch war und sie einen Weg finden musste, sich selbst mit jemand anderem zu teilen, suchte sie ständig nach Schlupfwinkeln. Lief bei ihren Eltern schnell als Erste aus der Tür und reichte Emil den Schlüssel, damit er abschloss, bezeichnete ihr restriktives Essen als wählerisch. Wenn sie beieinander übernachteten, lag sie wach und wartete, bis er einschlief. Dann schlüpfte sie aus seiner Umarmung, tappte in die Küche und stand dort in der Dunkelheit mit der ausgestreckten Hand über der Herdplatte. Ließ sie wieder und wieder auf das kalte Metall hinabsinken, um sich zu vergewissern, dass die Platte aus war. Dass in dieser Nacht niemand sterben würde. Aber es war schrecklich anstrengend, sich auf diese Weise vor ihm zu verstecken, und eines Tages brach sie zusammen. Jetzt verlässt er mich, dachte sie und barg das Gesicht in den Händen, jetzt sieht er, wie verrückt ich bin. Doch Emil griff sie so fest an den Schultern, dass es beinahe wehtat, und sagte, er sehe, dass sie es schwer habe.

»Ich liebe dich doch«, sagte er, »ich pass schon auf dich auf. Und ich gehe nirgendwohin.«

Bis jetzt war sie dumm genug zu glauben, dass er es ernst meinte.

Ohne darauf zu antworten, macht sie sich daran, die Wohnung nach Annas Besuch wieder in ihre eigene zu verwandeln. Wechselt die Bettwäsche, putzt das Bad, saugt. Zum Schluss fehlt nur noch die Küche, aber die ist auch das Schlimmste. Die Spüle mit der sauren Milch und der Herd, auf dem Anna heute Morgen Ei verkleckert hat.

Während sie die eingetrockneten Flecken wegschrubbt, denkt sie an all die Horrorvorstellungen, die sie von diesem Herd hatte, als sie hier einzogen. Dass sie vergessen könnte, ihn auszuschalten, und die Nachbarin mit den zwei kleinen Kindern verbrennen oder die alte Frau mit dem Kaninchen im Stockwerk über ihnen an einer Rauchvergiftung sterben würde. Die Fantasien waren so real, und Tag für Tag musste sie mehr Zeit darauf verwenden, mitten auf dem Weg zur Uni kehrtzumachen, um zu kontrollieren, dass auch wirklich alles aus war.

Der Herd hat längst seine Macht über sie verloren. So viele von ihren Knoten haben sich gelöst, seit Emil sie damals zum ersten Mal zu Annemettes Praxis begleitete, und trotzdem betrügt er sie jetzt. Wie passt das zusammen? Es wäre leichter zu verstehen, hätte er direkt mit ihr Schluss gemacht, als sie ihm zeigte, wer sie war. Sie schrubbt, obwohl alles Ei verschwunden ist und der Schwamm allmählich zu grünen Flöckchen zwischen ihren Fingern zerbröselt. Vielleicht hat sich über die Zeit etwas in Emil angesammelt, so wie aus Sandkorn um Sandkorn ein Haufen wird, ohne dass man genau weiß, wann es passiert. Graduelle Veränderungen, ein weiterer Anruf von ihr während der Arbeitszeit, ein weiteres Mal vergewissern, dass die Tür abgeschlossen ist, ohne dass einer von ihnen beiden begriff, was es mit ihnen machte. Das möchte sie jedenfalls lieber glauben, als dass sie so vertraut miteinander waren und er die ganze Zeit wusste, dass es nicht funktioniert, ohne mit ihr darüber zu sprechen. Das wäre das Allerschlimmste.

Anna

»Du kannst den Reis abstellen und bei geschlossenem Deckel fertigziehen lassen«, sagt Siri. Sie ist daran gewöhnt, recht zu haben, schnell die Führung zu übernehmen. Der Typ Mensch, der jetzt schon zweimal seinen eigenen Wein mitgebracht hat, weil sie den am liebsten trinkt. Aber sie kann auch umgänglich und locker sein.

»Klima?«, hat sie gefragt, als Anna erzählte, dass sie Vegetarierin sei.

»Tierwohl«, antwortete Anna. »Nur weil man Macht hat, heißt das nicht, dass man ein Arschloch sein muss.«

Und Siri lachte nur und schlug vor, dass sie ja ein Dal machen könnten. Sie kocht gut und ohne Rezept. Schwitzt die getrockneten Kräuter mit feingehacktem Chili und Ingwer in der verbeulten Ikea-Pfanne an und gibt Linsen dazu, während Anna Koriander und Kohl vom Markt putzt. Sie hatte ganz vergessen, wie gut selbstgemachtes Essen duften kann.

»Wie ist das eigentlich als Juristin?«, fragt sie beim Essen. »Hast du ein Spezialgebiet?«

»Kann man so sagen. Anfangs habe ich mich für sogenanntes Immaterialgüterrecht interessiert, aber jetzt arbeite ich breitgefächerter mit Verträgen und solchen Dingen.«

»Aber was machst du genau?« Anna fällt es schwer, Siris Worte in etwas Konkretes zu übersetzen. »An einem stinknormalen Montag?«

»Bei vielen Meetings habe ich die Paragrafen im Auge und achte darauf, dass alles nach Vorschrift läuft. Oft bin ich auch im Außendienst und spreche mit unseren Geschäftspartnern oder begleite meinen Chef als juristische Beraterin.«

Mehrfach versucht Siri, das Thema zu wechseln, doch Anna will wissen, ob Siri die Arbeit gefällt, ob das schon immer ihr Traumberuf war. Sie kann sich Siri nicht so recht als jemanden vorstellen, der anderer Leute Ideen im Zaum hält. Sie ist eine Anführerin, keine Paragrafenreiterin. Aber Siri lächelt und sagt, dass sie jede Menge Spielraum hat, um zu tun, was ihr Spaß macht.

»Jura ist nur eine Form, in die man die Welt presst, aber deshalb wird die Welt ja nicht weniger komplex. Ich bin zufrieden mit meinem Job.« Sie streichelt Annas Fuß unter dem Tisch. »Was ist mit dir, ich nehme an, wenn du mit der Uni fertig bist, ziehst du los und rettest uns alle?«

Anna zuckt mit den Achseln. Ehrlich gesagt hat sie keinen Schimmer, was sie mit ihrem Studium anstellen soll, nur dass es dämlich wäre, es nicht abzuschließen, wo sie jetzt schon so weit ist. »Manchmal denke ich, ich hätte etwas anderes studieren sollen. Psychologie ist spannend, aber viele der Theorien sind ziemlich realitätsfern. Und dann dieses ganze Gestreite, welche Methoden therapeutisch am wirksamsten sind, das ist alles so hirnverbrannt.«

Sie redet weiter, der Wein summt angenehm im Hinterkopf, doch dann fragt Siri nach ihrer Masterarbeit. Warum sie sich Trauer als Thema ausgesucht hat und warum sie so kategorisch gegen die neue Diagnose ist, und etwas an der Art, wie sie fragt, kratzt an der Stimmung.

»Also hältst du die Trauerdiagnose für eine gute Idee?«, gibt Anna zurück. Sie weiß nicht, warum sie das so überrascht, sie hatte wohl gedacht, dass sie in diesem Punkt einer Meinung wären.

»Ja, wieso nicht? Schafft das nicht einfach eine bessere Gesprächsgrundlage? Eine gemeinsame Sprache, meine ich?«

»Wir haben doch mehr als genug Wörter«, widerspricht Anna. »In der Literatur wimmelt es von Beschreibungen von Trauer, oder man nimmt die Bibel, wenn man eher auf so was steht. Das existenzielle Denken dreht sich um nichts anderes als den Tod. Ich verstehe nicht, wozu so ein klinisches Label gut sein soll.«

»Gefühle können nun mal nicht alles bestimmen«, sagt Siri.

Es klingt so herablassend, dass Anna die Hand um den Löffel ballen muss, um nichts zu entgegnen, was sie bereuen würde.

»In manchen Disziplinen braucht es eben eine sachlichere Kommunikationsebene, das hat für uns Normalbürger nicht unbedingt viel zu bedeuten.«

»Aber genau darum geht es doch!«, ruft Anna aus. »Wer die Sprache diktiert, hat die Macht; wie wir uns ausdrücken, ist allesentscheidend. Hast du noch nie Foucault gelesen?«

O Gott, sie klingt wie jemand, der gerade zum ersten Mal vom Poststrukturalismus gehört hat, selbstgerecht und total grün hinter den Ohren. Sie presst die Lippen zusammen, und auch Siri sagt nichts mehr. Wenig später steht sie auf. Anna sieht die Bewegung ihrer Schulterblätter durch den dünnen Stoff der Bluse, als sie die Essensreste in den Müll schabt und sich an den Abwasch macht.

»Findest du mich zu hitzköpfig?«

Da wäre sie nämlich nicht die Erste. Siri dreht sich zu ihr um, die Seifenblasen knistern wie elektrisch aufgeladene Kleidung in ihren Händen.

»Ich finde dich süß«, sagt sie.

»Naiv, meinst du wohl.«

»Nein, ich meine tatsächlich süß.«

Als sie die Arme nach Anna ausstreckt, tropft das Wasser zwei ungleiche Spuren auf den Boden.

Thorsten

»Na, wie läuft's mit dem Schreiben?«, erkundigt sich Thorsten.

Während sie auf Anna gewartet haben, ist Shadi noch schweigsamer und verdruckster gewesen als sonst, weshalb es ihm sinnvoll scheint, erst mal mit einem unverfänglichen Thema zu beginnen. Wieder versucht er, ihren Blick zu erhaschen, doch der ist zu

Boden gerichtet, und die Antwort kommt stattdessen von Anna.

»Gut so weit«, sagt sie. »Ich beschäftige mich gerade mit dem Trauertest. Stellt der nicht ziemlich hohe Anforderungen an die Selbstreflexion der Leute?«

Das klingt wie die klassische Kritik an der Selbstbeobachtung, und während sie weiterspricht, wandern Thorstens Gedanken zurück zu dem Gefallen, um den er Shadi bitten möchte. Ihr spontanes Angebot, ihm mit der Statistik zu helfen, hat ihn überrascht. Eigentlich hatte er im Stillen gedacht, dass in erster Linie sie von der Zusammenarbeit mit Anna profitieren würde, aber vielleicht hat er sie unterschätzt. Bislang hat er zwei Hausarbeiten von Shadi korrigiert, beide Male hat ihm etwas gefehlt. Auch wenn sie ihre Argumente stets belegt und ein umfassendes Wissen über das Thema demonstriert, schreibt sie zu kontrolliert für Thorstens Geschmack. Ihre Texte sind unreflektiert, es fehlt an persönlicher Stellungnahme, an Leben. Genau andersherum verhält es sich bei Anna, die sich derart ungestüm ans Werk macht, dass es manchmal fast zu viel des Guten ist. Ihr Stil ist noch immer ungeschult, und wenn möglich, zieht sie das Reden dem Schreiben vor. Dafür ist sie originell. Thorsten denkt gern, dass sie, genau wie die besten Blues-Musiker, die Fähigkeit besitzt, die Skala schräg zu spielen, und dass genau das ihre Sichtweisen so interessant macht.

»Thorsten?«

Er blinzelt.

»Hörst du überhaupt zu? Du bist total weggetreten.«

»Stimmt, tut mir leid.« Er schielt zu Shadi, die an einem schmalen Goldring herumfingert. Er hofft, er macht keinen Fehler. Das gesamte Hintergrundmaterial und Antons Handout mit der eher oberflächlichen Darstellung der Resultate kann er ohne Weiteres mit seinen Studierenden teilen, aber Einsicht in die zugrunde liegenden persönlichen Daten zu gewähren, das ist etwas ganz anderes.

»Shadi«, sagt er, »weißt du noch, worüber wir letztes Mal gesprochen haben? Die Sache mit der Statistik?«

Endlich schaut sie hoch.

»Könntest du dir immer noch vorstellen zu helfen? Ich weiß, das geht über die Masterarbeit hinaus, aber vielleicht erweist sich etwas davon ja auch als brauchbar für euch.«

»Ja, das mache ich gern.«

Es wäre eine eigene Studie wert, die plötzliche Verwandlung von Shadi zu untersuchen. Ihr Rücken strafft sich, und der Blick, der bis jetzt auf Sparflamme gebrannt hat, leuchtet auf.

»Ähm, hallo«, Anna hebt die Hand, »wäre jemand so nett, mir zu erklären, worum es geht?«

Thorsten lächelt Shadi zu. Anna hat sich schon immer schwer damit getan, nicht im Mittelpunkt zu stehen.

»Es gibt da eine Sache bei unserer Trauerstudie, die mich verwirrt«, erklärt er. »Und Shadi hat angeboten, einen Blick für mich darauf zu werfen. Meine Statistikkenntnisse halten sich ja in Grenzen, wie du weißt.«

Bei dieser Bemerkung bricht Anna in für Thorstens Geschmack etwas zu lautes Gelächter aus. Mit abgespreiztem Zeigefinger imitiert sie seine Mühen an der Tastatur, und jetzt schmunzelt selbst Shadi.

»Danke, wir haben's verstanden«, Thorsten hebt ergeben die Hände. »Dann schicke ich dir den Datensatz, Shadi. Fang gern mit den Scores an, die aussortiert wurden. Unser Statistiker Anton hatte irgendeinen Begriff dafür ...«

»Ausreißer?«

»Genau. Vielleicht könntest du schauen, ob es Sinn ergibt, dass sie entfernt wurden, und dann wäre es eine Riesenhilfe, wenn du die wichtigsten von Antons Berechnungen überprüfen würdest. Die Entwicklung der Empathiefähigkeit im Verlauf der Studie in beiden Gruppen, die Besserung bei denen, die Callocain erhalten haben.«

»Okay, mache ich«, sagt Shadi und fügt etwas verlegen hinzu: »Falls ich es hinkriege.«

»Na dann«, Anna klatscht entschieden in die Hände, »wenn Shadi nebenher noch beschäftigt ist, werde ich derweil ein bisschen Feldforschung treiben. Inspiration sammeln, mal wegkommen von den Büchern.«

»Manchmal habe ich den Eindruck, deine gesamten akademischen Ambitionen zielen darauf, von den Büchern wegzukommen. Wo geht's hin, wenn ich fragen darf?«

»Danish Pharma. Ich hab schon eine Mail geschickt, ob ich vorbeikommen darf, aber sie antworten nicht.

Vielleicht habe ich bessere Chancen, wenn ich einfach hinfahre.«

Thorsten nickt.

»Es wäre bestimmt gut, etwas über den Entwicklungsprozess von Callocain zu erfahren. Die zuständige Forschungsleiterin, Elisabeth Nordin, war bei einigen unserer Besprechungen dabei. Du kannst ja nach ihr fragen.«

JANUAR 2016

Elisabeth

Als es an der Zeit war, die Resultate der medikamentös behandelten Mäuse mit denen der Kontrollgruppe zu vergleichen, sorgte Elisabeth dafür, dass sie selbst eines späten Abends alleine den Code brach. Im Laufe der Jahre hatte sie sich großes Ansehen erarbeitet. Niemand würde es wagen, sie zu kritisieren, wenn sie als Forschungsleiterin die Entblindung ohne Zeugen vornahm. Man vertraute darauf, dass sie ihre Arbeit auf ethisch verantwortungsbewusste Weise ausführte. Sie hatte niemals Anlass gegeben, etwas Gegenteiliges zu glauben. Es entsprach natürlich nicht den Leitlinien, aber das ganze Studienteam hoffte nach Jahren der Durststrecke endlich wieder auf einen Durchbruch mit einem neuen, teuren Medikament.

Der Nerv an ihrem Auge spielte verrückt, als sie die Entblindung vornahm und sah, welche Mäuse das Medikament erhalten hatten und welche nicht. Es war weniger schlimm als befürchtet, doch der Unterschied ließ sich nicht leugnen. Ein Teil der mit Callocain behandelten Mäuse hatte sich deutlich schlechter um den Nachwuchs gekümmert; mehrere der Jungen waren innerhalb der ersten Wochen verendet, andere waren untergewichtig und schwächlich. Von früheren Versuchen mit Mäusejungen, die in der ersten Zeit nicht die natürliche Aufmerksamkeit und Fürsorge erhalten hatten, wusste sie, dass diese Mäuse, sofern sie denn weiterleben durften, selbst zu schlechten Müttern mit konfliktreichen Beziehungen zu ihren Artgenossen heranwachsen würden. Sie hatte mit anderen Worten unfreiwillig eine Studie zu unsicherer Bindung durchgeführt.

Elisabeth saß lange vor dem Bildschirm. Obwohl sie das Ergebnis schwarz auf weiß vor sich sah, konnte sie es kaum glauben. Sie hatte sich selbst in den letzten Wochen genauestens beobachtet, doch noch immer bemerkte sie keinerlei Anzeichen dafür, dass ihre sozialen Fähigkeiten in irgendeiner Form durch das Medikament beeinträchtigt wären. Der Rückzug von den wenigen Beziehungen in ihrem Leben hatte bereits direkt nach Vinters Tod begonnen, dafür konnte sie dem Wirkstoff keine Schuld geben. Tatsächlich betrachtete sie es im Nachhinein eher als Rückkehr zu ihrem ursprünglichen Dasein, bevor sie Mutter wurde. Sie war von Natur aus Einzelgängerin.

Vielleicht handelte es sich um eine Verhaltensänderung, die primär Mäuse betraf und sich bei Menschen nicht in derselben Weise äußern würde. Eine unglückliche Nebenwirkung ohne reale Bedeutung, sobald der Wirkstoff erst in die richtigen Hände käme. Das war zwar eine Möglichkeit, dennoch musste sie das Problem jetzt lösen, wollten sie in der Versuchsreihe weiterkommen. Trotzdem zögerte sie. Es war das erste Mal in ihrer Laufbahn, dass sie so eindeutig die Grenze zwischen Richtig und Falsch überqueren musste, und der Schritt kostete sie größere Überwindung als gedacht. Was sie im Begriff zu tun war, wog so schwer, dass es ihr Ende bei Danish Pharma bedeuten und ihrem Renommee derart schaden würde, dass sie nie wieder einen Job in der Branche fände, sollte jemand bloß den leisesten Verdacht schöpfen. Doch das war es nicht allein; es fühlte sich schlichtweg falsch an. Auch wenn sie sich sagte, dass sie das Problem beheben würde, lange bevor der Wirkstoff in Tablettenform auch nur in die Nähe einer Apotheke käme. Dass es notwendig war, wollte sie ihren Traum wahr werden lassen.

Ihre Fingerspitzen kribbelten, sie stellte sich ans Fenster. Es half ein wenig, an den ersten Tierversuch zurückzudenken. Zunächst hatten sie eine Art Pendant zu Trauer geschaffen, indem sie den Mäusen ihre Jungen wegnahmen und die Käfige zentimeterhoch mit Wasser füllten, um sie unter Stress zu setzen. Dann hatten sie die Mäuse in eine Gruppe mit Callocain, eine mit Antidepressivum und eine ohne Medikament eingeteilt und sie getestet, und Elisabeth erinnert sich noch genau, wie euphorisch alle waren, als die Resultate vorlagen. Wie die trauernden Mäuse auf Callocain weiter im Becken paddelten, nachdem ihre Artgenossen längst aufgegeben hatten, und wie sie schneller den Weg durch das große Labyrinth lernten. Überhaupt war die Versuchsreihe ein Riesenerfolg gewesen und der erste richtige Indikator dafür, dass sie es mit einem Präparat zu tun hatten, das in der Lage war, die Welt zu ändern. Und musste sie sich nun nicht genau das in Erinnerung rufen? Wie vielen Trauernden konnte sie potenziell zu einem besseren Leben verhelfen? Sollten ein paar egoistische Mäuse das wirklich zerstören?

Also setzte sie sich wieder an den Bildschirm, fuhr sich mit den Händen über die Hose, um das klamme Gefühl abzuwischen. Und dann tat sie es. Öffnete die Liste und verschob die Hälfte der Zahlen aus der einen Spalte in die andere hinüber und umgekehrt, sodass die medikamentös behandelten Mäuse nun mit denen der Kontrollgruppe gemischt waren. Wenn sie, und im nächsten Schritt ihre Statistiker, sich morgen an die Arbeit machten, würden sich die Unterschiede zwischen den Gruppen wie durch Zauberhand nivelliert haben, und mochte die Streuung auch ungewöhnlich stark sein, so etwas kam durchaus vor. Alle könnten erleichtert aufatmen – auch sie selbst. Es wäre Zeit, mit der Planung der Versuchsprotokolle für den nächsten logischen Schritt zu beginnen. Menschen.

10

SEPTEMBER 2024

Anna

»Tut mir leid, im Kalender steht leider nicht, dass Sie einen Termin haben, weder mit Elisabeth noch sonst irgendwem. Ich muss Sie bitten, per E-Mail einen Termin zu vereinbaren, dann helfen wir Ihnen gerne weiter.«

Die Frau am Empfang bei Danish Pharma ist gleichermaßen freundlich wie abweisend, was faszinierend wäre, wäre es nicht so wahnsinnig ärgerlich.

»Das versuche ich Ihnen doch zu erklären.« Anna beugt sich über den stählernen Schalter. »Ich hab schon mehrere Mails geschickt, aber nie eine Antwort gekriegt. Ich schreibe gerade an einer größeren wissenschaftlichen Arbeit für die Universität Aarhus, in der es um eine kritische Analyse der Trauerdiagnose und das Medikament geht, das Sie entwickelt haben, da wäre es doch schade, wenn Ihre Seite gar nicht repräsentiert wäre.«

Sie starren einander an.

»Außerdem bin ich in der glücklichen Position, Freunde zu haben, die Reportagen drehen und sich sehr dafür interessieren, wie ich die Idee bewerte, Trauer mit Medikamenten aus der Welt zu schaffen.«

Die Lüge hängt wie eine schimmernde Seifenblase zwischen ihnen in der Luft, und Anna weiß, dass sie gewonnen hat, als die Frau mit säuerlich gespitzten Lippen nach dem Telefonhörer greift.

Derjenige, der letztlich Zeit hat, sich mit einer anmaßenden Masterstudentin zu unterhalten, heißt Lars und sieht sowohl zu jung als auch zu nett aus, um Annas Vorurteile zu bestätigen. Er zaubert eine Tasse Café Crème herbei und führt sie durch die hohen Gänge. Unterwegs erzählt er ihr von der Gründung von Danish Pharma und wie aus den ersten hundert Mitarbeitern binnen weniger Jahre tausend wurden. »Hier arbeitet Elisabeth«, er weist mit dem Kinn auf ein weiträumiges leeres Büro, »wenn sie denn da ist. Aber sie ist eine viel beschäftigte Frau, du musst heute also mit mir vorliebnehmen.«

Lars' eigenes Büro ist beinahe ebenso groß und derart edel, dass es schwerfällt, sich in Mom-Jeans und mit Haartönung aus der Drogerie nicht komplett fehl am Platz zu fühlen. Vielleicht geht Anna ihn deshalb direkt so harsch an.

»So vieles an eurer Entwicklung von Callocain ist problematisch«, beginnt sie, nachdem sie das Diktafon auf ihrem Handy gestartet hat. »Es fängt schon mit der Prämisse an, dass Trauer ein Zustand ist, der geheilt werden muss. Für mich klingt das total absurd!«

»Pass auf, Anna.« Lars' Miene wird ernst. »Ich verstehe, dass du für deine Arbeit brennst, und erzähle dir gern von den Gedanken hinter Callocain. Die anhaltende Trauerstörung ist ein wichtiges Thema, das wir hier bei Danish Pharma sehr ernst nehmen, okay?«

Anna zuckt mit den Schultern.

»Deshalb würde ich gern erst mal die Fakten zurechtrücken. Wir behandeln nicht die Trauer der Leute. Wobei Callocain helfen kann, ist der langanhaltende, pathologische Zustand, den die Trauer bei manchen Menschen annimmt. Die Forschung zeigt, wie du sicherlich weißt, welche Folgen es haben kann, wenn diesen Leuten nicht geholfen wird. Wir reden von sozialem Abstieg, schweren psychischen Erkrankungen, Suizidgedanken, und wenn ein Todesfall derart gravierende Konsequenzen hat, betrachten wir es als unsere Pflicht, zu helfen.«

Jetzt lächelt er wieder und lehnt sich zurück. Aalglatt ist er, und in diesem Moment fällt Anna keine andere Antwort ein als: »Okay.«

»Super!«

Lars lacht; wie alt ist der Typ? Er sieht aus, als wäre er keinen Tag über dreißig.

»Sagen wir also, es ist gut, den Leuten zu helfen, wenn sie zu lange trauern.« Anna stellt ihre Tasse ab und wischt sich über die Oberlippe. »Aber es gibt ja schon Diagnosen, die das beschreiben, eine Belastungsstörung zum Beispiel. Warum benutzt man die nicht einfach?«

»Wir stellen die Diagnosen ja nicht. Aber einiges weist darauf hin, dass sich die pathologische Trauerreaktion von anderen Erkrankungen unterscheidet, sowohl physiologisch als auch im eigenen Erleben. Zum Beispiel wirken Antidepressiva nicht ansatzweise so gut bei Trauer wie bei einer normalen Depression.«

»Du findest es also wirklich sinnvoll, Trauer als psychische Krankheit einzuordnen?«, fragt Anna, und ihr Gegenüber nickt.

»Wir als Pharmahersteller nehmen die Entwicklung neuer Arzneimittel erst dann in Angriff, wenn wir spezifische biologische Ursachen für die Erkrankung gefunden haben. Vereinfacht ausgedrückt: Wenn wir nicht wissen, was im Gehirn falsch läuft, können wir nicht die richtige Behandlung dafür entwickeln. Und wie es aussieht, äußert sich die anhaltende Trauerstörung auf ganz spezifische Weise im Gehirn.«

»Aber warum medikamentös? Die Forschung zeigt doch, wie du ja sicherlich weißt, dass Psychotherapie frei von Nebenwirkungen ist. Im Gegensatz zu so ziemlich jeder Medizin.«

Anscheinend schwankt Lars noch, ob er sie amüsant oder nervig finden soll. Er kneift die Augen zusammen, doch das Lächeln ist nicht von seinen Lippen gewichen. Genau wie beim Muay Thai, denkt Anna, man umkreist sich, täuscht an, versetzt einander leichte Klapse. Passt den richtigen Moment ab, um zuzuschlagen.

»Nun verdient deine eigene Berufsgruppe ja ziemlich gut an trauernden Menschen«, kontert Lars. »Seit man als Angehöriger eines Verstorbenen Anspruch auf Zuschuss zu einer Psychotherapie hat, sind zweihunderttausend potenzielle Klienten pro Jahr dazugekommen. Aber weil wir Tabletten anbieten statt Gesprächen, die, wenn man ehrlich ist, ebenfalls versuchen, die Chemie im Gehirn zu verändern, wird die Pharmabranche aus irgendeinem Grund immer als Buhmann dargestellt. Ja, wir verdienen Geld mit dem, was wir tun, aber inwiefern sollte uns das von Psychiatern oder Psychologen unterscheiden – oder von allen anderen, die im Bereich der psychischen Gesundheit arbeiten. Hast du eine Ahnung, wie lange es dauert von der Idee zu einem neuen Präparat und bis wir das fertige Produkt auf den Markt bringen können?«, fragt er. Sie schüttelt den Kopf.

»Sieben Jahre?«

»Fünfzehn!« Er schaut sie eindringlich an. »Zehn bis fünfzehn Jahre. Allein von den ersten bescheidenen Versuchen im Labor bis zu dem Tag, an dem wir anfangen können, den Stoff in mikroskopischen Mengen an Menschen zu testen, sind häufig vier, fünf Jahre vergangen, und aus etlichen tollen Ideen wird letztlich gar nichts. Also schön, vielleicht erscheinen unsere Produkte teuer. Aber die paar wenigen Medikamente, die sich letztlich durchsetzen, müssen den ganzen Laden am Laufen halten.«

Anna denkt an die riesige Lobby, das vollmundige Aroma des Kaffees.

»Tja, Arne-Jacobsen-Möbel sind aber halt kein Menschenrecht«, versetzt sie. Lars lächelt wieder, seine Stirn glänzt unter dem gewellten Haar. Und dann erwidert sie trotz allem sein Lächeln. Er ist bestimmt ein netter Kerl, nur eben ein braver Fußsoldat, der sich vom Corporate Spirit hat einlullen lassen.

»Wir sind uns einig, dass euch während des gesamten Prozesses kein Mensch auf die Finger guckt, oder?«

Er zieht die Brauen zusammen.

»Wie meinst du das?«

»Es gibt keine unbefangene Partei, zum Beispiel von der Uni oder der Arzneimittelbehörde, die die Entwicklung eurer Pillen überwacht, stimmt's?«

»Richtig. Aber es bringt uns ja nichts, Medikamente in Umlauf zu bringen, die nicht wirken oder schwere Nebenwirkungen haben. Es wäre reiner Wahnsinn.«

»Bewusster Betrug ist das eine«, sagt Anna. »Aber wenn ihr erst mal zehn Jahre und ich weiß nicht wie viele Millionen Kronen investiert habt, um ein Produkt zu entwickeln, wie unbefangen seid ihr dann, wenn es um die Qualitätsbeurteilung geht? Was glaubst du?«

»Ich bitte dich, unsere Studien sind randomisiert, kontrolliert und doppelt, wenn nicht dreifach verblindet«, protestiert Lars. »Alle unsere Messdaten werden in eine gesonderte Datenbank eingetragen, die bei der Arzneimittelbehörde liegt, daran können wir unmöglich etwas manipulieren. Es ist ein irre sorgfältiger und gewissenhafter Prozess.«

»Meinetwegen. Aber wir wissen doch beide, dass bei Leuten, die eigene Interessen verfolgen, zum Beispiel finanzielle, die Art, wie sie Informationen suchen, aufnehmen und verarbeiten, gern mal verzerrt ist.« Es sind Thorstens Worte, etliche Male hat sie ihn das sagen hören. »Und dann wären da noch die ganzen Studien, die belegen, dass sowohl Ärzte als auch Studienteilnehmende oft ganz genau wissen, ob sie Kalk oder ein Medikament bekommen, unter anderem, weil das Placebo so gut wie nie Nebenwirkungen hat. Wenn man also keinen trockenen Mund oder Schlimmeres bekommt, ist man wahrscheinlich in der Placebogruppe. Und das war's dann mit der Verblindung.«

Knockout, jedenfalls ein kleiner. Zwar redet Lars weiter, fuchtelt wild mit den Armen. Doch Anna spürt es, sie kennt dieses kribbelnde Gefühl in den Knöcheln. So fühlt es sich an, wenn ein Schlag sitzt.

Thorsten

Der Klingelton von Thorstens neuem, ein bisschen zu smarten Arbeitshandy reißt ihn aus den Vorbereitungen für eine anstehende Konferenz in Stockholm. Es ist Marianne, die Institutsassistentin.

»Ich habe einen Erik Svensson in der Leitung«, sagt sie. »Der Mann von Vibeke aus der Trauerstudie. Er fragt nach Miguel, aber der ist heute nicht da. Hast du kurz Zeit?«

»Stell ihn ruhig durch«, sagt Thorsten, während er mit der freien Hand den Stoß Patientenakten nach Vibekes Namen durchblättert.

»Ja, hallo«, brummt eine tiefe Stimme in sein Ohr, »es geht um die Studie bei Ihnen, an der meine Frau teilgenommen hat. Ich habe ein paar Fragen zur Behandlung.«

Endlich findet Thorsten das richtige Blatt in der Klarsichtfolie. Vibeke ist die Frau, die als Kind gemeinsam mit ihrem Zwilling Eva aus einem russischen Kinderheim adoptiert wurde. Als die Schwestern dann nach Dänemark kamen, hatten sie über viele Jahre hinweg Schwierigkeiten damit, sich an andere Menschen zu binden, und wenn Thorsten es recht verstanden hat, lebte Eva bis zu ihrem Tod letztes Jahr mit Vibeke und Erik zusammen. Die Zwillinge machten alles gemeinsam, und als Eva verstarb, war Vibeke felsenfest überzeugt, dass auch sie krank sein müsse und es nur eine Frage der Zeit sei, bis es mit ihr ebenfalls zu Ende ging. Doch die Ärzte untersuchten sie von Kopf bis Fuß und erklärten sie für kerngesund, woraufhin sie in Dunkelheit versank, die ihren Mann schließlich dazu veranlasste, sich bei der Trauerstudie zu melden.

»Ich will nicht undankbar klingen«, sagt Erik, »um das ganz klar zu sagen. Meiner Frau geht es viel besser, seit sie bei euch dabei war. Aber ich muss ehrlich sagen, ich freue mich darauf, wenn es vorbei ist.«

»Ach ja?«

Thorsten blättert zum letzten Trauerwert, den er bei Vibeke gemessen hat. Sechs Punkte und damit eine deutliche Verbesserung im Vergleich zu den dreizehn, die sie bei ihrem ersten Treffen aufwies.

»Ja, denn es ist ja nicht vorgesehen, dass sie die Tabletten weiternimmt, oder?«

»Man setzt das Callocain wieder ab, sobald es einem besser geht«, erklärt er, »und in unserem Fall schleichen wir es jetzt, da die Studie beendet ist, bei sämtlichen Teilnehmern aus, egal ob sie das Placebo oder den Wirkstoff erhalten haben. Wie schnell das geschieht, kann individuell unterschiedlich sein, aber dafür ist Miguel zuständig.«

»Das ist gut«, sagt Erik. »Langsam wünsche ich mir meine Frau zurück.«

Thorsten runzelt die Stirn, aus reiner Gewohnheit notiert er sich den Satz. *Langsam wünsche ich mir meine Frau zurück.*

»Wie meinen Sie das?«

»Na ja«, Erik zögert mit der Antwort. »Irgendwie ist sie so abwesend geworden. Verbringt viel Zeit allein, wissen Sie, geht häufig zur Jagd und so.«

Thorsten schaut in seine Notizen, doch er hat nichts Außergewöhnliches von seinen Treffen mit Vibeke vermerkt. Nur dass es aufwärtszugehen scheint. Das würde ja darauf hindeuten, wenn sie in der Callocain-Gruppe war, tatsächlich aber weiß er es natürlich nicht.

»Sie selbst ist total begeistert von den Tabletten«, fährt Erik fort. »Erst gestern hat sie gesagt, dass sie sich einen Psychiater suchen will, der ihr die Tabletten weiter verschreibt, falls ihr sie absetzen lasst.« Sein Bass wird kräftiger. »Und wenn ich ihr sage, dass ich sie vermisse oder dass sie irgendwie nicht ganz sie selbst zu sein scheint, schaut sie mich an, als hätte ich sie nicht mehr alle, und fragt, wer das denn nach dem Tod seiner Schwester bitte schön sei. Damit ist das Gespräch dann beendet.«

Thorsten verspricht, Miguel zu bitten, sich schnellstmöglich bei ihm zu melden.

»Er wird einen guten Plan für Vibeke machen«, versichert er Erik, »ganz gleich, ob sie nun Callocain erhalten hat oder zu denen gehört, denen es auf natürliche Weise besser geht. Und sie kann mich natürlich jederzeit anrufen, wenn sie noch irgendetwas mit mir besprechen möchte.«

Als sie aufgelegt haben, bleibt Thorsten eine Weile mit dem Handy in der Hand sitzen. Wie ernst soll er Eriks Bedenken nehmen? Immerhin ist es noch nicht einmal anderthalb Jahre her, dass Vibeke den vielleicht wichtigsten Menschen in ihrem Leben verloren hat. Was für Erik wie ein Rückzug aussieht, kann für Vibeke bedeuten, dass sie in sich geht oder versucht, ihrem Leben wieder einen Sinn abzugewinnen. Trotzdem wandern seine Gedanken unweigerlich zu Mikkels merkwürdig distanzierter Wiedergabe des Fakts, dass ihm seine Familie genommen wurde. Unabhängig davon hält er nichts von Vibekes Vorhaben, die Tabletten weiterzunehmen. Selbst wenn sie, wie sie denkt, tatsächlich Callocain erhalten hat und es ihr dadurch besser geht, ist das Medikament schließlich nicht zur dauerhaften Einnahme gedacht.

Einer spontanen Eingebung folgend geht er ihre Testbögen auf dieselbe Weise durch, wie er es bereits mit Mikkels getan hat. Und nicht nur liegt sie bei der letzten EQ- Messung bei läppischen sieben, sie gehört auch zu den acht auf seiner Liste der auffallend starken

Rückgänge. Umso wichtiger ist es seiner Meinung nach, dass das Medikament bei ihr abgesetzt wird. Sollte der Empathiescore auch nur das Geringste mit dem Medikament zu tun haben, wäre ein Fortführen der Behandlung gefährlich.

Shadi

Als Shadi von der Uni kommt, öffnet sie Thorstens Mail. Die erste Datei enthält die Übersicht, die sie in das Statistikprogramm SPSS überführen muss. Sie hat noch nie mit einem echten Forschungsprojekt gearbeitet, aber der eigentliche Aufbau eines Datensatzes ist einfach, wenn man das System erst mal kennt. Vereinfacht müssen alle Informationen, die nicht von vorneherein schon Zahlen sind, in solche umgewandeltwerden. Psychische Erkrankung wird zu einer 1, keine bekannte Erkrankung wird zu einer 0. Den unterschiedlichen Bildungsniveaus ordnet sie Zahlen von 1 bis 6 zu, und so fährt sie Zeile um Zeile fort. Zahlen sind die Sprache, die das Programm spricht, und ihr Job besteht darin, die Kommunikation so präzise wie möglich zu gestalten.

Seit dem Seminar hat sie SPSS kaum benutzt und fast vergessen, wie sehr sie es liebt. Die schnurgeraden Streifen aus Informationen, das Bewusstsein, dass alles an seinen Platz findet, wenn sie nur richtig tippt. Die tiefe Befriedigung, die es bringt, Chaos in Ordnung zu verwandeln. Die Stunden verstreichen, ohne dass sie es merkt, und als sie sich endlich zurücklehnt, hat sie einen kompletten Datensatz vor sich. Es ist das erste Mal seit der Sache mit Emil, dass sie so lange am Stück nicht an ihn gedacht hat.

Sie beginnt mit einigen leichten Aufgaben. Gibt Kommandos ein und lässt das Programm untersuchen, ob ein Zusammenhang zwischen Alter und Trauer besteht. Und schwups, binnen eines Sekundenbruchteils ist die Berechnung fertig. Kein Zusammenhang. Etwas selbstbewusster fragt sie nach dem Verhältnis zwischen zwei Dingen, die zusammenhängen müssten, nämlich dem Trauerwert und einem Test zum Erinnerungsvermögen der Teilnehmer. Diesmal lässt sie sich das Ergebnis als Punktediagramm anzeigen, und die Korrelation ist eindeutig. Je mehr Trauersymptome die Teilnehmer haben, umso schlechter können sie sich an eine Geschichte erinnern, die ihnen vorgelesen wurde. Sie schaut erneut die Datei mit Antons Resultaten durch. Da steht nichts darüber, welche spezifischen Tests er verwendet hat, aber unmittelbar scheint ein t-Test am sinnvollsten, wenn sie die Interventionsgruppe mit der Placebogruppe vergleichen will. Und da sieht sie es. Erst jetzt wird ihr bewusst: Sie hat keine Ahnung, wer von den beinahe vierhundert Nummern auf der Liste Callocain erhalten hat und wer nicht. Der eigentliche Schlüssel zum Datensatz fehlt!

Minutiös durchforstet sie sämtliche Mails und Anhänge, die sie je von Thorsten bekommen hat, aber ohne Erfolg. Der Schlüssel ist nicht da. Frustriert klappt sie den Laptop zu. Ohne diese Information kann sie unmöglich tun, worum er sie gebeten hat. In der Wohnung ist es dunkel geworden, sie steht mit steifen Beinen auf. Schaltet die Pendelleuchte über dem Esstisch ein und isst die Honigmelone, die Anna von ihrer Einkaufstour mitgebracht hat, im Stehen am Küchentisch. Es ist halb zehn. Was soll sie jetzt machen? Einen Abendspaziergang, bei dem ihre leeren Hände durch die Luft schwingen, einen Film aussuchen und ihn anschauen, ohne sich dabei an Emil lehnen zu können? Auf nichts davon hat sie Lust. Also begnügt sie sich damit, die Wohnungstür die obligatorischen drei Mal zu kontrollieren, bevor sie unter die Decke kriecht. Und auch wenn sie bis zum letzten Moment Angst hat, dass sie wieder nicht einschlafen kann, dass sie ohne Emil niemals richtig schlafen wird, passiert es trotzdem, etwas in ihr ruckt, sodass sie fällt und halb erwacht, nur um abermals zu fallen.

APRIL 2017

Elisabeth

Elisabeth sah durchaus das Irrationale darin, erst noch mit dem Hund zu gehen, aber so schien es ihr am sinnvollsten. Ein letzter Spaziergang zu ihrer alten Lieblingsstelle am Wiesensee, wo Nala mit Feuereifer Stöckchen anschleppte und in der feuchten Erde buddelte. Ein letztes Mal im seichten, schlammigen Wasser platschen, während der Schwanz wie ein Propeller schlug. Sie selbst schaute weg, ertrug den Anblick der Hündin nicht länger. Ihren freudigen, pummeligen Leib, die Augen, die etwas von ihr verlangten, das sie nicht mehr geben konnte.

Die Tabletten lagen auf dem Tisch und warteten. Sie hatte sie über eine Bekannte besorgt, die Tierärztin war, zwei sollten ausreichen, aber sie hatte sicherheitshalber um drei gebeten. Als sie vom Spaziergang nach Hause kam, trottete Nala zufrieden mit ihrer zerkauten Plastikgiraffe auf den Teppich, die ein schwaches Quietschen von sich gab, wann immer die Hündin sie am Bauch zwischen die Zähne nahm. Manchmal schien es, als hätte Nala eine zusätzliche Stimme in Form der Giraffe erhalten. Elisabeth konnte sie etwas fragen, wo die Fernbedienung abgeblieben war beispielsweise oder ob es Zeit für die Abendrunde sei, und dann quietschte die Giraffe eine Antwort zurück.

Nala folgte ihr interessiert mit dem Blick, während Elisabeth die Futterschüssel füllte. Müsste sie nicht spüren, dass etwas nicht stimmt? Elisabeth drückte die Tabletten in die Leberpastete, waren Hunde nicht Experten für Körpersprache?

»So, jetzt gibt's noch was Feines für dich, ja?«

Der Schwanz schlug gegen die Kommode, donk, donk, donk. Die zutraulichen Augen, die niemals das Gesamtbild sahen, aber stets all die kleinen Gesten einfingen.

»Da, bitte schön.«

Sie stellte die Schüssel auf den Boden, und die Hündin stürzte sich darauf, fraß schnell und gierig, wie immer, als wäre es ihre Henkersmahlzeit. Heute hatte sie recht.

Danach fühlte Elisabeth sich benommen und setzte sich mit dem Rücken an die Wand gelehnt auf den Boden. Sofort kam Nala zu ihr, leckte ihr über die Hand und schmiegte sich eng an sie. So hatten sie nicht mehr zusammengesessen, seit Nala ein Welpe war, sie war Vinters Hund, und er hatte sie heiß und innig geliebt. Sie lag an seinem Fußende, wenn er das Bett nicht verlassen konnte, und überhaupt war Nala immer in seiner Nähe gewesen. »Da kommt ja mein Sohn mit seinem Schatten«, pflegte Elisabeth zu sagen, wenn sie ihren schmächtigen Jungen dicht gefolgt von seiner pelzigen Freundin sah. Manchmal dachte sie, dass Nala fast schon zu lebendig für Vinter war, so groß war der Kontrast, wenn die Hündin erfüllt von einer Lebenskraft, die ihr Sohn niemals besitzen würde, davonflitzte. In letzter Zeit hatte sich der Gedanke in ihr festgesetzt, dass ein Schatten ohne jemanden, der ihn werfen konnte, sinnlos war. Wie sollte Nala in einer Welt ohne Vinter weiterbestehen?

»Ich hab dich lieb, das weißt du, oder?«, flüsterte sie. »Aber es geht einfach nicht länger.«

Nala brummte wohlig, als Elisabeth sie erst hinter dem einen, dann hinter dem anderen Ohr kraulte. Sie strich ihr über das gefleckte Fell, braun und weiß mit schwarzen Sprenkeln, vom weichen Kopf den Rücken entlang und die Hinterläufe hinunter. Nala seufzte und drehte sich auf die Seite. Die Giraffe lag ein Stück entfernt, und ein einzelnes Mal hob die Hündin leicht den Kopf, als erwäge sie, sich nach dem Spielzeug zu strecken. Und vielleicht war es der Blick in ihren Augen, die naive Verwunderung, weil sie die Bewegung nicht ausführen konnte, die Elisabeth weckte. Was tat sie da? Nala, das einzig andere Wesen, das Vinter ebenso vergöttert hatte wie sie. Unsicher packte sie Nalas Schnauze, um ihr Maul zu öffnen. Presste die Finger zwischen die Kiefer und stocherte damit am Gaumen und der warmen, feuchten Zunge herum, doch die Hündin wand sich, es war unmöglich, bis in ihren Rachen zu gelangen.

Der schwere Hundekopf sank auf den Teppichboden, und Elisabeth wischte sich hektisch die schmierigen Finger am Oberteil ab und rannte ihr Handy holen, um zu googeln, wie man einen Hund zum Erbrechen brachte. Aber vergebens, die Suchresultate waren unbrauchbar. Jetzt heulte sie vor Frustration, und neben ihr stieß Nala einen Seufzer aus, fast so, als würde sie lediglich einschlafen, fast so, als wäre es undenkbar, dass sich ein Atemzug plötzlich als der letzte erwies, und nun lag der schlaffe, tote Körper da wie ein weiteres Leben, das sie in Händen gehalten und wieder losgelassen hatte.

II

SEPTEMBER 2024

Anna

Siris Hände tun gut. Anna liegt mit geschlossenen Augen da und spürt, wie diese Hände ungewöhnlich fest zupacken und dabei trotzdem nicht wehtun. Über ihren Körper fahren, als wollten sie dessen Silhouette nachzeichnen, und als Anna diese schließlich leuchtend klar vor ihrem inneren Auge sieht, drückt sie sich hoch. Schlingt ihre Beine in einer einzigen geschmeidigen Bewegung um Siri.

»Das war schön«, murmelt sie. Siri drückt die Nase an ihren Hals. Küsst sie und sendet einen Schauer ihre Wirbelsäule hinab.

»Du bist es, die schön ist.«

Sie gehen zusammen duschen. Danach öffnet Anna das Schlafzimmerfenster, das ganz nass von Kondenswasser ist. Ein paar Kinder johlen unten auf der Straße, und der Grillgeruch in der Luft lässt einen meinen, es wäre immer noch Sommer.

»Eine Freundin hat am Donnerstag Geburtstag«, sagt Anna und versucht, es möglichst beiläufig klingen zu lassen. »Sie hat eine ganze Disco gemietet.«

»Mhm«, brummt Siri vom Bett.

»Magst du mitkommen?«

Aber Siri hat Annas Laptop auf dem Schoß, und statt einer Antwort fragt sie nach dem Passwort, damit sie einen Film raussuchen kann.

»1999.«

Siri hebt eine Braue.

»Bitte sag mir, dass das nicht dein Geburtsjahr ist«, meint sie, doch Anna lächelt nur. Krabbelt übers Bett und schmiegt sich an Siri, deren Haut immer noch feucht ist von der Dusche.

»Und, kommst du?«, fragt sie. »Am Donnerstag?«

Es wäre das erste Mal, dass sie Freunde voneinander treffen würden.

»Vielleicht«, sagt Siri, ohne den Blick vom Bildschirm zu heben. »Wir schauen mal.«

Am nächsten Morgen wacht Anna allein im Bett auf, sie hört Siri in der Küche rumoren. Gestern Abend, als sie eingeschlafen war, hat sie ihre flatternden Lider und den halboffenen Mund betrachtet, die Luft entwich in kurzen, rhythmischen Stößen, und gedacht, was sie für ein Glück hat, dass Siri ausgerechnet in ihrem Bett liegt. Ihr Duft hängt immer noch im Zimmer. Er erinnert an zartgrüne Frühjahrsblätter und frisch gesägtes Holz, nicht parfümiert, sondern als stamme er von Siri selbst. Als käme sie direkt aus dem Wald.

Verschlafen zieht Anna sich an und schaut nach ihrem Handy, das sie immer auf die Fensterbank legt, aber es ist nicht da. Dann folgt sie den Geräuschen; dem Kratzen eines Löffels in einem Schälchen, einer Tasse, die etwas zu fest auf dem Tisch aufgesetzt wird. In der Tür zur Küche bleibt sie stehen. Ob Siri jemand ist, dem man einen Gutenmorgenkuss gibt, oder wäre das zu pärchenmäßig?

»Morgen.« Siri lächelt ihr zu. Ihr Haar ist voll und lockig und erinnert Anna an ihre erste Begegnung in der Bibliothek. »Hast du gut geschlafen? Zwischendurch warst du mal ziemlich traurig.«

Schon wieder also. Anfangs wurde sie selbst fast jede Nacht wach, weil sie so heftig weinte, wie man es sonst nur als Kind tut, aber inzwischen sind es hauptsächlich die geröteten Augen, die sie ab und zu morgens vor dem Spiegel verraten.

»Ja, danke.«

Sie lächelt Siri an, die ihren Blick einige Sekunden lang festhält, ehe sie nickt. Dankbar, dass sie nicht weiter nachbohrt, lässt Anna sich auf den Stuhl an dem kleinen Klapptischchen plumpsen. Da entdeckt sie ihr Handy auf dem Küchentisch, sie muss es gestern dort vergessen haben.

»Hast du Pläne für heute?« Siri reicht ihr eine Tasse Kaffee.

»Nicht wirklich, vielleicht ein bisschen schreiben. Ich habe Danish Pharma einen Besuch abgestattet.«

»Ach ja?« Siri schaut sie fragend an. Sie sieht anders aus, so ohne Make-up. Weniger hart. »Und, wie war's?«

Anna zuckt mit den Achseln.

»Eigentlich wollte ich schreiben, dass Trauer wichtig ist, weil sie etwas darüber sagt, was wir verloren haben. Und dass der Bewältigungsprozess zerstört wird, wenn man die Trauer mit Medikamenten betäubt. Aber der, mit dem ich gesprochen habe, hat darauf beharrt, dass sie nicht die Trauer behandeln, sondern die Krankheit, zu der sie sich entwickeln kann. Als wären das zwei komplett unterschiedliche Dinge. Und jetzt weiß ich nicht mehr …«

Siris Löffel schwebt vor ihrem Mund in der Luft.

»Was?«, fragt sie.

»Nichts, es ist nur … Bevor ich angefangen habe, war ich mir total sicher in allem.«

Siri lächelt.

»Ist das nicht der Sinn der Sache? Ich denke, es ist gut, wenn an deiner Meinung ein bisschen gerüttelt wird.«

»Klar siehst du das so«, erwidert Anna, »aber ich finde den Gedanken schrecklich, dass alles geheilt werden muss. Warum darf man nicht einfach traurig sein, wenn jemand gestorben ist?«

Bei den letzten Worten kräuselt sich ihr Mund, es geschieht so plötzlich, dass sie nicht schnell genug reagieren kann. Siri streckt erschrocken die Hand nach ihr aus, doch Anna springt auf und rennt ins Bad. Klammert sich am Waschbecken fest, ehe sie die Tür zuziehen kann, steht Siri bereits hinter ihr.

»Anna, was ist los?«

Anna schüttelt den Kopf, versucht, ihre Atmung unter Kontrolle zu kriegen. Siri legt ihr die Hand auf den Oberarm.

»Komm, erzähl's mir.«

Sie sieht sie beide im Spiegel. Ihr eigenes wächsernes Gesicht mit der bebenden Unterlippe, Siris aufgerissene Augen.

»Meine Mutter ist gestorben.«

Merkwürdigerweise tut es gut, die Worte, die sie sonst fast nie ausspricht, zu sagen. Als würde sie etwas Kostbares in zwei Hälften teilen und Siri die eine auf offener Handfläche reichen.

»Wann?«

»Im März, das heißt vor ...«, sie rechnet nach, »vor sechs Monaten und fünfundzwanzig Tagen. Aber normalerweise fang ich deshalb nicht gleich an zu heulen, keine Ahnung, warum ...«

Siri murmelt etwas Beruhigendes und legt die Arme um sie. Die Bewegung ist so trostspendend, dass Anna sich einfach hineinfallen lässt.

Thorsten

Erst kann Thorsten nicht glauben, dass es wahr ist. Er blättert das Handout von Anton zum zehnten Mal durch und klickt sich durch die Datenbank, doch Shadi hat recht. Nirgends steht, wer von den Probanden das Medikament erhalten hat und wer nicht. Er schüttelt den Kopf, natürlich nicht. Vermutlich haben nur Anton und höchstens noch Kamilla diese Information.

Frustriert schlägt er mit der Faust auf den Schreibtisch. Ohne den Code kann Shadi nicht tun, worum er sie gebeten hat. Wie sollen sie jetzt bloß weiterkommen?

Um Punkt sechzehn Uhr klopft Thorsten an die Tür des Büros, das Miguel sich leiht, wenn er an der Uni ist. Der hochgewachsene Arzt schnippt einen Zigarettenstummel, der die Institutsleitung zum Implodieren bringen würde, aus dem Fenster.

»Nur die eine, um den Kopf freizukriegen«, sagt er und zwinkert Thorsten zu. »Aber komm rein, komm rein! Greif zu«, er deutet auf eine Schale Pflaumen, von denen Thorsten sich seiner Allergie wegen besser fernhalten sollte. »Du wolltest etwas mit mir besprechen?«

»Ja. Es geht um unser gemeinsames Projekt. Ich will nur ganz sicher sein, dass ich es richtig verstanden habe. Du sorgst doch dafür, dass all unsere Projektteilnehmer das Medikament abgesetzt haben, bevor wir uns von ihnen verabschieden, oder?«

Miguel nickt.

»Im Prinzip schon, ja.«

»Im Prinzip?«

»Die Leute reagieren unterschiedlich darauf«, erklärt er. »Manche bekommen einen Rückfall oder Entzugserscheinungen, oder irgendwas führt dazu, dass ich sie nicht bis zum Schluss begleiten kann. In dem Fall müssen sie sich an ihren Arzt wenden.«

»Der ihnen hilft, es abzusetzen?«, hakt Thorsten nach. »Ich habe nämlich gerade von einer Teilnehmerin gehört, die glaubt, Callocain bekommen zu haben, und offenbar vorhat, die Behandlung bei einem Psychiater fortzusetzen, wenn sie hier fertig ist. Aber dazu kommt es ja wohl nicht, oder?«

Miguel wiegt den Kopf, was das Licht der Deckenlampe auf seinem blankpolierten Schädel spiegeln lässt.

»Es wäre nicht das erste Mal, dass so etwas passiert«, sagt er. »Wenn man beharrlich genug ist und einen Arzt findet, der es für sinnvoll hält, tja dann …« Er lächelt schief. »Denk nur mal an Antidepressiva, da war es ja auch nicht so gedacht, dass sie bis ans Lebensende verschrieben werden, oder?«

Ehe Thorsten antworten kann, erscheint Svend in der Türöffnung.

»Ach, hier findet die Party statt?«, fragt er.

»Schön wär's«, brummt Thorsten und wendet sich wieder Miguel zu. »Ich kann doch nicht der Einzige sein, dem es Bauchschmerzen bereitet, dass trauernde Menschen unter unserer Aufsicht dissozial werden? Schon gar, wenn sie die Tabletten jahrelang nehmen, sobald Callocain erst mal zugelassen ist?«

Der Blick, den Svend und Miguel wechseln, entgeht ihm keineswegs.

»Willst du wissen, was ich glaube?«, fragt Svend. »Ich glaube, du bist auf dem Holzweg.«

»Ich habe noch nicht alles erzählt«, wendet Thorsten ein. »Es gibt Dinge, die ich noch für mich behalte, aber …«

»Weißt du was, das glaube ich nicht«, fährt Svend

ihm dazwischen. »Wir sind sieben weitere Forscher, und keiner von uns sieht, was du zu sehen meinst. Ja, die Empathie ist leicht zurückgegangen, und nein, sie ist noch nicht wieder ganz auf Normalniveau, obwohl es den Leuten besser geht, aber ich möchte wetten, das ist sie in wenigen Monaten. So oder so müssen wir das *wissenschaftlich* untersuchen. Als Team.« Er schüttelt den Kopf. »Der eigenen Forschungsgruppe Schlamperei unterstellen, Thorsten, da hört es auf. Mir gefällt nicht, wenn du so wirst.«

Wenn er so wird? Etwas an diesen Worten lässt ihn an Kamilla denken. Was hatte sie noch gesagt? *Einige von uns machen sich Sorgen um dich.*

»Sagt mal«, er schaut von Svend zu Miguel, »redet ihr hinter meinem Rücken über mich? Haltet ihr mich etwa für so einen verbohrten Verschwörungstheoretiker, oder was?«

»Thorsten«, hebt Miguel an, doch Thorsten steht abrupt auf.

»Nein«, sagt er, »es ist mein voller Ernst!«

»Ja, und siehst du«, Svend blickt ihn traurig an, »genau das ist das Problem.«

Shadi

»Tut mir leid mit dem Code«, platzt Thorsten heraus, kaum dass Shadi ans Telefon geht. »Das hatte ich verschwitzt. Nur Anton und Kamilla haben Zugriff darauf.«

»Okay«, sagt sie. »Aber was machen wir jetzt?«

Die Erschöpfung lagert sich wie Luftbläschen an der Innenseite ihrer Haut ab. Die stundenlange Arbeit, den Datensatz in SPSS einzugeben, ihr dämlicher Wunschtraum, die clevere Studentin zu sein, die ihrem Betreuer aus der Patsche hilft. Und dann fehlt ihr die eine Spalte, ohne die alle anderen keinen Sinn ergeben.

»Kannst du gar nichts machen?«, fragt Thorsten. »Gibt es irgendwelche anderen Berechnungen?«

»Vielleicht schon. Aber worum es uns eigentlich geht, ist doch die Wirkungsweise von Callocain, oder? Ob das Medikament hilft, welcher Zusammenhang zwischen Callocain und Empathie besteht und so weiter. Das geht nicht, wenn ich nicht weiß, wer welches Präparat bekommen hat. Alles wird durcheinandergewürfelt.«

»Scheiße«, sagt Thorsten. »Kamilla geht in wenigen Tagen an die Presse, wenn wir nichts finden, womit wir sie aufhalten können. Und dann ist es eine Frage von Tagen, bis Callocain auf den Markt kommt. Die Zulassung haben sie schon, jetzt warten sie nur noch auf uns.«

»Das verstehe ich. Ich weiß nur nicht, wie ich …«

»Die Ausreißer«, unterbricht er sie. »Hast du dir die angeschaut?«

»Ja, es waren drei, wie du gesagt hast. Und ich versteh auch nicht, warum Anton sie entfernt hat. Es sind die drei niedrigsten, von daher stechen sie natürlich heraus, aber es gibt ja noch mehr, die unter zehn liegen. Eine Erklärung könnte sein, dass beim Testen irgendwas schiefgelaufen ist und die Ergebnisse deshalb nicht aussagekräftig genug sind.«

»Ich habe ja nur eine der Personen getestet, aber da ist auf jeden Fall nichts schiefgelaufen. Ich habe Angst, wir könnten etwas übersehen«, sagt Thorsten leise. »Etwas Großes, das ernste Konsequenzen für die Leidtragenden haben kann.«

Shadi schluckt.

»Ich versuch's noch mal«, hört sie sich sagen. »Ich kann nichts versprechen, aber ich schau es mir noch mal an.«

»Danke«, sagt er. »Und Shadi?«

»Ja?«

»Beeil dich.«

Anna

Anna sitzt auf der Fensterbank und stiert auf das Gebäude gegenüber, das wie ein umgefallener Legostein in all dem Grau zu liegen scheint. Gestern hat sie es als Erleichterung empfunden, Siri von ihrer Mutter zu erzählen. Heute ist aber sie in einem bleiernen, Slow-Motion-artigen Zustand aufgewacht, aus dem sie nicht herauskommt, abgesehen vom Einspruch beim Studienausschuss wegen des nicht bestandenen Neuro-Seminars hat sie nichts von all dem erledigt, was sie sich vorgenommen hatte. Die letzten Stunden hat sie einfach nur hier gesessen. Ab und zu taucht ein Gesicht in einem der Fenster des Wohnblocks auf, doch niemand bemerkt Anna. Sie könnte hier in ihrer Gipsbox sterben, ohne dass es jemandem auffällt.

Es fordert Kraft, die Laufsachen anzuziehen, aber sie schafft es, kurz darauf ist sie auf dem Weg zum Wald. Dort drinnen herrscht in der Abenddämmerung ein noch schummrigeres Licht als draußen, außer ihrem keuchenden Atem hört sie keinen Laut. Jedes Mal, wenn sie an dem Holzgestell am Rande der sanduhrförmigen Laufbahn vorbeikommt, macht sie die üblichen fünf Klimmzüge, und als sie drei Runden später in den Karen Blixen Boulevard einbiegt, ist sie nur noch Körper. Ein weiteres Mal ist sie erfolgreich vor etwas weggelaufen, das jetzt zurückgelassen am Waldrand liegt.

Nach dem Duschen sucht sie nach der Kopie des

Trauertests, die Thorsten ihr geschickt hat. In der letzten Sprechstunde gab es keine Möglichkeit, mit ihm darüber zu reden, weil er so damit beschäftigt war, Shadi für seine Trauerstudie anzuheuern, daher muss sie den Test jetzt eben allein machen. So funktioniert es sowieso am besten für sie.

Wie sich rasch zeigt, entspricht sie den übergeordneten Kriterien des Tests nicht. Auch wenn ihr Pizzakonsum zu hoch ist und ihre Laufsachen so salzig sind, dass sie aufrecht stehen können, kriegt sie ihren Alltag trotz allem auf die Reihe. Vor allem jetzt, da sie sich jemandem gegenüber zu verantworten hat. Sie funktioniert, mit anderen Worten, zu gut, um unter die Diagnose zu fallen, und das zumindest gefällt ihr an dem Test; dass er nicht auf alle passt, die jemanden verloren haben. Trotzdem fährt sie fort und versucht, die Fragen so ehrlich wie möglich zu beantworten. Manche davon sind einfach, andere lassen sie zögern. Spürt sie ein vermindertes Selbstgefühl, als wäre ein Teil von ihr verschwunden, als ihre Mutter starb? Vermutlich schon. Es gibt bestimmte Arten, auf die niemand sonst sie sieht, Worte, die sie niemals auf dieselbe Weise zu einem anderen Menschen sagen wird. Es gibt Erlebnisse, die sie beide geteilt haben, die Anna jetzt allein weiterträgt. Die seltenen Momente, wenn ihre Mutter sich überreden ließ, Gutenachtlieder zu singen und ihre Stimme sanft wurde wie sonst nie. Mit dem Kopf in ihrem Schoß auf dem Sofa zu liegen und sich den Rücken kraulen zu lassen, obwohl Anna eigentlich schon zu groß dafür war.

Und jetzt, die Mutter in ihrem eigenen Lachen oder in einer ihrer Bewegungen wiederzuerkennen und zu wissen, dass ihnen all das fortan nicht mehr gemein ist. Aber wie sie erkennen soll, welche Bedeutung das für ihr Selbstgefühl hat, weiß sie beim besten Willen nicht.

Manche Fragen zielen darauf ab, ob sie bestimmte Dinge, Orte oder Personen meidet, weil sie sie an den Verlust erinnern. Ihre spontane Antwort lautet Nein, sie hat längst für sich die Entscheidung getroffen, sich durch nichts einschränken zu lassen. Doch der Gedanke an den gebeugten Rücken ihres Vaters lässt sie innehalten, einen Moment lang verharrt ihre Hand irgendwo zwischen Ja und Nein. Dann schiebt sie den Laptop weg und geht in die Küche. Sie öffnet den Kühlschrank und starrt in die gähnende Leere. Der beknackte Test passt sowieso nicht auf sie, warum auch nur eine Sekunde mehr darauf verschwenden?

JULI 2019

Elisabeth

Eigentlich waren Elisabeth gesellschaftliche Zusammenkünfte bei Danish Pharma zuwider, der Neujahrsempfang, das Sommerfest, und meistens blieb sie derlei Veranstaltungen fern. Diesmal aber war Marcus ungewöhnlich beharrlich gewesen, und nun stand sie mit anderen aus dem Team auf der großen Rasenfläche hinter dem Hauptgebäude und versuchte, sich zu entspannen. Die Sonne brannte auf ihre Schultern in dem roten Trägerkleid, und wenn sie so nachdachte, war es wohl das erste Mal diesen Sommer, dass sie sich im Freien aufhielt, ohne irgendwohin unterwegs zu sein. In diesem Moment klopfte jemand gegen ein Glas.

»Darf ich für einen Moment um eure Aufmerksamkeit bitten?«

Es war Marcus, der in seiner maßgeschneiderten Hose und dem strahlend weißen Hemd haargenau aussah wie der, der er war: der Chef des ganzen Ladens. Langsam kamen die Leute um ihn herum zusammen, und die Gespräche verstummten.

»Was für ein großartiger Rahmen«, begann er und breitete die Arme allumfassend aus, »ich glaube, ich lüge nicht, wenn ich sage, dass die Zukunft unserer kleinen Firma ebenso wolkenlos aussieht wie der Himmel, mit dem wir heute gesegnet sind. Und ich möchte vor allem einer Person danken.« Er suchte Elisabeths Blick und bedeutete ihr mit einer Kopfbewegung, näherzukommen. »Nämlich der Frau hinter einem der vielversprechendsten Projekte, das ich je begleiten durfte. Noch ist nicht alles in trockenen Tüchern, ich weiß, aber, meine Damen und Herren, Elisabeth und ihr tolles Team haben die Entwicklung von Callocain soeben sicher in Phase drei geführt.«

Elisabeth trat ans Marcus' Seite und nahm das langstielige Glas entgegen. Die Leute applaudierten, und während sie ein Lächeln aufsetzte, schweifte ihr Blick über ihre festlich gekleideten Kollegen. Wer waren all diese Leute überhaupt, mit denen sie so viele ihrer wachen Stunden verbrachte? Sofia und die anderen aus dem Team, die Ärzte und Biologen, dieser bleiche Statistiker, der sich klugerweise einen Platz im Schatten gesucht hatte? Was ging sie das alles an?

Dass Marcus sie dieses Jahr lobend hervorhob, war sicher wohlverdient. Auch wenn ein Großteil ihrer Arbeit im Verborgenen geschah, war sie überzeugt davon, dass niemand hier im Garten so viel Zeit auf seine Forschung verwandte wie sie, und zweifelsohne würde die Firma ihr bald einen ihrer größten Triumphe zu verdanken haben. Das Ironische war, dass sich die ganze Maskerade vollkommen sinnentleert für sie anfühlte. Das Einzige, woran sie denken konnte, während Marcus weiter von der strahlenden Zukunft der Firma sprach, war Nala. Die Hündin wäre heute dreizehn geworden, zweifellos wäre sie steif in der Hüfte und langsam gewesen, doch Elisabeth war überzeugt, dass sie noch am Leben wäre, hätte sie sie nicht an jenem Tag umgebracht. Dann wäre sie heute Abend nach Hause gekommen, hätte sich das Kleid abgestreift, und Nala wäre ihr wie immer entgegengelaufen, schwanzwedelnd und bereit, ihr die Hände abzulecken. Elisabeth wäre in die Hocke gegangen, um über das weiche Fell zu streichen, und vielleicht hätte sie ein bisschen von der Feier erzählt, während Nala zurück in ihren Korb trottete und sich mit diesem zufriedenen Seufzer zusammenrollte, der bedeutete, dass das Rudel beisammen war. Auch wenn Nala nicht sprechen konnte, kam es Elisabeth ab und zu vor, als hätte sie sich einer Gefährtin beraubt. Jemanden, mit dem sie all die leeren Räume teilen konnte, die Vinter hinterlassen hatte.

»Also heben wir die Gläser auf Elisabeth, die mit Callocain einen Geniestreich gelandet hat, von dem wir uns Großes erwarten«, endete Marcus und stieß mit ihr an. »Prost!«

Applaus brandete auf, manche jubelten sogar, und eine der Assistenzen trat näher heran, um ein Foto zu schießen. Üblicherweise dauerte es Jahre, bis Danish Pharma das Patent für ein neues Präparat erhielt. Und diesmal war es nicht nur ein weiteres Antidepressivum unter vielen oder eine Pille gegen Angststörungen, die in etwa dieselbe Wirkung hatte wie all die anderen, nein, diesmal handelte es sich um ein absolutes Novum.

Einen durchschlagenden Sieg. Und auch wenn Marcus nach außen hin den Großteil der Lorbeeren einheimsen würde, war Callocain in erster Linie Elisabeths Verdienst, und alle im Garten wussten das.

Mit bemühter Bescheidenheit dankte sie den Mitgliedern ihres Teams, indem sie jeden Einzelnen beim Namen nannte, berichtete knapp von den Aufs und Abs der letzten sieben Jahre, angefangen bei heruntergefallenen Petrischalen bis hin zu ertrunkenen Mäusen und jetzt, endlich, den trauerleidenden Menschen, die nach monatelanger Verlorenheit ins Leben zurückkehren konnten.

»Ihr alle wisst, wie viel mir dieses Projekt bedeutet. Ich würde sogar so weit gehen, zu behaupten, dass der Traum von Callocain so ziemlich das Einzige ist, was mich nach dem viel zu frühen Tod meines Sohnes aufrechterhalten hat.«

Sie machte eine Kunstpause. In Wahrheit war es lange her, seit sie zuletzt ehrlich gerührt gewesen war, wenn sie von Vinter sprach. Worte können ihre Bedeutung verlieren, sie nutzen sich ab, und hier fühlte sie nichts.

»Deshalb möchte ich allen danken, die an die Idee geglaubt haben. Ich bin überzeugt, dass wir kurz vor einem einzigartigen Durchbruch stehen. Bald wird es uns möglich sein, zu tun, wonach wir alle streben. Nämlich das Leben der Menschen zum Besseren wandeln. Zum Wohl!«

Sie trat einen Schritt vor und hob ihr Glas. Zwang

ihr Gesicht in die angemessenen Falten, so wie sie ihr Leben in ein Schema gezwungen hatte, das es ihr ermöglichte, weiterzumachen, frei von Hundehaaren, Kinderlachen und einem warmen Körper, an den man sich nachts schmiegen konnte.

12

OKTOBER 2024

Thorsten

Der Hörsaal ist gut gefüllt, als Thorsten außer Atem hereinkommt. Er war so tief versunken in seine Spekulationen über Callocain, dass er die heutige Vorlesung glatt vergessen hätte, wenn ihn die Benachrichtigung seines Kalenders nicht aus den Gedanken gerissen hätte.

»Tut mir leid«, murmelt er und fummelt an seinem Laptop herum. Das heutige Thema lautet Intervention mit besonderem Augenmerk auf therapeutischer Allianz, Stoff, den er im Schlaf herunterbeten kann. Trotzdem gerät er mehrfach bei absolut grundlegenden Begriffen durcheinander.

»Quatsch, nicht Übertragung«, unterbricht er sich selbst, »ich meine natürlich …« Er dreht sich um und starrt auf die Leinwand, die Buchstaben sind groß und verschwommen. Was wollte er noch mal sagen?

Das Klappern der vielen Tastaturen verebbt, und die Köpfe der Studierenden heben sich einer nach dem anderen von den aufgeklappten Laptops, bis alle Augen im Saal auf ihn gerichtet sind. Das Ansteckmikrofon überträgt seinen schnaufenden Atem durch die Lautsprecher, der ganze Saal wartet auf ihn, und er bringt keinen Ton heraus. Dann hebt sich eine Hand.

»Sie hatten vom Rahmen gesprochen«, sagt eine dunkelhaarige Frau. Thorsten kennt sie, sie sitzt immer in der ersten Reihe, etwas älter als der Durchschnitt und eine von denen, die sich trauen, das Wort zu ergreifen. »Also, dass man sich gleich zu Beginn über die Rahmenbedingungen einig werden sollte, damit man sich später darauf beziehen kann, falls der Klient sie plötzlich infrage stellt. Richtig?«

Thorsten starrt über das Meer an Köpfen hinweg. Versucht, den Faden wiederzufinden, doch alles ist wirr, es gelingt ihm nicht, einen einzigen klaren Gedanken zu fassen.

»Wir machen eine Pause«, er blinzelt heftig, »fünfzehn Minuten.«

Ein unruhiges Summen steigt zur Decke, während sich die Studierenden den Weg zwischen den Stuhlreihen hinausbahnen.

Irgendwie schafft er es durch die zweite Hälfte, und sowie die letzte Folie auf der Leinwand erscheint, beendet er die Vorlesung und hastet aus dem Hörsaal. Kaum hat er die Türschwelle seines Büros übertreten, bleibt er wie angewurzelt stehen. Sein Computer ist eingeschaltet. Unruhig schaut er sich um. Hudson starrt von seinem Nagel zu ihm herunter, von ihm sind keine Antworten zu erwarten, aber irgendetwas muss hier passiert sein, während Thorsten weg war. Er hat das Büro vor zwei Stunden verlassen und sowohl den Computer heruntergefahren als auch die Tür abgeschlossen, oder nicht? Auf jeden Fall hätte der Bildschirm längst in den Stand-by-Modus gehen müssen.

Zögerlich tritt er zurück hinaus auf den menschenleeren Gang, sieht sich nach allen Seiten um. Aber was fantasiert er sich da eigentlich zusammen? Sollte etwa einer seiner Kollegen hier drin gewesen sein, um in seinem Computer zu schnüffeln? Das klingt völlig absurd. Wonach hätte der Betreffende überhaupt suchen sollen? Benommen geht er zurück zu seinem Schreibtisch. Vielleicht haben sie ja doch recht, Kamilla mit ihrer vorgeschobenen Fürsorge und Svend, mit dem er seit dem Aufeinandertreffen bei Miguel nicht mehr gesprochen hat. Vielleicht verliert er tatsächlich den Sinn für die Realität.

Shadi

Obwohl Shadi sieht, dass Anna Notizen von ihrem Besuch bei Danish Pharma wie auch einen neuen Textabschnitt über den Trauertest in den geteilten Ordner gelegt hat, öffnet sie stattdessen SPSS. Diesmal will sie sich auf die Empathie konzentrieren. Als Erstes fragt sie das Programm nach der Entwicklung bei der gesamten Gruppe von dreihundertachtundneunzig Trauerpatienten über die Zeitspanne vom ersten bis zum letzten Test, und das Programm illustriert das Ergebnis in Form von zwei Säulen, von denen die eine minimal niedriger ist als die andere. So weit, so gut. Unter den Teilnehmern zeigt sich während der sechsmonatigen Laufzeit des Projekts also ein leichter Rückgang der Empathie, was mit Antons Resultaten übereinstimmt. In seinen Ausführungen liest sie, dass die Scores der Kontrollgruppe von Anfang bis Ende mehr oder weniger konstant geblieben sind, wohingegen der Durchschnitt bei der Interventionsgruppe leicht gesunken ist. Allerdings hat Anton die mittleren Werte der Gruppen verglichen, weshalb das Ergebnis nicht sonderlich viel darüber aussagt, was an den Extremen des Datensatzes geschieht. Vor allem, wenn man erst mal seine drei sogenannten Ausreißer entfernt hat.

Sie trommelt gegen die Tischkante, es wäre interessant zu wissen, warum Anton ausgerechnet diese Herangehensweise gewählt hat. Denn es wäre ja durchaus denkbar, dass nicht bei allen dasselbe passiert, dass also bei einigen die Empathie sinkt, bei anderen wiederum steigt und bei manchen unverändert bleibt. All diese Variation geht unter, wenn man Antons Zugang wählt.

Fette Regentropfen klatschen gegen die Scheibe wie Insekten im Sommer, während sich Shadis Hände in immer schnellerem Tempo über die Tastatur bewegen. Es muss einen Zugang geben. Auch wenn sie die Teilnehmer der Interventionsgruppe nicht von denen der Placebogruppe unterscheiden kann, muss es dennoch möglich sein, die Frage zu stellen, die sie nirgends in Antons Unterlagen findet. Nämlich ob eine Verbindung besteht zwischen dem psychischen Zustand der

Patienten und deren Fähigkeit, sich in andere hineinzuversetzen. Zwischen dem Trauerscore und der Empathie.

Sie setzt die notwendigen Häkchen, bittet um die Berechnung und klickt auf Enter. Schaut auf den Bildschirm, ohne zu blinzeln. Und da. Wie durch Zauberhand öffnet sich das Material.

Es hat aufgehört zu regnen. Während in den Wohnungen ringsum die Lichter angehen, ändert die Stadt ihr Antlitz, doch Shadi ist so versunken, dass sie es kaum bemerkt. Das Diagramm, das vor ihren Augen aufgetaucht ist, sieht aus wie Soßenspritzer auf weißem Grund. Die Y-Achse stellt den Empathiescore dar, die X-Achse den Trauerscore. Die Korrelation zeigt einen Abfall von der oberen linken Ecke zur unteren rechten; SPSS hat sogar eine Linie durch die dreihundertachtundneunzig Spritzer gezogen, um es zu verdeutlichen. Dass ein Zusammenhang besteht, genau wie erwartet. Und jetzt kommt die eigentliche Frage. Nämlich ob die Einnahme von Callocain diesen Zusammenhang beeinflusst und falls ja, wie.

Rasch sucht sie zwei der Artikel heraus, die sie beim letzten Mal an der Uni ausgedruckt hat. Da die Wissenschaftler der Uni Aarhus als einzige weltweit neben Danish Pharma Versuche zu Callocain durchführen durften, kann Shadi nur diese Forschungsresultate zum Vergleich heranziehen. Aber die beiden Artikel, die sie nun in der Hand hält, haben ebenfalls die Empathie bei

Trauernden untersucht, allerdings völlig ohne Medikamente, und sie verwenden dieselbe Art Punktediagramm wie das, welches Shadi soeben auf ihrem Bildschirm hervorgezaubert hat. Hat man erst mal ein Auge dafür, ist der Unterschied markant. Die Spur der diagonalen Spritzer ist einheitlicher in den beiden ausländischen Studien, was ihr sagt, dass dort eine stärkere Korrelation zwischen Trauer und Empathie besteht. Ihr Puls trommelt gegen die Haut, irgendetwas ist anders in der Studie der Uni Aarhus. Die Einnahme von Callocain verändert etwas am Verhältnis zwischen Trauer und Empathie, auch wenn sie nicht aus dem Stehgreif entschlüsseln kann, was es ist. Darüber hinaus unterscheidet sich ihr Diagramm in mindestens einem weiteren Punkt von den anderen, nämlich in dem, was in der linken unteren Ecke geschieht. Dort, wo Mikkel und die beiden anderen Ausreißer mit ihrer Kombination aus niedrigem Trauerscore und niedriger Empathie hingehören. Shadi zoomt näher an die aus der Reihe tanzenden Punkte in ihrem Diagramm heran. So sieht es in den beiden anderen Studien nicht aus, bei denen ist die linke Ecke praktisch leer. Sie zoomt näher heran. Irgendetwas sagt ihr, dass sich in ebendieser Ecke die Antwort auf Thorstens Frage findet.

Thorsten

Die Klänge von *So What* schwingen durchs Wohnzimmer, auf *Kind of Blue* greift Thorsten stets zurück, wenn er sich sammeln muss. Genau genommen ist es sein zweites Exemplar, das erste hat er verschlissen in den Monaten, nachdem Anita und Andreas sich nach Åbyhøj verabschiedet hatten. Manchmal braucht es eine lange Zeit, sich zu sammeln.

Er schließt die Augen. Thorsten muss darauf vertrauen, dass Shadi ihn morgen mit guten Nachrichten anruft, jetzt kann er ohnehin nichts tun. Stattdessen konzentriert er sich auf die Musik. Folgt einem Instrument nach dem anderen, dem Klavier, dem Bass, der hervortretenden Trompete, doch die Übung hat nicht den üblichen meditativen Effekt. Irgendetwas hält ihn fest, ein Flattern in der Brust, wie wenn man bei Dunkelheit allein unterwegs ist und das Gefühl hat, dass jemand hinter einem steht. Dass man sich umdrehen sollte, bevor es zu spät ist.

Er wird von einem lauten Geräusch geweckt, als würde etwas gegen die Scheibe geschleudert werden. Die Platte ist bereits bei *All Blues* angelangt, er muss eingenickt sein. Benommen rappelt er sich auf und untersucht die ostseitigen Fenster, wo nichts zu sehen ist, dann die nach Süden gewandten. Durch den Widerschein der Wohnzimmerlampen und den dunklen Garten lässt sich nur schwer etwas erkennen, aber was klebt da? Ein schmieriger Fleck, der die Sicht auf den Apfelbaum versperrt? Die Scheibe ist glatt und kühl an Thorstens Fingerspitzen, er öffnet das Fenster und entdeckt die Konturen von etwas Beweglichem, nahezu Lebendigem, das in dem dunklen Fleck am Glas festhängt. Federn.

Doch selbst als er mit seinem Handy leuchtet, wodurch er Gewissheit erhält, dass es sich tatsächlich um einen Blutfleck mit ein paar zerzausten, dunklen Federn darin handelt, fühlt er sich nicht so recht beruhigt. Das jähe Erwachen und der unheilkündende Schlag sind ihm in die Knochen gefahren, und er muss sich ein Herz fassen, um die Jacke anzuziehen und nach draußen zu gehen.

Das Haus liegt erhöht, sodass es vom Wohnzimmer beinahe sechs Meter nach unten geht, und er findet den schwarzen Körper direkt bei der Kellertür. Er schaut sich im Garten um. Jenseits der Hecke befindet sich das Nachbargrundstück, doch es ist halb elf, niemand ist so spät mehr draußen. Alles sieht aus wie immer. Vorsichtig hebt er den Vogel auf, den er als Amsel erkennt. Leblos liegt sie in seinen Händen. Das Skelett ist hohl, fällt ihm ein, trotzdem überrascht es ihn, wie leicht sie ist.

Vorsichtig streicht er mit dem Zeigefinger über die blanken Flügelfedern, ein Windstoß lässt sie erzittern. Der Hals muss gebrochen sein, und auch wenn der Gedanke vollkommen irrwitzig scheint, streift er ihn dennoch: dass jemand den Hals des Vogels gebrochen hat, bevor dieser gegen die Scheibe prallte. Dass dies eine Warnung ist.

Anna

»Weißt du noch, wie Mama versucht hat, dich fürs Badminton zu gewinnen?« Ihr Vater hält einen der alten Pokale ihrer Mutter in den Händen. Sein Bart ist kürzer als letztes Mal, fast schon frisch rasiert, und lila Spritzer, die aussehen wie Rote Beete vom Mittagessen, sind über sein Hemd verteilt. »Du warst ein kleiner Quirl, und der ganze Hickhack mit Aufschlagen und Bälleeinsammeln, da hast du dich strikt geweigert.«

Heute Abend ist Maikens Party, und eigentlich sollte Anna jetzt in der Stadt sein und nach einem Geschenk suchen. Stattdessen sitzt sie hier mit ihrem Vater auf dem Parkettboden im Wohnzimmer. Sie haben den großen Schrank geöffnet, und Anna sortiert den Inhalt, während sie eine Tugend daraus macht, jeden einzelnen Gegenstand nur als Ding anzusehen. Nicht als gehütetes Kleinod ihrer Mutter mit Erinnerungen wie Glorien im Licht der Stehlampe, sondern schlicht als etwas, das verwendet oder weggeworfen werden kann.

»Das war mir viel zu langsam«, sagt sie, »mir ist schleierhaft, was Mama daran gefunden hat. Und dann dieser Gestank in der Halle.«

»Schweiß.«

Sie rümpft die Nase, das war es nicht allein, es waren Holz und Plastik und jahrelange schlechte Belüftung, und sie hat sich nie daran gewöhnen können.

»Was ist mit der?« Anna zeigt auf die Nähmaschine. Sie erinnert sich noch genau an das Geräusch der auf- und abfahrenden Nadel, wenn ihre Mutter aufs Pedal trat, sieht sie vor sich, wie sie den Stoff vorwärtsführte, die Stecknadel im Mundwinkel und das Maßband wie eine gelbe Schlange um den Hals. »Die steht doch nur rum und verstaubt, oder?«

Doch ihr Vater antwortet nicht. Er hält noch immer den Pokal von der Vereinsmeisterschaft 1994, streicht mit dem Finger über die Gravur. Sein Kopf ist gesenkt.

»Ich tue sie zu den Sachen, die wegkönnen«, entscheidet Anna und wuchtet die schwere Maschine neben ein paar Schüsseln und einen Stapel Blusen, die nach ihrer Mutter riechen. Hier ist nichts, was sie haben will. Sie hat schon alles bekommen. Die eigens ausgewählten Dinge, die ihre Mutter ihr mit fieberheißen Händen reichte, als feststand, dass sie nicht wieder gesund werden würde: ein Babytagebuch voller Bilder von Anna, die sie noch nie gesehen hatte, und der Pulli, den ihre Mutter gestrickt hat, während sie mit ihr schwanger war. Anna trug ihn danach wochenlang, obwohl die Wolle an den Handgelenken kratzte, es wurde zu einer Beschwörung. Wenn ich den Pulli anhabe, kann Mama nicht sterben. Einige Wochen nach der Beerdigung nahm sie sich ein paar weitere Kleidungsstücke, eine Halskette und das Parfüm, das ihre Mutter trug, bis sie keinerlei Gerüche mehr ertragen konnte, nicht mal den von Waschpulver, nicht mal den des Essens, das sie ihr zubereiteten.

»So«, Anna wischt sich mit dem Handrücken die Nase, »der kommt auch weg, oder?« Sie greift nach dem Pokal, und ihr Vater hebt das verzerrte Gesicht.

»Was ist?«, fragt sie und beißt sich so fest auf die Wange, dass sie nach innen gesaugt wird.

Er schüttelt den Kopf.

»Ich kann nicht.«

Sie überlegt, ob sie stattdessen einen neuen Gegenstand aus dem Schrank nehmen soll, nach etwas Praktischem fragen, um sie beide aus dem Moment zu holen, aber es ist zu spät. Er kann wirklich nicht. Und vielleicht ist das auch in Ordnung so. Ihre Eltern hatten ein gemeinsames Leben, von dem sie nichts weiß, sie waren etwas vor ihr und nach ihr. An dem Tag, als sie ihr von der Leukämie erzählten, hatten sie alles vorbereitet. Waren beim Arzt und im Krankenhaus gewesen mit der Wunde, die nicht heilen wollte, dem Blut, das nicht reinigte, der Angst, die zwischen die Laken sickerte. Anna war ihre gemeinsame Dritte, diejenige, der sie beide zusammen erzählten, dass die Mutter erkrankt war. Als sie an jenem Abend ging, konnte sie nicht wissen, in welcher Verfassung die beiden zurückblieben, ob ihnen die Gesichtszüge entgleisten. Man weiß nicht alles. Und an diesem Abend begriff sie erstmals, dass ihre Eltern eine Nähe teilten, in die sie nie ganz würde eintreten können.

»Macht nichts, Papa«, sagt sie und wünschte so sehr, sie würde es ernst meinen. »Wir warten einfach noch. Wir haben jede Menge Zeit.«

Shadi

Shadi hasst telefonieren, doch als sie an diesem Nachmittag Thorsten anruft, ist sie noch nervöser als sonst. Wobei nervös es vielleicht nicht richtig trifft. Sie hofft einfach so sehr, dass er mit dem, was sie seit gestern mühsam zusammengestückelt hat, etwas anfangen kann.

»Lass hören«, sagt er. »Anscheinend gibt Kamilla morgen die Pressemitteilung heraus, uns läuft die Zeit davon.«

»Also«, sie räuspert sich. Ihr wird bewusst, dass sie zum ersten Mal heute ihre Stimme gebraucht, sie hat seit dem Aufwachen am Computer gesessen. »Ich bin mir immer noch nicht sicher, es ist schwer ohne den Code. Zum Beispiel kann ich zeigen, dass es einigen Teilnehmern besser geht, aber ich weiß ja nicht, ob sie das Medikament bekommen haben oder nicht, und mit der Empathie ist es dasselbe. Aber dann habe ich versucht, mir den Zusammenhang zwischen Trauerscore und Empathie für die ganze Gruppe anzuschauen.«

»Okay«, sagt er. »Und …?«

»Und da habe ich eine negative Korrelation von minus 0,6 gefunden.« Die Worte sind glänzend und rein, gleiten so leicht über die Zunge. »In den beiden anderen Studien, die ich zu Trauer und Empathie gefunden habe, liegt sie bei etwa minus 0,8.«

»Ohne Medikament?«

»Genau.«

Sie spürt förmlich, wie er sich müht, aus den Zahlen schlau zu werden.

»Wenn wir also annehmen, dass die, denen es besser geht, diejenigen sind, die Callocain bekommen haben, dann sind sie es auch, bei denen die Empathie besonders vermindert ist?«, sagt er langsam. »Verhält es sich so?«

»Vielleicht.« Wie soll sie es ihm erklären, wenn sie sich nicht einmal selbst sicher ist? »Ich glaube, es läuft ziemlich unterschiedlich ab. Bei manchen lässt die Empathiefähigkeit leicht nach und bleibt auch so, selbst nachdem es ihnen besser geht, bei anderen normalisiert sie sich wieder oder nimmt sogar zu. Und dann sind da die paar wenigen, die total aus der Reihe tanzen, unter anderem die drei, die Anton entfernt hat. Ihr Zustand bessert sich deutlich, während ihr Empathiewert drastisch sinkt.«

Obwohl sie sich mehrfach verhaspelt, zwingt Shadi sich, fortzufahren.

»Ich glaube, Anton hat recht damit, dass der durchschnittliche Rückgang gering ist, vor allem ohne die Ausreißer, allerdings werden dadurch einige ziemlich starke Abweichungen verdeckt. Außerdem hat sich praktisch nur einer der Tests verändert, was den Gesamtrückgang der Empathie noch geringer erscheinen lässt. Wenn man diesen einen Subtest isoliert betrachtet, sind die Zahlen noch heftiger.«

»Welcher Subtest ist das?«, fragt Thorsten.

»Der, der irgendwas mit Compassion heißt.«

Thorsten gibt ein Brummen von sich.

»Interessant.«

Eigentlich glaubt sie zu wissen, was er meint, aber sie fragt trotzdem.

»Na ja, die Kombination, dass der Score in dem einen Subtest nahezu konstant ist, während er im anderen fällt, macht das Ganze nur noch unheimlicher«, erklärt er. »Denn dann wissen diese Leute sehr wohl, dass die Menschen um sie herum andere Gefühle und Gedanken haben als sie selbst. Es bereitet ihnen keine Probleme, Mimik und Körpersprache zu entschlüsseln und zu verstehen, beispielsweise wenn jemand Angst hat oder traurig ist. Es berührt sie nur nicht länger.«

Der Autismustest und der Psychopathentest. So waren die beiden Subtests in einem kritischen Blogpost beschrieben, auf den Shadi gestoßen ist, als sie nach Hintergrundinfos zum Empathietest gesucht hat. In den eigenen Unterlagen des Forschungsteams steht, der eine Subtest untersuche die Fähigkeit, den mentalen Zustand anderer Menschen zu entschlüsseln, während der andere etwas darüber aussage, wie diese Zustände einen beeinflussen.

»Es wäre eine Riesenhilfe, wenn wir die Auswertungen zusammen durchgehen könnten«, sagt Thorsten. »Ich habe dein Programm ja auch gar nicht. Könntest du morgen früh in mein Büro kommen? Um acht? Dann gehe ich anschließend damit zu Kamilla.«

»Klar, kein Problem«, antwortet Shadi. Kaum zu glauben, dass ihre Auswertungen dazu dienen sollen, Thorstens Chefin zu überzeugen!

»Aber treffen tue ich mich lieber allein mit ihr«, sagt er. »Ich bin mir nicht sicher, was Kamilla davon hält, eine Studierende als Statistikberaterin heranzuziehen, ich habe dich ohnehin schon mehr in die Sache verwickelt, als gut ist.«

Daran hat sie bislang noch keinen Gedanken verschwendet, aber Thorsten hat ihr anderer Leute Daten ohne deren Einverständnis oder jedwede Sicherheitsmaßnahmen geschickt, und auch wenn sie verantwortungsvoll mit dem Material umgegangen ist, wäre die Chefin sicher nicht begeistert davon.

»Aber Thorsten?«

»Ja?«

»Was bedeutet das alles?«

Am anderen Ende der Leitung herrscht Schweigen, und Shadi stellt sich Thorsten vor. Vielleicht kratzt er sich auf diese hektische Art am Nacken, wie er es im Unterricht macht, wenn ihn irgendetwas frustriert.

»Soweit ich sehe, gibt es zwei Möglichkeiten«, sagt er dann. »Entweder ist irgendwo ein Fehler passiert, vermutlich bei Anton. Wir sind eine seriöse Universität mit äußerst kompetenten Wissenschaftlern, und hättest du mich noch vor Kurzem gefragt, ob ich jemandem von uns Betrug zutrauen würde, hätte ich gedacht, du machst Witze.«

»Oder aber?«

»Tja«, er seufzt. »Die zweite Möglichkeit, die ich für immer wahrscheinlicher halte, ist, dass jemand dieselben Veränderungen bei der Empathie gesehen hat wie wir. Und dass dieser Jemand die Daten manipuliert hat, um genau das zu vertuschen.«

AUGUST 2022

Elisabeth

Obwohl Elisabeths Arbeitspensum sich nun verringert hatte, fuhr sie gelegentlich an den Wochenenden ins Büro. Schloss die großen, sakralen Räume auf, spürte dabei eine launenhafte Freiheit durch sich hindurchwehen.

Es war ein Samstag mitten in der heftigsten Hitzewelle des Jahres, Elisabeth war ins Büro gefahren, um ein paar Unterlagen zu prüfen, als Kamilla anrief. Sie kannten sich schon seit Jahren und hatten als erfolgreiche Frauen in einer letztlich noch immer von weißen Männern in Anzug dominierten Welt eine Art stillschweigende Allianz geschlossen. Hätte ein besonders hartnäckiger Investigativjournalist angefangen, die Spenden, die der Fonds von Danish Pharma in regelmäßigen Abständen der Universität zukommen ließ, genauer unter die Lupe zu nehmen, hätte sich womöglich ein Muster abgezeichnet, doch beweisen ließ sich nichts.

»Wir haben ein Projekt in Vorbereitung, das dich interessieren dürfte«, sagte Kamilla. »Eine Untersuchung, wie dein neues Wundermittel funktioniert.«

»Callocain? Das kann ich dir ruckzuck erklären.« Elisabeth versuchte, ihre Stimme ruhig zu halten, auch wenn sämtliche Alarmglocken klingelten. »Aber etwas sagt mir, dass es dir nicht um Proteine und Neurotransmitter geht?«

Kamilla lachte, wie immer, wenn es um Geld ging, ließ sie ihren Charme spielen.

»Tatsächlich war es dein Chef, der den Vorschlag neulich gemacht hat«, sagte sie. »Eine Sondervereinbarung, dank der die Universität Aarhus die Studie bis unmittelbar vor der Markteinführung durchführen darf.«

»Marcus? Was hat er davon?«

»Rückenwind«, antwortete Kamilla trocken, »das heißt, sofern es gut läuft. Ein Mittel gegen Trauer ist eine heikle Sache, aber es verkauft sich um einiges leichter, wenn eine Gruppe der führenden Wissenschaftler des Landes sich dafür ausspricht.«

Sie redete weiter von der Studie, die, wenn alles planmäßig lief, nächstes Jahr anlaufen sollte. Elisabeth hörte mit halbem Ohr hin, während sie überlegte, was jetzt zu tun sei. Callocain von einer unabhängigen Instanz studieren zu lassen, bevor der Wirkstoff überhaupt bereit für den Verkauf war, klang für sie nach einem unnötig hohen Risiko. Marcus musste wirklich an das Mittel glauben, wenn er es nicht erst intern zur Marktreife bringen wollte.

»Wir werden uns für eine Förderung beim Unabhängigen Forschungsfonds bewerben, es sind also mehr die anschließenden Projekte, um die ich mir Sorgen mache. Alles ist letztlich eine Frage der Finanzierung, wie du weißt.«

»Dann ist es ja Glück, dass wir bald eine Sitzung des Fonds haben«, erwiderte Elisabeth. »Ich werde ein gutes Wort für euch einlegen. Im Gegenzug kenne ich einen hervorragenden Statistiker, den du für die Studie an Bord nehmen solltest. Anton Maninnen, einer der Besten.«

Seit Herbst 2019 hatte sie den ehemaligen Statistiker von Danish Pharma in der Tasche, nachdem sie ihn bei einem illegalen Austausch der Gesundheitsdaten von Versuchspersonen gegen Geld für maßgeschneiderte Werbung auf Facebook und Instagram erwischt hatte. Statt ihn sofort zu entlarven, hatte sie beschlossen, den Augenblick abzuwarten, in dem sie den größtmöglichen Gewinn aus ihrem Wissen ziehen konnte – jetzt war es möglicherweise so weit.

»Eigentlich haben wir schon einen ausgezeichneten Statistiker.«

»Nein«, sagte Elisabeth. »Anton ist dabei, sonst kannst du dir künftig eine andere Finanzierungsquelle suchen.«

Kamilla schwieg einige Sekunden, dann lachte sie.

»Alles klar. Dann machen wir es so.«

»Gut.« Elisabeth hatte begonnen, zwischen Wand und Schreibtisch auf- und abzugehen. »Ich schicke dir seine Kontaktdaten, es wäre gut, ihn auch in ein paar weitere Projekte einzubinden, gern so schnell wie möglich. Muss ich sonst noch etwas wissen?«

»Ich glaube nicht«, sagte Kamilla. »Auf Thorsten Gjeldsted solltest du gefasst sein, einen unserer Psychologieprofessoren. Er ist kompetent, hat aber die Angewohnheit, über die winzigsten Details zu stolpern und sich daran festzubeißen. Das setzt natürlich voraus, dass es überhaupt etwas gibt, woran man sich festbeißen kann.«

Elisabeth versicherte ihr, dies sei nicht der Fall, und war davon auch selbst überzeugt. Seit der Sache mit den verhaltensgestörten Mäusemüttern hatte es keine Probleme mehr mit Callocain gegeben. In den verschiedenen Studien von Danish Pharma hatten sich außer den erwartbaren Dingen wie Übelkeit, Schlafstörungen und ähnlichen keine gravierenden Nebenwirkungen gezeigt. Deshalb ärgerte es Elisabeth auch maßlos, dass Kamillas Forschungsprojekt ihre alte Furcht nun abermals aufflammen ließ. Die Furcht, jemand könnte zerstören, wofür sie so hart gekämpft hatte.

13

OKTOBER 2024

Anna

»Du hast eine Nachricht von deiner Masterpartnerin«, ruft Siri aus dem Wohnzimmer. Anna verzieht das Gesicht, der Kopfschmerz, der sich bei ihrem Vater angekündigt hat, frisst sich nun durch ihren Schädel. Sie leert das Glas mit der aufgelösten Aspirintablette, antwortet Shadi und wirft das Handy zur Seite.

»Was wollte sie?«

Anna gleitet neben Siri aufs Sofa, sodass sie mit dem Kopf jeweils an einem Ende liegen. Hinter ihren Augen flimmert es, als sie sie schließt, dreht sich das ganze Wohnzimmer.

»Ach, es geht um Thorsten und sein Projekt. Anscheinend soll sich Shadi morgen früh mit ihm treffen, um ihre Auswertungen durchzugehen. Ob sie stimmen.«

»Ob was stimmt?« Anna zuckt mit den Schultern. Siri stupst sie mit dem Fuß an.

»Anscheinend geht es um irgendwelche Nebenwirkungen von Callocain, von denen bis jetzt niemand wusste«, murmelt sie. »Ziemlich krasse Sache, falls es stimmt, deshalb hat sie gefragt, ob ich morgen früh mitkomme. Wollen wir was anderes gucken?«

Sie will einfach bloß hier liegen und sich an Siri kuscheln, während der Kopfschmerz schwindet, vergessen, dass es eine Welt außerhalb dieser vier Wände gibt und dass sie sich sehr bald fertig machen muss, wenn sie Maikens Geburtstag nicht verpassen will. Aber Siri steht plötzlich draußen im Flur.

»Ich muss schnell einen Anruf erledigen«, ruft sie. »Lässt du mich dann gleich wieder rein?«

Anna stellt sich ans Fenster, die Oberschenkel gegen die Rillen das Heizkörpers gepresst, um Siri zu beobachten. Natürlich hat man unterschiedliche Grenzen dafür, wie viel man dem anderen von sich erzählt, aber allmählich geht es ihr auf die Nerven, dass Siri so geheimnisvoll ist. Die Party heute Abend wäre die perfekte Gelegenheit gewesen, etwas mehr von ihrem Leben miteinander zu teilen, aber Siri beharrt darauf, dass sie am Montag eine wichtige Präsentation hat und nach Hause muss, um zu arbeiten. Was soll Anna davon halten? Außer bei ihrem ersten Date sind sie nur hier bei ihr gewesen, sie weiß nichts über Siris Haus, außer dass es irgendwo in Risskov steht. Und jetzt stapft Siri da unten im Hof in ihrem seidengefütterten Mantel umher, der garantiert so viel gekostet hat, wie Anna im Jahr an Ausbildungsförderung kriegt, und führt ein Telefonat, das Anna unter keinen Umständen mitanhören darf.

»Was war so wichtig?«, fragt sie, als Siri zurückkommt. Sie hat das Duschen übersprungen und schminkt sich schnell.

»Ach, nur was wegen der Arbeit.« Siri legt sich in einen Fächer der letzten Abendsonne aufs Bett. Sie dreht das Gesicht zum Fenster und schließt die Augen.

»Immer so geheimnisvoll«, sagt Anna. Und dann, ehe sie sich besinnt: »Wir waren auch noch nie bei dir zu Hause. Wohnst du mit jemandem zusammen, oder was?«

Die Frage vibriert zwischen ihnen. Anna wartet mit erhobenem Lippenstift, auf einmal hat sie Angst, dass Siri wütend auf sie wird, oder noch schlimmer, dass sie lacht und fragt, was Anna denn bitte erwartet hat. Was sie eigentlich glaubt, was das hier ist.

»Ich hab noch nie mit einer Partnerin oder einem Partner zusammengelebt, falls du das meinst«, sagt Siri. »Aber es hat mal jemand dort gewohnt.«

Auf einmal ist Anna geradezu hyperfokussiert. Spürt Siris Fichtennadelduft in der Nase kitzeln.

»Wer?«

»Mein Kind.« Siris Stimme ist jetzt so leise, dass Anna den Atem anhalten muss, um sie hören zu können. »Irgendwann erzähle ich dir von ihm, versprochen.«

Anna hat keinen Zweifel daran, was Siri meint, und es ist, als ob etwas, was sie die ganze Zeit bei Siri erkannt hat, auf einmal dort im Schlafzimmer Gestalt annimmt.

»Soll ich nicht besser absagen?«, fragt sie, geht zum Bett und nimmt Siris Hand. »Dann können wir einfach hierbleiben?«

Aber Siri schüttelt den Kopf.

»Ich bin okay«, sagt sie. »Ist schon so lange her, das alles. Na los, geh schon.« Sie lässt sich einen Kuss von

Anna geben, dann schiebt sie sie weg. »Wir sehen uns ja bald wieder, oder?«

Wenige Stunden später ringt Anna ums Gleichgewicht, als sie sich über die vollgepinkelte Klobrille im Terminalen hockt. Sie hebt den Kopf und versucht, den Blick auf Maiken scharfzustellen.

»Ich wollte so gern, dass du Siri kennenlernst.« Umständlich zieht sie ihren Slip hoch. »Du würdest sie garantiert mögen.«

»Das weiß ich doch, Süße.« Maiken streicht ihr übers Haar. Sie schielt leicht, wie immer, wenn sie getrunken hat, die Luftschlangen, die Anna an ihrem Dutt befestigt hat, hängen ihr über die Schulter. »Beim nächsten Mal, ja? Jetzt gehen wir tanzen.«

Anfangs checkt Anna jedes Mal, wenn sie an die Bar geht, ihr Handy. Es fühlt sich falsch an, dass sie Siri allein gelassen hat, unmittelbar nachdem sie verstanden hat, dass Siri ein Kind verloren haben muss. Sie war so lieb zu Anna an dem Tag, als sie ihr von ihrer Mutter erzählte. Doch Siri antwortet nicht auf ihre Nachrichten, daher lässt sie das Handy schließlich in der Tasche. Reckt sich den blitzenden Lichtern und dem dröhnenden Rhythmus entgegen. Endlich ist sie betrunken genug, um zu vergessen; betrunken genug, dass alles passieren kann. Dass jeder x-Beliebige ihr etwas geben und es ihr wieder nehmen kann, die Feuchtigkeit von ihrer Haut lecken und sie durchdringen, ohne dass es etwas bedeutet.

Thorsten

Thorsten kann es nicht so recht glauben, als er die Zeit auf dem Radiowecker als zwei Uhr achtzehn entziffert. Er reibt sich die Augen, doch die Zahlen sind dieselben, und schlaftrunken versucht er, zu verstehen, was los ist. Das Zimmer ist dunkel abgesehen von dem etwas helleren Rechteck des Fensters. Offenbar hat ihn das Bimmeln und Vibrieren seines Handys geweckt. Die Stimme in der Leitung ist belegt, als er rangeht.

»Thorsten? Was passiert mit mir?«

»Entschuldigung?«, benommen stemmt Thorsten sich in eine sitzende Position hoch, »mit wem spreche ich?«

»Ich habe einem Kerl eine Flasche an den Kopf geschlagen! Der Typ ist direkt k. o. gegangen.«

Er kennt diese Stimme.

»Mikkel, sind Sie das? Sagen Sie mir, wo Sie sind, dann rufe ich einen Rettungswagen.«

»Da waren überall Leute, das hat bestimmt schon irgendwer gemacht«, sagt Mikkel. »Ich will nur wissen, was in diesen Pillen ist, die ihr mir gebt. Diese Scheißflasche ist in meiner Hand zerbrochen, ich hatte keine Ahnung, dass man dermaßen bluten kann. Und wissen Sie, was das Schlimmste ist?«

»Nein, was?« Mit flauem Gefühl wartet Thorsten darauf, dass Mikkel fortfährt.

»Ich hätte einfach weitermachen können. Wenn die

Flasche nicht zerbrochen wäre, hätte ich weiter auf den Kerl eingeschlagen! Das ist doch nicht normal!«

Unter der Wut ist ein anklagender Ton herauszuhören, und Thorsten hat beinahe Mitleid mit Mikkel. Der junge Mann, der an einem ganz gewöhnlichen Mittwoch seine Freundin und das gemeinsame Kind verloren hat. Und der jetzt, nachdem er an Thorstens Trauerstudie teilgenommen hat, offenbar weder Schmerz über seinen Verlust empfindet noch Unbehagen dabei, einem anderen Menschen Leid zuzufügen. Doch ist das alles überhaupt Mikkels Schuld? Ist Mikkel bei vollem Verstand, solange er diese Tabletten einnimmt? Trägt überhaupt irgendjemand Schuld daran?

»Wir wissen ja nicht, ob Sie das Placebo oder das Medikament erhalten haben«, sagt er und bemüht sich, seine Stimme möglichst beruhigend klingen zu lassen. »Deshalb lässt sich schwer sagen, ob Ihre Prügelei etwas mit der Studie zu tun hat.«

»Was glauben Sie selbst?« Mikkel hebt die Stimme. »Bei unserem ersten Treffen konnte ich mich kaum auf den Beinen halten, so dreckig ging es mir, natürlich habe ich die richtige Pille bekommen. Und jetzt will ich wissen, was zur Hölle ihr mir da verabreicht!«

Thorsten zögert.

»Es muss doch irgendwas sein! Warum sonst haben Sie mir beim letzten Mal, als wir uns gesehen haben, diese ganzen Fragen gestellt?«, beharrt Mikkel. »Was ich glaube, wie andere Menschen fühlen, wann ich zuletzt etwas getan habe, um jemand anderem eine Freude zu bereiten, das ganze Zeug?«

Und da trifft Thorsten eine Entscheidung. Wen schützt er hier eigentlich? Er muss schließlich damit leben, und gerade stehen wichtigere Dinge auf dem Spiel als Schweigepflicht und Forschungsethik.

»Wie es aussieht, könnte Callocain möglicherweise ein verringertes Mitgefühl anderen Menschen gegenüber verursachen«, sagt er.

»Verringertes Mitgefühl? Das heißt, die anderen sind einem egal?«

»Ja, so kann man es sagen.«

Am anderen Ende wird es still.

»Hören Sie zu, Mikkel. Ich an ihrer Stelle würde die Tabletten schleunigst absetzen.«

Keine Antwort.

»Haben Sie gehört, Mikkel? Auf der Stelle.«

»Ich kapiere nicht, wie das passieren konnte«, murmelt Mikkel. »So bin ich doch gar nicht.«

Shadi

Shadi sitzt bei ausgeschaltetem Licht im Wohnzimmer, das Meer ein dunkles Rechteck hinter ihr in der Nacht. Sie ist viel zu aufgeregt, um schlafen zu können. Ihr Kopf schwirrt vor lauter Graphen und aus der Reihe tanzenden Punkten. In wenigen Stunden muss sie an die Uni, um Thorsten ihre Berechnungen zu präsentieren. Ihre Mutter hat vorhin angerufen, doch statt den Anruf anzunehmen, hat sie das Display umgedreht. Für dieses Gespräch hat sie im Moment keinen Nerv. Sie wird ihren Eltern nichts von den Problemen mit Emil erzählen, ehe sie nicht selbst weiß, was wird.

Wäre Emil jetzt hier gewesen, hätte er sie in den Arm genommen und etwas Beruhigendes gesagt, und nach ein paar Minuten wäre ihr das Atmen leichter gefallen. So aber wickelt sie sich fester in die Decke, greift nach dem Handy. Anton Maninnen heißt der Statistiker, dessen Arbeit sie seit bald einer Woche überprüft. Ihr ist, als würde sie ihn kennen, durch seine Tests und die Art, wie er schreibt, doch als er auf dem Bildschirm auftaucht, sieht er vollkommen anders aus, als sie ihn sich vorgestellt hatte. Ein nahezu durchscheinender Mann mit feinem, weißlichem Haar und einer Zauselfrisur, die bei einer zwanzig Jahre jüngeren Person eventuell gerade noch durchgehen würde. Er ist seit nicht ganz zwei Jahren mit der Universität assoziiert, doch Shadi kann keinen Lebenslauf von ihm auf der Homepage finden, nirgends steht, was er studiert hat. Ein ewiger Vagabund, der von einem Projekt zum nächsten zieht, stets der Experte, nie ein vollwertiges Mitglied des Teams. Wie man wohl so endet wie er? Und sollte er wirklich an den Zahlen der Trauerstudie gedreht haben, wie sie allmählich glaubt, warum bloß?

Shadi gähnt, als ein Bild ganz unten in der Liste der Suchergebnisse ihre Aufmerksamkeit fängt. Sie klickt es an, um die verpixelten Gesichter besser erkennen zu können. Es scheint sich um eine Feier im Freien zu handeln, und der Fotograf hat die Kamera auf ein gutaussehendes Paar gerichtet, einen Mann im Anzug und eine Frau im roten Kleid, die miteinander anstoßen. Aber ist das nicht Anton da oben in der Ecke, mit erhobenem Glas und in der Sonne geradezu leuchtendem Haar? Sie runzelt die Brauen, liest abermals die Bildunterschrift und tippt dann vier Wörter ins Suchfeld: Anton Maninnen, Danish Pharma.

Thorsten

Thorsten ist eben im Büro eingetroffen, hundemüde nach dem nächtlichen Anruf von Mikkel, als es an der Tür klopft. Sein erster Gedanke ist, dass Shadi offenbar noch früher dran ist als sonst, doch als er aufschaut, steht Anton in der Tür.

»Störe ich?«

Thorsten winkt ihn herein, und der Statistiker hält ihm eine der grässlichen Uni-Tassen hin, die letzten Winter beim Seminar verteilt wurden.

»Kaffee? Es ist der gute aus dem dritten Stock.«

Thorsten greift nach dem Kaffee, noch immer überrascht.

»Ich wollte gern noch mal wegen der Studie mit dir reden, falls du kurz Zeit hast.« Anton setzt sich. »Ich hatte den Eindruck, dass du noch mehr Fragen hast als die, die du bei der Besprechung gestellt hast.«

»Das ist nett von dir.«

Thorsten räuspert sich, er spürt ein Kratzen im Hals und nimmt einen weiteren Schluck. Wie packt er dieses Gespräch am besten an? Rasch entscheidet er, mit möglichst offenen Karten zu spielen und zu sehen, was dabei herauskommt.

»Die Sache ist, ich frage mich, ob der Durchschnitt, den du berechnet hast, wirklich das beste Maß für die Empathie ist. Es scheint ein Zusammenhang zwischen den Teilnehmern zu bestehen, denen es deutlich besser geht, und denen, deren Empathie am stärksten nachgelassen hat. Bei dem Ansatz, den du gewählt hast, ist so was aber nicht erkennbar, stimmt's? Vor allem, da du die drei, die am stärksten betroffen sind, aus der Gleichung entfernt hast.«

Anton kratzt sich an der Wange, die Haut ist gerötet und uneben wie nach einer missglückten Rasur.

»Ich wusste gar nicht, dass du dich für Statistik interessierst?«

Thorsten schüttelt den Kopf, wird im selben Moment jedoch von einem heftigen Husten gepackt, dass seine ganze Kehle hinauf kribbelt.

»Nur auf Amateurniveau«, würgt er hervor. »Aber du hast so eine Korrelation nicht gefunden? Zwischen klinischer Besserung und einer verminderten Empathie bei denen, die medikamentös behandelt wurden?«

»Nein, habe ich nicht, aber spannender Gedanke.«

Thorsten fragt sich, ob er womöglich ein falsches Urteil über Anton gefällt hat. Vielleicht wäre er besser gleich zu ihm gegangen, einem Kollegen, der ein mindestens ebensolcher Nerd ist wie er selbst und der seine Vision teilt, dass Forschung die Wirklichkeit bestmöglich widerspiegeln sollte. Doch da bildet sich eine schmale Furche zwischen den kaum sichtbaren Augenbrauen des Statistikers.

»Ich sehe einfach nicht so wirklich, warum das für diese Studie relevant sein sollte. Wir haben hier ja keine tatsächliche Verminderung der Empathiefähigkeit, sondern vielmehr eine Aufrechterhaltung des Status quo«, sagt er. »Eine Stagnation, die sich höchstwahrscheinlich mit der Zeit wieder geben wird, so wie neulich schon gesagt wurde. Wenn es dich beruhigt, schau ich mir die Zahlen natürlich noch mal an. Aber ich glaube, du siehst Gespenster.«

Gespenster, Thorsten öffnet den obersten Knopf seines Hemds, das war es wohl auch, was Svend damit gemeint hat, als er sagte, er sei auf dem Holzweg. Kamilla, Miguel, all die klugen Menschen um ihn herum scheinen der Ansicht zu sein, dass er sich verrannt hat. Andererseits haben sie auch nicht all die Evidenz gesehen, die er inzwischen gesammelt hat. Er steht auf, um das Fenster zu öffnen und frische Luft hereinzulassen, bleibt jedoch stehen, weil ihm die Knie weich werden.

»Komisch«, sagt er, »mir ist, als …«

Mehr kann er nicht sagen, ehe er von einem weiteren Hustenanfall geschüttelt wird. Es kratzt jetzt wie verrückt, haargenau wie damals, als er beim Geburtstag seiner Tante von einer Biene gestochen wurde, oder damals, als sehr wohl Spuren von Nüssen in dem gekauften Kuchen enthalten waren, ganz im Gegensatz zu dem, was auf dem Etikett stand. Der raue, sich unerbittlich zusammenschnürende Hals, die langsam aufsteigende Panik. Und Anton, sieht er denn nicht, dass Thorsten Hilfe braucht? Er sitzt bloß da mit seinem wässrigen, stieren Blick.

Er braucht seinen EpiPen. Thorsten macht einen Schritt, stolpert und fällt der Länge nach hin. Sein Kopf schlägt auf den Boden. Aus dem Augenwinkel registriert er, dass Anton sich endlich vom Stuhl erhoben hat.

»Hilfe«, flüstert er durch den unerträglichen Druck in seinem Hals, »meine Tasche, kannst du …«

Weiter kommt er nicht, ehe ihn der Husten abermals übermannt.

SEPTEMBER 2024

Elisabeth

In der Lücke, die zwischen einer Besprechung am Morgen in Kamillas Büro und Elisabeths letztem Mitwirken an der Trauerstudie einige Stunden später entstand, saß sie in einem der frei verfügbaren Büros der Universität. Ihr Laptop stand aufgeklappt vor ihr, sie aber hatte den Blick dem herbstlich gefärbten Park zugewandt. Sie konnte dem Gedanken nicht entrinnen, ob Vinter sich wohl hier beworben hätte; ob seine Begeisterung fürs Zeichnen zu einer Karriere als Designer geführt hätte oder ob die Art, wie er beim Vorlesen völlig gebannt jedes ihrer Worte in sich aufsaugte, bedeutete, dass er ein Mensch geworden wäre, der durch die Sprache lebt.

Doch wie immer, wenn sie sich mitreißen ließ, zersplitterte die Vorstellung viel zu schnell. Denn so sehr sie sich auch anstrengte, Vinter in die Zukunft zu projizieren, er wurde nie älter als fünf Jahre. Ein kleiner Junge mit viel zu heller Stimme und der Art Augen, die glaubten, alles sei möglich.

Sie seufzte. In diesem Moment öffnete sich die Tür von Thorstens Büro auf der gegenüberliegenden Seite des Gangs, und von ihrem Platz konnte sie ihn und die junge Frau beobachten, mit der er die letzte halbe Stunde gesprochen hatte. Sie sah verweint aus. Irgendetwas an den glänzenden Wimpern und der Art, wie sie sich bewegte – einem Raubtier gleich, das jeden Moment vorschnellt –, ließ Elisabeth aufstehen. Sie hatte Fetzen des lauten Gesprächs aufgeschnappt und folgte dem ungleichen Paar mit dem Blick den Gang hinunter. Die Studentin, die immer noch hektisch von der Masterarbeit über Trauer redete, die sie unbedingt schreiben wollte. Und Thorsten, der Psychologieprofessor, vor dem Kamilla sie damals, als das große Projekt noch in den Kinderschuhen steckte, am Telefon gewarnt hatte. Bis jetzt hatte er keinen sonderlich furchteinflößenden Eindruck auf sie gemacht, schon gar nicht, wie er dort mit seiner etwas zu kurz geratenen Hose und der beginnenden Tonsur neben der aufgebrachten jungen Frau herging. Doch nun, da Anton Elisabeth gewarnt hatte, dass etwas an den Resultaten zu Problemen führen könnte, musste sie besonders aufmerksam sein. Ohne die beiden aus den Augen zu lassen, entsperrte sie ihr Handy.

14

OKTOBER 2024

Shadi

Im Nachhinein glaubt Shadi, dass es wohl eine Art halb ersticktes, röchelndes Geräusch gewesen ist, weshalb sie die Klinke herunterdrückt und die Tür öffnet, statt auf dem Gang zu warten. Thorsten liegt auf dem Boden. Er schaut mit wildem Blick zu ihr auf, die Laute fallen gurgelnd und zusammenhangslos aus seinem Mund. Etwas an ihm erinnert sie an sich selbst. An die Furcht, den Verstand zu verlieren, alles fließen zu lassen. Jemand hat ihn unter Strom gesetzt, denkt sie verwirrt, es sieht aus, als würde eine unsichtbare Hand versuchen, ein Geheimnis aus ihm herauszuschütteln.

»Tsss.«

Speichel rinnt ihm aus dem Mund, mit flachen, pfeifenden Zügen zieht er die Luft ein. Shadi folgt seinem Blick und sieht seine Tasche beim Regal.

»Tsss«, zischt er wieder, und endlich reagiert sie. Sie hört sich selbst mit hoher, angsterfüllter Stimme um Hilfe rufen, vielleicht ist es wie damals mit ihrer Mitschülerin Sanne, die mitten im Sportunterricht einen epileptischen Anfall bekam und sich die Zungenspitze abbiss. Was soll man in solchen Fällen noch mal machen, den Kopf sichern, ihnen etwas in den Mund stecken? Hektisch fummelt sie Thorstens Tasche auf, durchwühlt die Fächer, und da, eine gelbe Schachtel mit zwei Dingern drin, die aussehen wie Eddings.

Irgendwie gelingt es ihr, die Spritzen auszupacken, doch ihre Hände zittern so sehr, dass sie sie beinahe fallen lässt. Thorstens Gesicht ist knallrot, doch Shadi steht einfach nur da wie erstarrt. Thorsten wird sterben, weil sie es nicht hinkriegt.

Da hört sie schnelle Schritte auf dem Gang.

»Hast du schon Hilfe geholt?«, ruft eine Frau, wahrscheinlich die Institutsassistentin. »Hallo, hast du einen Krankenwagen gerufen?«

»Hier«, Shadi hält ihr die Spritzen hin. »Ich kann nicht.«

Als sie den Sanitätern erzählt hat, was sie weiß, und sie mit Thorsten weggefahren sind, geht Shadi auf die Toilette. Ihre zitternden Finger suchen ganz von selbst Emils Nummer heraus, nur um sie dann wieder wegzudrücken. Stattdessen stellt sie sich vor den Spiegel, wäscht sich lange die Hände und spritzt sich kaltes Wasser ins Gesicht. Was, wenn er nicht überlebt?

»Shadi! Hab ich das Treffen verpasst?« Anna geht ihr auf dem Gang entgegen. Als sie näher kommt, ruft sie aus: »Ist alles okay?«

»Thorsten ist gerade vom Krankenwagen abgeholt worden«, sagt Shadi. »Ich hab ihn gefunden.«

»Nicht dein Ernst!«

»Er lag auf dem Boden, als ich kam.«

»Nein!« Anna reißt die Augen auf. »Was ist mit ihm?«

»Keine Ahnung«, Shadi schüttelt den Kopf, »es sah aus wie ein epileptischer Anfall oder so.«

»Scheiße«, sagt Anna. »Lass uns ins Café gehen, dann erzählst du mir alles.«

Anna

»Stell dir mal vor, er wacht nicht mehr auf, oder er hat einen Hirnschaden, weil ich es nicht hingekriegt habe, ihm die Spritze zu setzen. Ich war total gelähmt, kennst du das?«

Shadis Pupillen sind doppelt so groß wie normal, fast sieht es aus, als wäre sie high. Anna nickt, obwohl es ihr in Wahrheit fernliegt, das mit dem Erstarren. Sie ist eher der Typ, der erst spritzt und dann Fragen stellt.

»Ich ruf mal an und erkundige mich, wie es aussieht. Mach dir keine Gedanken. Wer weiß, was passiert wäre, wenn du nicht zu früh gekommen wärst.«

Sie haben sich ein Plätzchen im verglasten Atriumgarten der Bibliothek gesucht, und Anna stellt sich in eine ruhige Ecke zum Telefonieren. Die Luft fühlt sich drückend und klamm an, und ihr Herz hämmert. Sie ist um fünf heute Morgen von Maikens Party gekommen, aber ihre Müdigkeit ist wie weggeblasen.

»Ja, hallo, ich bin die Tochter von Thorsten Gjeldsted, der gerade bei Ihnen eingeliefert wurde«, sagt sie, als sie zu einer Krankenschwester auf der Intensivstation durchgestellt worden ist.

Etwas mühsam bekommt sie aus der Frau am anderen Ende heraus, dass Thorsten einen Herzstillstand hatte, ausgelöst, wie es scheint, durch einen anaphylaktischen Schock, und dass sein Zustand kritisch, aber stabil ist. Sie seien zuversichtlich, sagt die Krankenschwester. Annas Augen füllen sich mit Tränen. Herzstillstand. Noch ein Körper in einem weißen Bett.

»Also schafft er es?«, fragt sie. »Ganz sicher, dass er es schafft?«

Als das Gespräch beendet ist, bleibt sie noch einen Moment stehen, der hohe Raum mit den vielen Pflanzen umgibt sie wie ein schwüles Terrarium. Sie atmet ein paar Mal tief durch, dann geht sie zurück zu Shadi.

»Und?«

»Es war wohl ziemlich knapp.« Shadi faltet die Hände wie zum Gebet vor dem Mund. »Aber keine Sorge, er ist wieder okay. Es geht ihm gut.«

»Oh, was für ein Glück«, Shadi atmet hörbar aus. »Wissen sie, was passiert ist?«

Anna schüttelt den Kopf. Thorstens lebloser Körper im Krankenhausbett, die wogende Gardine, die Anna immer zuzog, bevor sie sich setzte. Die warmen, trockenen Hände ihrer Mutter.

»Die Krankenschwester meinte, es war eine allergische Reaktion. Er verträgt ja alles Mögliche nicht.«

»Okay, aber …« Shadi beugt sich zu ihr und senkt die Stimme, als wolle sie ihr ein Geheimnis verraten.

»Aber ist das nicht ein seltsamer Zufall? Dass er kurz bevor er Kamilla erzählen will, was wir rausgefunden haben, so einen Anfall kriegt?«

Gegen ihren Willen muss Anna lachen.

»Ach Quatsch, meinst du nicht, der Mann hat einfach versehentlich eine Nuss gegessen?«

Shadi aber sieht ernst aus. Sie erklärt, was sie und Thorsten in den letzten Tagen herausgefunden haben. Vieles davon ist ziemlich technisch, und Anna gibt rasch auf, alles verstehen zu wollen. Es geht um irgendeinen Code, der Shadi fehlt, um irgendwelche Tests, die sie trotzdem durchgeführt hat, und um einen Subtest, laut dem es aussieht, als würden die Leute auf Callocain zu Psychopathen. Als sie das hört, reißt Anna die Augen auf.

»Ohne Scheiß?«, entfährt es ihr.

Shadi lächelt verlegen.

»Das mit den Psychopathen ist vielleicht ein bisschen übertrieben, aber irgendwas passiert mit der Empathie. Weißt du noch, wie wir im Unterricht beim Thema Kognition über die Spiegelneuronen gesprochen haben?«

Anna nickt.

»Wenn ich eine Bewegung mache, dann reagiert etwas in deinem Gehirn, als hättest du selbst es getan?«

»Genau. Und wenn ich weine, helfen dir die Spiegelneuronen, zu fühlen, wie es wäre, wenn du selbst traurig wärst.« Shadi zuckt mit den Achseln. »Ich hab keine Ahnung, ob es was damit zu tun hat, aber es sieht aus, als würde Callocain dieses Mitgefühl beeinträchtigen und die Leute gleichgültiger machen. Also, nicht alle, wahrscheinlich sind nur einige wenige Prozent wirklich betroffen. Aber immerhin.«

»Ein paar Prozent werden ja trotzdem zu einer ganzen Menge Leute. Jedes Jahr gibt es über zweihunderttausend Trauernde in Dänemark, und wenn, sagen wir, fünfzehn Prozent davon eine Trauerdiagnose kriegen, und nur die Hälfte davon nimmt das Medikament …«

»Dann sind zwei Prozent davon etwa dreihundert Menschen«, sagt Shadi.

»Dreihundert«, wiederholt Anna, die Zahl scheint ihr jetzt schon erschreckend. »Und wenn der Rest von Europa dazu kommt, und früher oder später garantiert auch die USA, dann sprechen wir von Millionen neuen Trauernden jedes Jahr. Stell dir mal vor, wie viele Amokläufe das geben kann.«

Shadi bettelt sie förmlich an, sie zu Kamilla zu begleiten, und auch wenn Anna lieber Thorsten im Krankenhaus besuchen würde und dann nach Hause ins Bett will, lässt sie sich breitschlagen. Sie sind schon am Eingang, als Shadi mit dem letzten Teil ihrer Theorie herausrückt. Nämlich der Vermutung, dass der Statistiker der Trauerstudie die Zahlen manipuliert hat, weil er eine Art Handlanger für Danish Pharma ist.

»Mir ist klar, wie das klingt«, sagt sie, »aber es wirkt, als hätte er ganz bestimmte Berechnungsmethoden verwendet, um die Ergebnisse zu bekommen, die er haben wollte, und jetzt pass auf: Ich hab ihn heute Nacht gegoogelt, im Internet findet sich so gut wie nichts über seine Vergangenheit, aber dann bin ich auf dieses Foto vom Sommerfest bei Danish Pharma 2019 gestoßen. Ich bin mir ziemlich sicher, dass er das ist, schau dir mal die Haare an.«

Sie reicht Anna ihr Handy, die pflichtschuldig zunächst das Foto auf der Homepage der Universität studiert, dann das von der Feier.

»Stimmt, könnte er sein.«

Da fällt Annas Blick auf eine Gestalt. Die dunklen Locken, die Linie des Halses. Die Art, wie sie alle Blicke förmlich ansaugt.

»Wer ist das?«

Ihre Brust krampft sich zusammen, sie vergrößert das pixelige Bild, doch dadurch wird es nur noch unschärfer.

»Die in dem Kleid?« Shadi nimmt das Handy zurück. »Ich glaube, das ist die, die Callocain erfunden hat. Elisabeth irgendwas.«

Anna atmet die Luft aus, die sie offenbar angehalten hatte; dann ist sie es doch nicht. Natürlich ist sie es nicht.

»War das nicht die, von der Thorsten meinte, dass du mit ihr sprechen könntest, als du neulich bei Danish Pharma warst? Diese Beraterin? Hier ist sie.« Diesmal ist das Bild gestochen scharf und stammt direkt von der Homepage von Danish Pharma. »Elisabeth Siri Nordin.«

15

OKTOBER 2024

Elisabeth

Elisabeth hockt vor dem Flecken Erde, der Vinter gehört. Fegt ein paar Blätter zur Seite und legt die Hände auf die grobe Oberfläche des Steins. Die Sonne hat ihn erwärmt, es ist ein klarer, reiner Herbsttag von der Sorte, die sie so mag. Da merkt sie auf einmal, dass sie praktisch nichts fühlt. Dass sie im Grunde kaum mehr etwas gefühlt hat seit den schrecklichen ersten Monaten, in denen sie kämpfen musste, um nicht durch sämtliche Öffnungen in ihr hindurchzufallen. Das ist so lange her. Was bleibt von einem Menschen, der nichts fühlt? Sie richtet sich auf. Zerrüttet es einen derart, sein Kind zu verlieren, kann Trauer einen Menschen auf diese Weise abstumpfen lassen? Sämtliche Ein- und Ausgänge blockieren wie klebriger Schlamm, der einen von der Umgebung abschneidet? Oder ist nur sie es, die es nicht geschafft hat, hinauszugelangen?

Auf dem Weg über den Friedhof stößt sie beinahe mit einem großen Mann mit traurigen Augen zusammen. Er ist neu, aber er kommt oft her. Einmal ist sie an dem Grabstein vorbeigegangen, den er besucht, und dem Alter nach zu urteilen muss es sich bei der Verstorbenen um seine Frau oder vielleicht eine Schwester handeln. Sie nicken sich zu, haben noch nie ein Wort miteinander gewechselt, auch wenn sie die schwerste Bürde teilen, die es gibt. Sie hofft, dass seine Besuche ihm mehr geben als ihr. Sie glaubt nicht daran, dass Vinter hier eher ist als anderswo; in Wahrheit ist er wohl immer in ihr. Manchmal denkt sie, sie kommt hauptsächlich her, um zu schauen, ob sie sich selbst wehtun kann. Um den Schorf auf der alten Wunde zu lösen, damit sie nie die Möglichkeit bekommt, zu heilen.

Wenig später flutet warmes Licht durch die Fensterfront ihres Wohnzimmers. Eigentlich hätte sie dieses Ungetüm von einem Haus längst verkaufen sollen, es hat etwas Morbides, über dieselben Böden zu laufen, auf denen Vinter krabbeln gelernt hat. Sie sieht ihn und Nala in sämtlichen Räumen vor sich, aber genau deshalb wäre mit einem Umzug zu viel Loslassen verbunden. Nicht zu ertragen.

Es klingelt an der Tür. Sie erwartet keinen Besuch, und es gibt nicht mehr viele Personen in ihrem Leben, die unangemeldet vorbeikommen würden. Die Dielen sind weich unter ihren nackten Zehen. Wenn sie sich anstrengt, kann sie beinahe sehen, wie Vinter sich am Geländer hochzieht und mit ausgestreckten Armen auf sie zustolpert.

»Hallo, Elisabeth.«

Sie sollte bestürzt sein, peinlich berührt, dass sie

entlarvt worden ist, aber sie kann nicht anders als lächeln. Vielleicht fühlt sie ja doch etwas.

»Hallo, Anna.«

Anna

Siri, die offenbar auch Elisabeth heißt, wirkt nicht wie jemand, der soeben entlarvt worden ist. Vielmehr sieht sie wirklich hübsch aus mit dem locker geschnittenen, grauen Jumpsuit und dem beinahe kindlichen Lächeln im Gesicht, und für einen Moment denkt Anna, dass sie etwas missverstanden haben muss. Dass alles ein Irrtum ist und Siri eine Zwillingsschwester hat, die zufälligerweise Forschungsleiterin bei Danish Pharma ist.

Siri öffnet die Tür komplett und tritt zur Seite, um Platz zu machen.

»Hallo, Anna«, sagt sie, und natürlich gibt es nur sie. Anna geht an ihr vorbei in das große, schöne Haus, das zu sehen sie sich so gefreut hatte, und nichts ist wie in ihrer Vorstellung.

Siri macht eine einladende Geste, und Anna folgt der Bewegung mit dem Blick, durch den Flur und weiter ins Wohnzimmer. Es sieht aus, als hätte jemand den Großteil von Siris Sachen gestohlen und ihr nur das Allernötigste gelassen.

»Nein danke«, sagt sie und verschränkt die Arme. »Ich will nur wissen, warum du mich angelogen hast.«

»Die Sache mit dem Namen und …?« Siri macht eine wegwerfende Kopfbewegung. »Das darfst du nicht überbewerten, das hat nichts zu bedeuten. Es ist Jahre her, da habe ich gemerkt, wie gern sich die Leute das Maul zerreißen, wenn eine Frau so dreist ist, viel zu daten, deshalb mache ich es jetzt einfach immer so. Juristin für einen Abend, na ja, du weißt schon.«

Sie fährt sich mit dieser typischen sorglosen Bewegung durchs Haar und lächelt Anna an, als ob alles paletti wäre, nachdem diese Lappalie nun aus der Welt geräumt ist.

»Was redest du da?« Annas Nägel bohren sich in ihre Handflächen. »Wärst du mitgekommen, hätte ich dich meinen Freunden vorgestellt, ich hab dir von meiner Mutter erzählt. Natürlich bedeutet es was! Und von wegen Juristin für einen Abend, ein Monat trifft's wohl eher! Du hast Fragen zu meiner Masterarbeit gestellt, als hättest du keine Ahnung, dabei hast du die Pille erfunden, über die ich schreibe!«

»Du hast recht, das war blöd.« Siri schüttelt den Kopf, wenigstens lächelt sie nicht mehr. »Ich hatte wohl schlicht nicht damit gerechnet, dass es sich so entwickeln würde, und dann ist plötzlich die Zeit vergangen. Aber ich habe an uns beide gedacht – und zwar oft. Daran, was ich für dich koche, wenn du zu Besuch kommst, dass wir im Garten sitzen und uns gegenseitig vorlesen, all so was. Wir führen nur einfach sehr verschiedene Leben.«

Anna starrt sie an.

»Hast du solche Angst davor, was die Leute denken?«

Denn es muss wohl das Geld sein, was Siri meint, der Altersunterschied und die beknackte Hierarchie, in der sie offenbar so weit oben steht, dass sie ihren Namen ändern muss, um in Ruhe Sex zu haben.

Statt einer Antwort reicht Siri ihr die Hand.

»Komm«, sagt sie und macht einen Schritt auf die breite Wendeltreppe zu. »Ich möchte dir etwas zeigen.«

Sie sitzen auf einem Kinderbett ganz ähnlich dem, in dem Anna früher geschlafen hat, über ihnen hängt ein Raumschiff von der Decke. Das Zimmer wirkt kühler als der Rest des Hauses, die blauen Vorhänge sind zugezogen. Sie fühlt sich an die Wohnung ihres Vaters erinnert, nur weiß sie erst nicht, woran es liegt. Dann wird es ihr klar: Auch hier scheint die Zeit stehen geblieben zu sein.

»Der ist ja süß«, sagt sie, und das ist er wirklich. Siris Sohn. Hier gibt es mehrere Bilder von ihm, und die zwei, die ihr am besten gefallen, hängen an der Wand gegenüber dem Bett. Sie kennt sich nicht gut mit Kindern aus, aber sie schätzt ihn auf etwa vier Jahre. Er strahlt über beide Ohren, wobei der Kopf etwas zu groß für den Hals und die schmalen Schultern scheint. Er ähnelt Siri.

»Das wurde ein paar Wochen vor seiner letzten OP gemacht«, sagt Siri, die Annas Blick gefolgt ist. »Er hat es gerade so bis zu seinem fünften Geburtstag geschafft, dann ist er gestorben. Danach kam mir die Idee mit Callocain.«

Anna nickt. Es ist komisch, aber ihr ist noch nie in den Sinn gekommen, beim Erfinder von Callocain könnte es sich um eine Person handeln, die selbst trauert. In ihrer Vorstellung waren die Verantwortlichen kaum richtige Menschen; für sie gab es nur Danish Pharma, das raffgierige Unternehmen. Und dabei war es die ganze Zeit Siri. Vinters Mutter, die einst den Ärzten erlauben musste, die Maschinen abzuschalten, die für ihren Sohn atmeten.

»Hier sitze ich, wenn ich ihn so sehr vermisse, dass ich es nicht mehr aushalte.« Anna nickt.

»Ich kloppe mich meistens«, sagt sie. »Oder besaufe mich.«

Anschließend fällt ihnen das Reden ein wenig leichter. Siri erzählt von der Entwicklung von Callocain, von all den Menschen, denen nun geholfen werden kann. Obwohl Anna zuhört, schwirren ihr all die unbeantworteten Fragen im Kopf herum und warten darauf, gestellt zu werden.

»Du weißt, was heute Morgen an der Uni passiert ist, oder?«, fragt sie. »Thorsten hatte eine allergische Reaktion, sein Herz ist stehengeblieben.« Sie macht eine kurze Pause, um die Worte wirken zu lassen. »Merkwürdiger Zeitpunkt, findest du nicht?«

Siri schaut sie verständnislos an.

»Wie das?«

»Na, dass es passiert ist, kurz bevor er mit Kamilla über Shadis Berechnungen reden wollte. Natürlich wusste außer mir niemand davon.« Anna hält Siris Blick fest. »Bloß dass du bei mir warst, als Shadi und ich uns verabredet haben, weißt du noch? Das war direkt vor deinem ungeheuer wichtigen Telefonat unten im Hof.«

Siri steht abrupt auf.

»Falls du glaubst, ich hätte auch nur das Geringste damit zu tun, solltest du jetzt besser gehen.«

Ihr Gesicht ist vollkommen offen, bietet keinerlei Versteckmöglichkeit. Kann man so aussehen, wenn man lügt?

»Ich verstehe, dass du wütend bist, weil ich dich angelogen habe, und das tut mir auch leid. Aber was du da andeutest, käme mir nie in den Sinn.«

»Nein«, sagt Anna. Es ist doch Siri. Siri, die in ihrem Bett gelegen und so leise gesprochen hat, dass Anna die Luft anhalten musste, um sie zu verstehen; Siri, die den Kopf zurücklegen und auf eine Weise lachen kann, dass alles größer wird. Selbst wenn sie ihr nicht die ganze Wahrheit erzählt hat, ist sie immer noch Siri. »Nein, natürlich nicht.«

Shadi

Shadi steht vor dem Psychologischen Institut und tut, wofür sie unter normalen Umständen Emil bräuchte. Sie spricht sich Mut zu. Denn natürlich würde sie tausendmal lieber auf dem Absatz kehrtmachen und schnurstracks nach Hause laufen. Sie hat keine Ahnung, ob sie Gelegenheit bekommen wird zu sagen, was sie sagen will, oder welche Konsequenzen daraus entstehen, sollte Kamilla ihr tatsächlich zuhören. Thorsten wollte allein mit ihr sprechen, um Shadi möglichst aus der Sache herauszuhalten, was wohl bedeutet, dass sie ein Risiko eingeht, indem sie die Initiative ergreift. Aber das darf sie jetzt nicht kümmern. Sie strafft die Schultern, angeblich kann man sich auf diese Weise selbst täuschen und glauben machen, man sei selbstbewusster, als man eigentlich ist. Tief durchatmen, auf eine offene Körpersprache achten. Den Fluchtreflex unterdrücken.

Ein weiteres Mal ruft sie sich Thorsten vor Augen. Seinen röchelnden Atem, das angeschwollene Gesicht, als die Sanitäter ihn wegfuhren. Sie hat ihn schon einmal im Stich gelassen. Nicht auszudenken, wenn sie ihm gestehen müsste, dass sie einfach alles seinen Lauf hat nehmen lassen, sowie er außer Sichtweite war, dass sie es nicht mal versucht hat. Das geht nicht. Und gerade ist sie auf sich allein gestellt, Anna hat so komisch reagiert, als sie ihr das Bild von Anton gezeigt hat, und ist sofort ohne ein Wort des Abschieds davongeradelt. Wenn jemand mit der Chefin sprechen kann, dann Shadi.

»Entschuldigung?«

Kamilla, Shadi hat sie bisher nur wenige Male gesehen, sitzt mit konzentriertem Ausdruck an ihrem Schreibtisch in dem großen Eckbüro. Ohne aufzuschauen, schreibt sie fertig, womit sie gerade beschäftigt ist. Erst dann hebt sie den Blick.

»Ja?«

»Ich heiße Shadi, ich bin Masterstudentin bei Thorsten Gjeldsted.«

»Ach ja, jetzt erkenne ich Sie«, sagt Kamilla. »Sie waren es, die ihn heute Morgen gefunden haben, richtig?«

»Genau.« Shadi tritt einen Schritt vor. »Ich war mit ihm verabredet, eigentlich wollte er anschließend mit Ihnen sprechen, um Ihnen etwas zu zeigen, das wir herausgefunden haben. Das heißt, genau genommen habe ich es herausgefunden. Ich habe einige statistische Berechnungen zu Ihrer Trauerstudie durchgeführt.«

»Sie haben was?« Kamilla steht auf, sodass der Bürostuhl nach hinten rollt. »Was haben Sie gesagt?«

»Thorsten hat mich gebeten, etwas für ihn zu untersuchen, was ihm komisch vorkam«, stammelt Shadi. »Deshalb habe ich noch mal nachgerechnet, und da sind ein paar Ergebnisse, von denen wir dachten, Sie sollten sie besser sehen, bevor Sie die Pressemitteilung rausgeben. Ich habe sie hier«, sie klopft auf ihre Laptoptasche.

Kamilla ist bleich um die Nase geworden, und als sie erneut zu sprechen beginnt, begreift Shadi, dass die Frau ihr gegenüber vor Wut kocht.

»Shadi, richtig? Ich bin mir sicher, dass es nicht Ihre Schuld ist, Thorsten ist derjenige, der seine Befugnisse weit überschritten hat. Aber ich an Ihrer Stelle würde zusehen, dass ich schleunigst nach Hause komme und alles lösche, was ich je von ihm bekommen habe, und dazu jeden einzelnen Graphen, den ich erstellt habe.

Und dann würde ich um unser aller willen vergessen, was passiert ist. Denn entweder reden wir hier von wissenschaftlichem Fehlverhalten, oder aber es ist direkt rechtswidrig, eine Studentin auf diese Weise in die Forschungsarbeit einzubeziehen, und ich würde stark vermuten, Sie möchten weder in das eine noch das andere verstrickt werden.«

Shadi bemerkt, dass sie sich so fest an den Türrahmen geklammert hat, dass ihr die Finger wehtun. Kamilla hebt die Stimme um eine weitere Oktave.

»Stimmt's?«

Thorsten

Thorsten schwimmt. Um ihn her ist es weiß und kühl, und er schwimmt davon, wie er es nicht mehr getan hat, seit er mit seinen Eltern in den Sommerferien in Kroatien war. Damals, als er durchs Wasser glitt und sich aus Protest unter dem gemieteten Häuschen versteckte, weil er nicht nach Hause fahren wollte.

»Thorsten, sind Sie wach?«

Die Stimme zwingt ihn hinauf an die Oberfläche, mit einem Ruck wird er ins Bett befördert. Durch den Spalt zwischen den Lidern ist immer noch alles weiß.

»Thorsten, sind Sie bei uns?«

Wer ist das, der da auf ihn einspricht? Er fühlt sich entblößt, wie er im Krankenhaushemd in dem viel zu weichen Bett liegt, während eine Frauengestalt Autorität gebietend über ihm aufragt, irgendwo in seinem nebligen Bewusstsein begreift er, dass er im Krankenhaus liegt. Unter seiner Haut prickelt es. Jemand fährt das Kopfteil hoch und reicht ihm ein Glas süßen Saft, langsam lichtet sich der Nebel. Die Frau stellt sich als Krankenschwester heraus, die ihm erklärt, dass er mit einem anaphylaktischen Schock eingeliefert wurde und es ihm den Umständen entsprechend gut geht. Seine Erinnerung ist verschwommen. Die zusammengeschnürte Unmöglichkeit der Luftröhre. Und Anton, was war mit ihm?

»Da muss was im Kaffee gewesen sein«, sagt er mit dünner Stimme. »Ich esse immer Haferflocken.«

Die Krankenschwester schaut ihn verwirrt an, und er erklärt, dass er nichts zu sich genommen hat außer seinem üblichen Frühstück und dem Kaffee, den Anton ihm gegeben hat.

»Was Sie erlitten haben, sah aus wie eine schwere, aber völlig typische allergische Reaktion«, erwidert die Krankenschwester und schenkt ihm nach. »Nichts deutet auf irgendwelche außergewöhnlichen Umstände hin.«

Thorsten wüsste nicht, wie sie einen Unterschied zwischen etwas erkennen sollte, das er selbst gegessen hat, und etwas, das ihm untergemischt wurde.

»Ich möchte eine toxikologische Untersuchung«, sagt er. »Oder wie auch immer das heißt.«

Die Krankenschwester legt ihm beruhigend eine Hand auf die Schulter.

»Thorsten …«

»Bin ich hier überhaupt sicher?« Er schaut sich um. Er liegt in einem Viererzimmer, die Betten sind durch eine Art Vorhang voneinander getrennt, und die Zimmertür steht angelehnt. »Was sollte irgendwen daran hindern, geradewegs hier reinzumarschieren und mich noch mal zu vergiften?«

»Versuchen Sie, sich ein bisschen zu entspannen.« Der Ausdruck in den Augen der Krankenschwester erinnert ihn an Anita. So hat sie ihn angesehen, wenn sie richtig genervt von ihm war. »Niemand ist hinter Ihnen her. Sie sind hier in Sicherheit, und alles wird wieder gut.«

Dann geht sie. Im Bett zu seiner Linken ist lautes Schnarchen zu vernehmen, irgendwo stöhnt jemand vor Schmerz. Hin und wieder hört Thorsten eilige Schritte auf dem Gang. Er muss sich wachhalten. Sein Handy liegt auf dem Rolltischchen, ohne nachzurechnen, wie spät es bei Andreas ist, ruft er ihn an. Er möchte nur seine Stimme hören. Auch wenn die Erkenntnis noch nicht ganz durchgedrungen ist – er ist kurz davor gewesen, alles zu verlieren. Aber niemand antwortet, und der kleine grüne Punkt neben Andreas' Skype-Icon ist weg.

Shadi

Hin und wieder steht Shadi auf und geht zum Fenster, nur um sich im nächsten Moment wieder zu setzen. Das Gefühl, einen gläsernen Staffelstab überreicht bekommen zu haben, den sie unter keinen Umständen fallen lassen darf, lässt sie wie unter Strom stehen. Thorsten liegt im Krankenhaus, Anna geht nicht ans Handy, und sollte ihr der Staffelstab in Wahrheit bereits in Kamillas Büro heruntergefallen sein, wäre es kaum zu ertragen.

Ihre Gedanken drehen sich im Kreis. Eine Möglichkeit wäre, aufzugeben und sich einzugestehen, dass sie getan haben, was sie konnten. Sobald Thorsten wieder gesund ist, muss er beurteilen, ob es Sinn macht, weiterzukämpfen, und vielleicht gelingt es ihm sogar, Kamilla davon zu überzeugen, eine Zweitmeinung von einem neuen Statistiker einzuholen. Das dürfte allerdings schwierig werden, vor allem, wenn Kamillas Pressemitteilung mit den glänzenden Resultaten des Projekts soeben in sämtliche Nachrichtenredaktionen des Landes geflattert ist.

Eine andere Option wäre, jemanden anzurufen. Die Gesundheitsämter oder die Zulassungsbehörde einzuschalten, damit die dortigen Verantwortlichen die Lage beurteilen und entscheiden, ob die Einführung von Callocain gestoppt werden muss, bis Klarheit über die Wirkung besteht. Aber was soll sie sagen? *Ich glaube, bei dem großen Forschungsprojekt der Uni Aarhus, die eigentlich gerade super Ergebnisse vermeldet hat, wurde betrogen, Sie müssen etwas tun! Wer ich bin? Eine Masterstudentin, die in ihrer Freizeit ein bisschen mit SPSS herumgespielt hat, aber ich glaube, meine Berechnungen stimmen.* Das Gespräch kann sie sich viel zu lebhaft vorstellen.

Und dann wäre da die letzte Gedankenschleife, die sich um Zweifel dreht. Zweifel an Thorstens Urteilskraft, an ihren eigenen Fähigkeiten, die Daten, für die ihr irgendwie die Verantwortung übertragen wurde, zu deuten. Was, wenn sie sich irrt? Von Anna weiß sie, dass Thorsten manchmal etwas verbissen sein kann, wenn er erst mal Witterung aufgenommen hat, und auch wenn er überzeugend gewirkt hat, ist ja durchaus denkbar, dass er sich täuscht. Er ist ein Einzelner aus einem ganzen Forschungsteam, und keiner der anderen scheint an verminderter Empathie oder blau-gelben Gehirnen etwas problematisch zu finden. Würden die Tabletten, die Shadi nimmt, keine Wirkung auf ihr Gehirn haben, könnte sie sie ebenso gut wegwerfen. Wer sagt denn eigentlich, dass es sich mit Callocain anders verhält; was, wenn das, was Thorsten als Nebenwirkung bezeichnet, in Wahrheit kalkulierter Bestandteil der Wirkung ist?

Vor Jahren, als Shadi auf der Suche nach etwas, das half, verschiedene Medikamente ausprobierte, war sie mehrfach mit der Angst konfrontiert, sich selbst zu verlieren. Sie fragte Emil, ob ihm eine Veränderung an ihr aufgefallen sei, und ließ ihn versprechen, es ihr zu sagen, sollte sich, ohne dass sie es merkte, ihre Persönlichkeit ändern. Er hatte lächelnd gefragt, ob es nicht

Sinn und Zweck der Behandlung sei, dass etwas anders wurde, doch sie hatte nur diese eisige Angst empfunden beim Gedanken an die Tabletten, die langsam die Nervenbahnen in ihrem Gehirn änderten und sie Dinge fühlen oder tun ließen, die sie sonst nie tun würde. Doch als sie endlich etwas fand, das wirkte, und sie das Weichen der Angst geradezu als physische Erleichterung spürte, war sie bereit, sämtliche Nebenwirkungen in Kauf zu nehmen. Schlafstörungen, Übelkeit, verminderte Libido, das alles waren Kleinigkeiten verglichen mit dem Gefühl, sich selbst zurückzubekommen. Durfte sie sich überhaupt zur Richterin darüber aufschwingen, was andere zu opfern bereit waren?

Rastlos wandert sie ein weiteres Mal die kurze Strecke durch die Wohnung und bleibt bei den Fenstern zum Hof stehen. Wenn sie nur wüsste, warum die Empathie auf diese Weise zurückgeht. Und warum so signifikant bei einigen wenigen. Ist es Zufall, wer davon betroffen ist, oder gibt es ein Muster, und sie hat es nur übersehen?

Gerade als das Gedankenwirrwarr zu insistierend wird, streift eine Erinnerung ihr Bewusstsein. Etwas, das Anna am allerersten Tag in der Bibliothek gesagt hat und das nun wie ein Teilchen in einem seltsamen Puzzle an seinen Platz gleitet. Im nächsten Moment öffnet sie SPSS, das Statistikhandbuch wie ein Rettungsanker neben ihr. Vielleicht hat Anna ihr unwissentlich den Schlüssel zum Datensatz gegeben. Es muss möglich sein, es zu prüfen, sie hat doch alles direkt vor der Nase. Sie muss nur die richtige Frage stellen.

Mit dem Finger fährt sie durch das Inhaltsverzeichnis ... und da! *Multiple Korrelation*, das muss sein, was sie machen muss, und mit jeder Zeile, die sie liest, wächst ihre Überzeugung, dass sie auf der richtigen Spur ist. Eifrig gibt sie das Kommando ein, lässt das Programm testen, ob psychische Erkrankung mit einer Linearkombination aus Trauerwert und Empathie korreliert. Ob die Vulnerabilität, von der Anna an jenem Tag in der Küche gesprochen hat, das verbindende Element sein könnte. So. Rasch vergewissert sie sich, dass die richtigen Häkchen gesetzt sind. Als alles stimmt, holt sie wie vor einem Tauchgang tief Luft und klickt OK.

16

OKTOBER 2024

Elisabeth

Anna hat die Vorhänge aufgezogen und blickt mit dem Rücken zu Elisabeth gewandt in den Garten, der in den letzten Jahren wild gewuchert ist.

»Da wurde dein Profilbild gemacht«, sagt sie. »Auf der Terrasse. Ich hab mich oft gefragt, wen du wohl anschaust.«

Elisabeth nickt, sie erinnert sich noch gut an den Tag. Es war eine der unbeschwerten Phasen, nachdem Vinter gut auf die letzte Behandlung angesprochen hatte.

»Meine Freundin hat es gemacht«, sagt sie, »und das da auch.« Sie zeigt auf das Bild auf dem Schreibtisch, das einzige hier drinnen, auf dem sie alle drei zu sehen sind. Sie, Vinter und Nala.

Es ist merkwürdig, mit einem anderen Menschen in Vinters Zimmer zu sein. Seit sie angefangen hat, die Tür abzuschließen, hat es außer ihr niemand mehr betreten. Es kommt ihr vor, als ließe sich die Luft leichter atmen, jetzt, da Anna hier ist. Etwas ist jedenfalls anders, und vorsichtig fühlt sie in sich hinein, so wie man die Stelle um einen blauen Fleck herum abtastet oder die Art entzündete Schwellung, die sie als Kind häufig hatte; sucht nach der Zärtlichkeit, die sie in Annas Gesicht sieht, während diese die Fotos von Vinter betrachtet.

»Ich verstehe, dass du nach seinem Tod das Bedürfnis hattest, etwas zu tun«, sagt Anna. »Aber du könntest doch bestimmt nicht damit leben, wenn die Tabletten Nebenwirkungen haben, oder? Thorsten sagt …«

»Thorsten?«, fährt Elisabeth dazwischen. »Ein fast schon paranoider Professor, der die Leute nach Gutdünken des Betrugs bezichtigt? Ihm sollen wir vertrauen? Ich habe mehr als zehn Jahre an Callocain gearbeitet, und glaub mir, diese Tabletten tun nichts, was die Trauer nicht hundertmal schlimmer machen würde.«

»Erinnerungen, die man nicht mehr spürt?« Annas Stimme überschlägt sich. »Leute, die kein Mitgefühl mehr mit anderen Menschen haben?«

»Das stimmt nicht. Glaub mir, das stimmt nicht.«

Aber Elisabeth sieht Anna an, dass es nicht reicht. Und als sie ihr verspricht, alles ein weiteres Mal zu überprüfen, meint sie es ernst. Immerhin liegt es auch in ihrem eigenen Interesse, unnötige Nebenwirkungen zu vermeiden, sie braucht bloß etwas Zeit, um sich in Ruhe darum zu kümmern, ohne dass die Einführung von Callocain gefährdet wird.

»Ich checke alles noch mal doppelt und dreifach«, sagt sie mit Nachdruck. »All unsere Versuche, alle Datensätze. Sollte sich auch nur das Geringste finden, bringe ich es in Ordnung. Aber versteh bitte auch, dass mein Lebenswerk bedroht ist, wenn falsche Anschuldigungen in die Welt gesetzt werden.«

»Und wie lange brauchst du dafür?«, fragt Anna. »Was ist mit all den Leuten, die in der Zwischenzeit die Tabletten nehmen?«

Sie scheint noch etwas sagen zu wollen, doch Elisabeth hebt die Hand.

»Warte«, sagt sie und eilt hinaus. Sie muss Anna überzeugen, wenigstens, bis die Pressekonferenz überstanden ist. Aber als sie vor dem Medizinschrank steht, erkennt sie, dass es nicht mehr nur das ist. Sie wünscht sich tatsächlich, dass Anna ihr glaubt.

»Ich weiß, dass meine Tabletten nicht gefährlich sind«, sagt sie, als sie zurück ins Zimmer kommt. Sie reicht Anna den Tablettenblister. »Ich hab sie selbst getestet.«

Anna nimmt die rosa Tabletten, die Elisabeth unter Tausenden erkennen würde.

»Das sind ja nicht dieselben Tests, die Thorstens Team gemacht hat«, sagt Anna. »Die Auswirkungen auf die Empathie habt ihr gar nicht untersucht.«

»Nein, du verstehst mich falsch. Ich meine, ich habe sie getestet. Am eigenen Leib.«

Anna dreht die Packung in den Händen, als würde sie die vielen leeren Ausbuchtungen erst jetzt sehen. Als sie den Blick hebt und Elisabeth anschaut, leuchtet das Weiße in ihren Augen.

»Du hast was?«

»Deshalb weiß ich, dass sie nicht schädlich sind«, sagt Elisabeth eindringlich. »Ich weiß genau, wie sie wirken, das weiß ich seit dem ersten Prototyp. Niemand kennt Callocain besser als ich, und ich würde nicht zulassen, dass irgendwer anders sie einnimmt, wenn ich nicht für ihre Sicherheit garantieren könnte. Gib mir ein halbes Jahr, dann verspreche ich dir, dass ich alles überprüft und in Ordnung gebracht habe, sollte auch nur das Mindeste dran sein an dem, was Thorsten sagt. Ein halbes Jahr, maximal. Okay?«

Als Anna den Gartenweg hinunter verschwunden ist, geht Elisabeth wieder nach oben in Vinters Zimmer. Vorsichtig stupst sie die Pappmachérakete an, wie früher immer, wenn Vinter schlafen sollte. Eigentlich ist es ein schönes Zimmer. Den Großteil des Tages ist es sonnig, wenn man wollte, könnte man hier ein Büro haben.

Sie lässt die Vorhänge aufgezogen, schließt die Tür hinter sich, lässt jedoch einer spontanen Eingebung folgend den Schlüssel im Schloss stecken, ohne ihn umzudrehen. Unten stellt sie die Heizung auf drei, nimmt eine Wolldecke vom Sofa und hüllt sich ein. Anna hätte ja ohnehin bald herausgefunden, wer sie ist, und mit dem Rest scheint sie noch mal glimpflich davongekommen zu sein. Es hat nicht den Eindruck gemacht, als hätte Anna das volle Ausmaß des Betrugs erfasst. Trotzdem geht ihr Besuch Elisabeth nach. Vielleicht hat es etwas mit dem zu tun, was Anna über die Erinnerungen gesagt hat, kurz bevor sie gegangen ist. Dass man selbst bestimmt nicht bemerkt, wenn sie verschwinden. Ihre Frage, wie Elisabeth eigentlich so sicher sein könne, nichts Wichtiges über Vinter vergessen zu haben. Der

Gedanke ist schwer zu ertragen. Schließlich ist außer dem, was sie von Vinter erinnert, nichts mehr von ihm übrig; ohne die gewölbten Hände ihrer Erinnerung wäre es, als hätte ihr kleiner Junge nie existiert.

So ist es mit dem Zweifel, denkt sie und schüttelt sich. Ist er erst mal eingezogen, vergiftet er alles. Wenn sie nicht aufpasst, werden sich Annas anklagende Fragen mit den Erinnerungen an die fiependen Mäusejungen und dem Zweifel mischen, den Anton gesät hat, als er damals anrief, um sie zu warnen, dass etwas nicht ganz richtig aussehe. Damit einher geht die altbekannte Furcht, sie könnte am Ende doch etwas übersehen haben. Trotz der Notizbücher und der minutiösen Aufzeichnungen, trotz der Tausenden von Stunden, die sie in das Projekt investiert hat. Die Furcht, dass die Zahlen, die zu vertuschen sie während der letzten Monate so hart gekämpft hat, nicht nur eine unglückliche Nebenwirkung der Tabletten bergen, die sie mit etwas Zeit hoffentlich beheben kann. Sondern dass sich mit dem, was sie verschleiern, nicht leben lässt.

In Wahrheit ist das wohl der Moment, in dem die Scham geboren wird, denkt sie. Wenn man sich in einem Augenblick der Klarsicht selbst mit dem Blick des anderen sieht.

Anna

»Wo warst du denn? Ich hab wie oft versucht, dich zu erreichen!«, meldet sich Shadi.

»Ich weiß.« Anna dreht sich mit dem Rücken zum Wind, der in der Leitung rauscht. »Ich musste kurz was regeln.«

Nach dem Besuch bei Siri hat sie das Bedürfnis, sich einmal kräftig durchwehen zu lassen, deshalb steht sie seit zehn Minuten hier unten vor ihrer Wohnung, im vergeblichen Versuch, ihre Gedanken zu ordnen.

»Du hattest recht! Die, die im Vorfeld schon verletzlich sind, leiden am schlimmsten unter der Trauer. Aber sie sind es auch, bei denen die Empathie am stärksten zurückgeht, wenn sie Callocain nehmen. Als wären ihre Gehirne übersensibel, alles trifft sie härter!«

Shadis Worte fallen schnell und dicht aufeinander, ein krasser Unterschied zu ihrem üblichen, zaghaften Rhythmus. Anna hat keinen Schimmer, wovon Shadi da redet.

»Das müssen sie sich doch anhören, meinst du nicht?«

»Wer?«, fragt Anna, hauptsächlich, um Zeit zu gewinnen.

»Thorstens Chefin zum Beispiel, ich bin gar nicht dazu gekommen, ihr zu zeigen, was wir gefunden haben, da hatte sie mich schon rausgeworfen.«

»Na, dann können wir wohl nicht mehr viel tun,

oder? Ich glaube, wir sollten jetzt aufhören, Shadi, sollen andere sich darum kümmern, falls nötig. Ich meine, wie sicher bist du dir überhaupt?«

Noch vor wenigen Tagen wäre Anna Feuer und Flamme gewesen, höchstselbst gegen Danish Pharma in den Kampf zu ziehen – jetzt hat sich alles ins Gegenteil verkehrt. Ist es wirklich so banal? Muss man einfach nur verliebt genug sein, und schon geht die Moral flöten?

»Was? In Kürze werden Leute die Tabletten in der Apotheke kaufen und glauben, alles wäre bestens, dabei verändert sich in Wahrheit ihre Persönlichkeit. Wir müssen doch was tun!«, Shadi klingt verwirrt.

Anna lässt sich nach vorn kippen, bis ihre Stirn die kühle Betonwand berührt. Sie presst den Kopf so fest gegen die Wand, dass sich die kleinen Unebenheiten in ihre Haut bohren. Dann sagt sie es.

»Ich dachte, du wärst Fan von so Tabletten?«

Sie hört Shadi am anderen Ende Luft holen.

»Wovon redest du?«

»Ich rede von Cipralex gegen Ängste und Zwänge, eine Tablette täglich aus der Packung im Badezimmer. Warum sollte Callocain so anders sein als das, was du selbst nimmst?«

»Das Medikament nehme ich, weil es mir hilft«, Shadi betont jedes einzelne Wort. »Ich kenne die möglichen Nebenwirkungen und nehme die Tabletten trotzdem, weil die Alternative noch viel schlimmer ist. Es muss schön sein, über solche Dinge erhaben zu sein, Anna. Aber hast du dir mal überlegt, dass ich genau deshalb verstehe, wie wichtig das hier ist? Weil ich nämlich selbst die Erfahrung gemacht habe?«

Ein Teil von ihr weiß, dass Shadi recht hat, aber jetzt ist es zu spät zum Aufhören.

»Was für eine Doppelmoral«, sagt sie, »außerdem kapiere ich nicht, wie das unser Kampf werden konnte. Nur weil Thorsten sich mal wieder verrannt hat, müssen wir doch nicht gleich alles riskieren.«

»Was ist los mit dir?«, fragt Shadi. »Du warst von Anfang an gegen Callocain. Und jetzt, wo wirklich etwas nicht stimmt und wir etwas bewirken könnten, machst du einen Rückzieher?«

Anna windet sich. Es gefällt ihr nicht, so mit Shadi zu sprechen oder Thorsten hängenzulassen. Wäre er nicht gewesen, hätte sie das Studium schon mehrfach hingeschmissen. Aber Siri hat ihr doch versprochen, dass mit Callocain alles in Ordnung ist. Dort in Vinters Zimmer hat sie Anna direkt in die Augen gesehen und geschworen, dass ihre Tabletten nicht gefährlich seien. Würde sie die Tabletten selber nehmen, wenn es nicht so wäre?

»Ich muss jetzt los.«

»Aber, Anna«, Shadis Stimme bebt, »ohne dich schaffe ich es nicht.«

»Tut mir leid«, sagt Anna. Dann legt sie auf.

Shadi

Shadi muss nur die Kleider für morgen herauslegen, aber jedes Mal wenn sie den richtigen Pulli abzählen will, geht es schief. Sie spricht die Zahlen laut in den Raum wie eine Beschwörung. Wenn sie das hier geregelt kriegt, wird alles wieder gut; wenn sie den richtigen Pullover findet, kann sie die Angst womöglich zurückdrängen. *Eins, zwei, drei*, ihre Hände sind klamm, aber die schwarze Strickjacke ist nicht richtig, nichts passt. Armvoll schaufelt sie Kleider aus dem Schrank und wirft sie auf den Boden, bis es nichts mehr zu zählen gibt.

Am Ende liegen all die Teile, die sie sorgfältig gewaschen und gebügelt und schnurgerade gestapelt hat, im Zimmer verteilt. Der weiße Pulli, den Emil so mag, ist halb unter das Bett gerutscht, und irgendetwas daran macht sie fürchterlich traurig. Sie muss an die frische Luft. Die Balkontür klemmt, der Wind ist eiskalt auf der Haut. Das Einzige, woran sie denken kann, ist Emil. Es wäre so leicht, ihn anzurufen und ihn zu bitten, nach Hause zu kommen, bekäme sie nur die Bilder von ihm und Lucia aus dem Kopf.

Der Wind kommt in salzigen Böen vom Meer. Was hat Emil an dem Morgen, als er gegangen ist, noch mal gesagt? Dass ihre Beziehung ein Gefängnis geworden sei, dass Shadi sie beide eingeschlossen hätte, waren das seine Worte? Sie beugt sich weit über das Geländer. Ist sie selbst zu dem Gefängnis geworden, von dem sie dachte, es sei die Angst?

Sie bleibt draußen stehen, bis die Kälte ihre Gedanken träge und unzusammenhängend gemacht hat, und als sie wieder in die Wohnung tritt, ist ihr Rücken ganz verspannt, so sehr bibbert sie. Im Schlafzimmer kann sie nicht sein, da liegen die Kleider und warten. Stattdessen legt sie sich mit einer Decke aufs Sofa und liest alte Nachrichten von Emil, während die Wärme langsam in ihren Körper zurückkehrt. *Mein Schatz*, hat er im Juni irgendwann geschrieben, *das wird schon wieder, versprochen.* Gerade weiß sie nicht mal mehr, worum es überhaupt ging, aber das ist auch egal, sie liest die Worte wieder und wieder, wie ein Mantra. Es ist kurz vor zwölf. Sie ist vollkommen allein.

Anna

»Hab ich dich geweckt?«, fragt Anna.

»Tut mir leid, dass ich so selten anrufe.« Ihr Hals fühlt sich an, als wäre er an der Innenseite voller blauer Flecke. »Oder zu Besuch komme.«

»Ist irgendwas passiert?«, fragt ihr Vater, aber wie soll sie es ihm je begreiflich machen können?

»Weißt du noch, diese Tabletten gegen Trauer, von denen ich dir erzählt habe?« Obwohl es nach Mitternacht ist, hat sie eben erst gegessen.

»Na klar. Meine Ärztin hat mir neulich erst vorgeschlagen, dass ich sie probiere. Es ist wohl an der Zeit, dass ich mich am Riemen reiße.«

Erst traut sie ihren Ohren nicht.

»Aber das ist doch verrückt«, sagt sie. »Wurdest du überhaupt getestet?«

»Na ja, was heißt getestet, wir haben ein bisschen geredet. Irgendwann muss ich ja wieder arbeiten.«

»Aber du hast Nein gesagt, oder?« Die verlorenen Erinnerungen, von denen Thorsten ihnen erzählt hat, Shadis Psychopathietest. Siri, die versprochen hat, alles noch mal zu kontrollieren, wenn Anna ihr nur etwas Zeit gibt. Gerade wird ihr übel beim Gedanken daran. »Du hast gesagt, dass du die Tabletten nicht willst, Papa, oder?«

»Noch kriegt man sie nicht, wenn ich es recht verstanden habe, aber wenn sie dann mal da sind, wer weiß.« Er seufzt. »Es geht mir ja nicht so gut, Anna.«

»Nein, natürlich nicht«, erwidert sie aufgebracht, »du vermisst Mama. Aber das heißt doch nicht, dass du krank bist!«

»Vielleicht nicht. Aber wie ich auch der Ärztin gesagt habe, mache ich mir hauptsächlich Sorgen um dich.«

»Um mich? Du bist doch derjenige hier, der Listen schreiben muss, um sich morgens Socken anzuziehen. Mir geht es gut.«

»Wir reden ja nicht so viel darüber«, sagt er. »Das ist auch okay, ich hoffe nur, du bist nicht traurig und keiner weiß davon.«

Sie möchte erwidern, dass ihre Art zu trauern doch wohl mindestens ebenso gut ist wie seine, doch die Worte bleiben ihr im Hals stecken. Wie viel Verständnis hat sie ihm denn schon entgegengebracht? Im letzten Monat hat sie eifrig zu beweisen versucht, dass die Trauerdiagnose ein Fehler ist und sie die Kriterien nicht erfüllt. Ihr Vater aber vielleicht schon.

»Bitte, versprich mir, dass du die Tabletten nicht nimmst, okay? Vielleicht gibt es ja noch etwas anderes, was man machen kann.« Sie zögert. »Wir könnten uns doch mal zusammensetzen und überlegen?«

»Ja, das könnten wir vielleicht machen.«

Was alles in dieser Stimme mitschwingt. Sein leicht zusammengesunkener Rücken, die schleppenden Schritte, die sich mit den Bildern des Vaters mischen, der sie an einem Arm hochziehen konnte, wenn sie sich daranhängte. Des Vaters, der alles konnte.

»Also«, er räuspert sich. »Es ist schon spät.«

»Ja.« Anna schluckt den Kloß in ihrem Hals herunter. »Schlaf gut, Papa.«

»Schlaf gut, Kleines.«

Thorsten

Erst denkt Thorsten, dass sein Kopf ihm einen Streich spielt. Andreas ist in Asien, Thorsten liegt im Skejby Krankenhaus. Natürlich ist es nicht sein Sohn, dessen Stimme er da hört.

Doch dann steht er da. Beugt sich über Thorsten und umarmt ihn. Groß, schlank und braun gebrannt in Shorts und Sandalen, als wäre er geradewegs aus einer anderen Welt getreten und hätte vergessen, was Oktober in Dänemark bedeutet. Er riecht nach Schweiß und Staub.

»Guten Morgen«, strahlt er.

Anscheinend hat das Krankenhaus Anita verständigt, die Andreas erreichte, als er gerade in Beijing gelandet war, von wo er einen Flug nach Dänemark buchen konnte.

Zum ersten Mal, seit Andreas klein war, halten sie sich an den Händen. Andreas sitzt auf der Bettkante, während Thorsten zu schildern versucht, was passiert ist.

»Ich muss irgendwas Falsches zu essen erwischt haben«, endet er und ist zu groggy, um alles andere zu erzählen.

Es ist beruhigend, Andreas hier zu haben, und allmählich weicht das Gefühl, auf der Hut sein zu müssen. Anfangs saugt Thorsten jedes Wort seines Sohnes auf, lauscht den Geschichten von farbenprächtigen Märkten und Menschen, die Qigong in den Parks machen, doch bald fallen ihm die Augen zu.

Später schreckt er hoch, mit trockenem Mund und dem Kopf voller Watte. Andreas tätschelt ihm die Hand und sagt, dass er über eine Stunde geschlafen hat.

»Ein Svend war hier und hat die da gebracht«, sagt er und zeigt auf einen Strauß Blumen auf dem Nachttisch. »Er kommt morgen wieder.«

Dann macht Andreas sich auf die Suche nach etwas zu essen, und Thorsten angelt umständlich nach seinem Handy.

Shadi geht sofort ran, aber ihre Stimme klingt merkwürdig schwach, und es ist ein Kampf, zu ihr durchzudringen.

»Shadi?«, unterbricht er sie, als sie abermals anfängt, sich zu entschuldigen, weil sie sich nicht getraut hat, ihm den EpiPen zu setzen. »Ich versuche mich hier zu bedanken. Wärst du bloß ein paar Minuten später gekommen, wäre ich jetzt tot.«

Sie murmelt etwas Unverständliches.

»Wie war das«, will er wissen, »war ich der Einzige im Büro, als du kamst?«

Shadi bestätigt, dass er allein dort am Boden lag.

»Und du hast auch niemanden rauskommen sehen?«

»Nein«, sagt sie, »sonst war keiner da.«

Spielt ihm seine Erinnerung einen Streich? Immerhin war er mehrere Minuten lang weggetreten. Andererseits sieht er Anton glasklar vor sich, kann ihr gesamtes Gespräch abspielen. Das kann er sich nicht nur zusammenfantasiert haben.

»Hast du gesehen, ob zwei Kaffeebecher auf dem Tisch standen?«, fragt er, doch Shadi klingt so unglücklich, als sie antwortet, sich nicht erinnern zu können, dass er nicht weiter nachbohrt.

»Aber was ist dann passiert?«, fragt er.

»Ich hab versucht, mit Kamilla zu reden«, antwortet sie zu seiner großen Überraschung. »Aber es lief echt mies.«

»Hast du ihr deine Berechnungen gezeigt?«

»Sie wollte nichts davon sehen. Sie meinte, du hättest eure Daten nicht an mich weitergeben dürfen und dass sie an meiner Stelle alles schleunigst löschen würde, wenn es keine ernsten Konsequenzen haben soll. Und Anna ist raus, ich weiß nicht, was sie hat, aber sie ist nicht mehr dabei.«

Weint sie?

»Glaub nicht, was Kamilla sagt. Du hast doch nichts gelöscht, oder?«

»Nein, aber das ist jetzt auch egal. Kamilla ist heute Morgen in allen Zeitungen, sie lobt Callocain in den Himmel, nachher ist auch die Pressekonferenz von Danish Pharma. Tut mir leid, Thorsten. Es ist zu spät.«

»Quatsch«, sagt er und drückt sich mit einer Bewegung, bei der es ihm schwarz vor Augen wird, noch etwas weiter hoch. »Natürlich ist es nicht zu spät.«

Als sie aufgelegt haben, ist er erschöpft bis in die Knochen. Ein Anruf noch.

»Thorsten Gjeldsted von der Universität Aarhus hier«, sagt er in den Hörer. »Leider kann ich nicht selbst an Ihrer Pressekonferenz teilnehmen, aber ich würde stattdessen gern zwei meiner Kolleginnen auf die Liste setzen.«

Elisabeth

Draußen hupt das Taxi. Elisabeths weißes Kleid hängt glatt gebügelt im Schrank. Jetzt schlüpft sie hinein, lässt den kühlen Stoff über die Hüften gleiten und schließt den Reißverschluss am Rücken. Sie schaut sich um; nachdem Anna hier war, ist offenkundig, wie leer das Haus ist. Eine geschickte Maklerin würde es als minimalistisch bezeichnen, aber sie weiß es besser. Dieses Haus ist ein Wartesaal.

Das Taxi hupt erneut, sie strafft die Schultern. Es ist so weit.

»Hast du's schon gesehen?«

Marcus hält ihr sein Smartphone hin. Auf dem Display ein Interview aus der *Jyllands-Posten* mit Kamilla, laut der zwar eine umfassende Bearbeitung der Ergebnisse noch ausstehe, sich jedoch bereits zum jetzigen Zeitpunkt sagen ließe, dass die Trauerstudie nicht nur substanziell zum Verständnis von Callocain beitrage, sondern auch dazu, das Wesen der Trauer selbst zu ergründen. Die Universität Aarhus habe, so Zitat, nichts gefunden, was Grund zur Besorgnis gäbe. Im Folgenden geht Kamilla auf die Hirnscans ein und schildert, wie die Erinnerungen an die Verstorbenen offenbar weniger emotionsgeladen und so der Umgang mit ihnen leichter wird, sie formuliert es derart leichthin, dass die meisten es überlesen werden. Der Empathietest wird mit keinem Wort erwähnt.

Als das Taxi bei Danish Pharma vorfährt, klingelt Elisabeths Handy.

»Ich geh kurz ran«, sagt sie zu Marcus und steigt aus. »Wir sehen uns gleich drinnen.«

Als sie Anton fragt, was er will, ertönt ein Klagelaut als Antwort.

»Hast du gehört, dass Thorsten immer noch im Krankenhaus ist? Was, wenn sie rauskriegen, dass ich es war?«

»Das tun sie nicht.«

»Aber was soll ich sagen, wenn jemand fragt?«

Sie seufzt genervt.

»Was gibt's da schon groß zu sagen? Ihr habt euch unterhalten, er ist umgekippt, und du bist losgerannt, um Hilfe zu holen. Stimmt's?«

»Aber so was lässt sich bestimmt nachweisen, und er weiß, dass ich ihm den Kaffee gebracht habe.«

»Das beweist gar nichts. Er kann versehentlich was mit Nüssen gegessen haben, so was passiert andauernd. Reiß dich zusammen, Anton, zum letzten Mal. Du machst weiter wie bisher, kümmerst dich um deine Arbeit und hältst dich bedeckt, bis Gras über die Sache gewachsen ist.«

Noch zehn Minuten bis zum Beginn der Pressekonferenz.

»Das wird schon alles, versprochen. In einer Stunde ist das Schlimmste überstanden, und dann werde ich dich nie mehr um irgendetwas bitten. Sind wir uns einig?«

Stille in der Leitung. Das hier ist der absolut letzte Dienst, den sie dem nerdigen Statistiker abringen kann, vielleicht hat sie ihn bereits zu sehr unter Druck gesetzt. Es klingt, als sei er kurz davor, einzuknicken, dann wäre nichts von dem, was sie gegen ihn in der Hand hat, mehr von Bedeutung. Sie beide wissen ganz genau, dass er inzwischen genug Kompromittierendes gegen sie vorweisen kann, um sie mit sich in den Abgrund zu reißen.

»Anton?«

Und da, endlich, kommen die Worte, die sie hören muss:

»Wir sind uns einig.«

Klatschsalven wogen durch den Saal, als Marcus ihr das Mikrofon reicht.

»Applaus für Elisabeth Nordin«, ruft er. »Der kühle Verstand und das schlagende Herz hinter der Entwicklung von Callocain!«

Elisabeth nimmt das Mikrofon entgegen. Wartet, bis sich der Lärm gelegt hat.

»Wir von Danish Pharma haben viele Jahre darauf

verwandt, sicherzustellen, dass wir das bestmögliche Produkt präsentieren können. Daher ist es eine willkommene Bestätigung für uns, dass ein großes Forschungsteam der Universität Aarhus soeben seine Ergebnisse vorgelegt hat, welche nicht nur die einzigartige Wirkung von Callocain auf die anhaltende Trauerstörung untermauern, sondern uns darüber hinaus ein besseres Verständnis vermitteln, weshalb Callocain so effektiv und sicher wirkt, wie es der Fall ist.«

»Das stimmt nicht«, erklingt eine Stimme von unten aus dem Zuschauerraum. Elisabeth blinzelt, die einzelnen Gesichter lassen sich nur schwer ausmachen. Es war eine weibliche Stimme, unmittelbar entdeckt sie jedoch kein bekanntes Gesicht. Sie kann kaum Luft holen, da kommt es:

»Das sieht nur so aus, wenn man die Nebenwirkungen vertuscht.«

Jetzt regt sich das Publikum vor der Bühne. Einige Journalisten treten zur Seite, und Elisabeth erkennt eine junge, dunkelhaarige Frau mit flackerndem Blick. Hat sie wirklich die Stimme erhoben? Sie sieht eher aus wie eine Konfirmandin als wie eine der üblichen Aktivistinnen. Und wie ist sie hier überhaupt reingekommen?

»Bitte heben Sie sich Ihre Fragen bis zum Ende der Präsentation auf«, sagt Elisabeth, während sie der jungen Frau in die Augen starrt. Dann tauscht sie ihre ernste Miene gegen ein breites Lächeln. »Ich möchte heute nämlich eine großartige Neuigkeit mit Ihnen teilen. Es ist kein Geheimnis, dass wir von Danish Pharma uns bemühen, neue Arzneimittel einzuführen und so dazu beizutragen, den Standard für die Behandlung psychischer Erkrankungen zu setzen. Daher ist es mir eine außerordentliche Freude, Ihnen heute mitteilen zu können, dass Callocain bereits in wenigen Wochen allen dänischen Bürgerinnen und Bürgern, die es benötigen, zur Verfügung stehen wird. Danish Pharma hat …«

»Entschuldigung?« Es ist wieder die junge Frau. »Wollen Sie nicht etwas darüber sagen, wie Callocain unsere Erinnerung beeinflusst, sodass uns die Personen, die wir verloren haben, egal werden?«

Ihre Stimme zittert. Mein Gott, sie hat ja Todesangst, denkt Elisabeth, und das beruhigt sie, während ihr gleichzeitig klar wird, um wen es sich bei der jungen Frau handeln muss. Sie tritt an den Rand der Bühne, beugt sich hinunter, spricht so leise, dass nur die in unmittelbarer Nähe Stehenden ihre Worte aufschnappen können.

»Hör mal zu, Shadi, du ruinierst unsere Pressekonferenz. Verschwinde jetzt, bevor ich die Security rufe und dich abführen lasse, kapiert?«

Einen Augenblick treffen sich ihre Blicke, und in Shadis Blick liegt eine solche Furcht, dass Elisabeth beinahe laut lachen muss. Das Mädchen ist ja völlig närrisch, wenn es glaubt, auch nur das Geringste ausrichten zu können.

»Mir scheint, die junge Dame verwechselt eine Pressekonferenz mit einem Open-Mic-Event«, sagt sie ans Publikum gewandt und schneidet eine kleine Grimasse, womit sie einige Lacher erzielt. Sie spürt die Selbstsicherheit als Kitzeln entlang der Wirbelsäule. Mit frischer Energie beginnt sie von der kommenden Lancierung des weltweit ersten Medikaments gegen Trauer zu berichten, doch in diesem Moment gellt eine neue Stimme durch den Saal.

»Hey, Shadi!«

Der Klang jagt einen Schauer durch ihre Nervenbahnen. Elisabeth starrt über die Menge hinweg, und da ist sie, ganz hinten bei der Eingangstür, und fuchtelt wie eine Irre mit beiden Händen über dem Kopf.

»Mach weiter, Shadi!«, ruft sie. »Erzähl ihnen vom Psychopathietest!«

Shadi

Das tosende Meer, das Shadis Ohren ausgefüllt hat, zieht sich langsam zurück. Sie spürt ihre Hände wieder, die Füße auf dem Boden. Anna ist hier.

Elisabeth ist auf der Bühne erstarrt, ein Raunen geht durch die Reihen der Journalisten und übrigen Gäste mit ihren Weingläsern und Nüsschen.

»Bevor Sie die Lüge vom Callocain kaufen, müssen Sie etwas wissen«, ruft Shadi in den Saal. »Ich bin Studierende an der Uni Aarhus und habe Zugang zu Daten erhalten, die zeigen, dass die Tabletten schwerwiegende Nebenwirkungen haben können!«

Jetzt herrscht Stille, vor ihr hält ein Journalist etwas zögerlich seine Kamera hoch. Ob ihre Eltern es mitbekommen werden, ihre Schwester?

»Ich nehme selbst jeden Tag Medizin und weiß deshalb, wie wichtig es ist, dem Beipackzettel glauben zu können. Wir müssen der Wissenschaft vertrauen können, sonst zerbricht alles.«

Sie hat sich jede Menge Notizen gemacht, damit sie nicht vergisst, was sie sagen will. Aber jetzt hat sie keine Zeit, den Zettel hervorzukramen, sie muss einfach hoffen, dass sie das Richtige sagt.

»Das Forschungsprojekt der Uni Aarhus wurde sabotiert. Irgendjemand, vielleicht der Statistiker, der für die Datenverarbeitung zuständig war und der rein zufällig früher bei Danish Pharma gearbeitet hat, dieser Jemand hat es aussehen lassen, als ob Callocain ungefährlich wäre. Aber das stimmt nicht.«

Unruhe wogt durch die vordersten Reihen, dann steht Anna neben ihr. Ihre Haare sehen aus, als wäre sie geradewegs aus dem Bett aufs Fahrrad gefallen. Sie greift Shadis Hand und drückt sie.

»In Wahrheit beeinflusst Callocain unsere Fähigkeit, mit anderen mitzufühlen«, Shadis Stimme zittert noch immer. »Und das Schlimmste ist, dass die Nebenwirkung bei denjenigen am schwersten ausfällt, die von vorneherein schon vulnerabel sind. Je verletzlicher man ist, desto besser wirken die Pillen, und desto größer ist das Risiko, dass die Empathie zurückgeht. Man weiß nicht mal selbst, dass es passiert, man merkt nur, dass die Trauer nachlässt. Und wer würde nicht gern weiter eine Tablette nehmen, die einem so hilft?«

Wieder drückt Anna Shadis Hand, mit dem Kinn weist sie zur Eingangstür. Der Wachmann, der Shadi vor einer halben Stunde eingelassen hat, drängt zu ihnen, das Telefon ans Ohr gedrückt.

Anna wendet sich zur Bühne, und Shadi folgt ihrem Blick. Sie hatte Elisabeth völlig vergessen, doch die Forschungsleiterin steht nach wie vor dort, merkwürdig verlassen, das Mikrofon schlaff in der Hand. Ihre Miene ist undurchschaubar. Als Anna das Wort ergreift, ist es, als würde sie zu Elisabeth sprechen:

»Natürlich braucht man Hilfe, wenn es einem schlecht geht.« Ihre Worte sind wie ein kraftvoller Gesang, der den ganzen Saal füllt. »Aber Danish Pharma will uns dazu bringen, die Liebe zu vergessen, um dem Schmerz zu entgehen. Können wir damit leben?«

Im Nachhinein denkt Shadi, dass es eigentlich genau der richtige Zeitpunkt zum Aufhören war, auch wenn sie noch so vieles hätte sagen wollen. Doch als sie von den Wachleuten gepackt werden, fühlt es sich gewaltsam an. Harte Finger greifen ihre Arme, dann werden sie und Anna zu einem Hinterausgang geführt, weg von der Menschenmenge. Auf dem Weg kommen sie nah an der Bühne vorbei. Shadi sucht Elisabeths Blick, doch die elegante Frau mit den dichten Locken hat nur Augen für Anna. Anna bleibt vor Elisabeth stehen. Der Wachmann zieht an ihr, doch Elisabeth stoppt ihn mit einer Handbewegung. Es sieht aus, als würde sie etwas zu Anna sagen, aber durch den Lärm sind sie unmöglich zu verstehen. Shadi wird weitergedrängt und windet sich, um einen Blick auf die beiden zu erhaschen. Als sie den Ausgang erreicht, möchte sie beinahe schwören, dass sie sieht, wie die Forschungsleiterin von Danish Pharma sich vorbeugt und Anna küsst.

17

FEBRUAR 2025

Shadi

»Wollen wir es zusammen machen?«

Sie greifen jeweils eine Seite der Masterarbeit, halten sie über dem Boden.

»Drei, zwei, eins, los!«

Und da liegt sie. *Die komplizierte Trauer – existenzielle Grunderfahrung oder psychische Erkrankung? Von Shadi Dadras und Anna Jakobsen.*

Shadi ist sich mit allem unsicher. Anna hat am Vortag die letzten Seiten geschrieben, und Shadi hat die ganze Nacht wach gesessen und sie durchgesehen, Kommata korrigiert und fehlende Wörter eingefügt.

»Sie ist so toll geworden!«

Es ist das dritte Mal, dass Anna diesen Satz sagt.

»Es fühlt sich nur so komisch an, dass Thorsten sie nicht bewertet«, sagt Shadi. »Dabei haben wir sie doch für ihn geschrieben.«

Anna entkorkt eine Flasche Champagner. Sie drückt Shadi einen Plastikbecher mit sprudelnden Bläschen in die Hand.

»Auf uns!«, ruft Anna, und sie stoßen ohne Klang miteinander an. »Die Pharmaindustrie haben wir vielleicht nicht zu Fall gebracht, aber bestehen sollten wir jedenfalls. Ich glaube, so nuanciert habe ich mich in meinem ganzen Leben noch nicht ausgedrückt!«

Shadi lacht, dass ihr der Champagner in der Nase bitzelt.

»Die einzigen Stellen, an denen du nuanciert bist, sind die, die ich für dich geschrieben habe!«

Anna droht ihr mit der Sonderausgabe der Masterarbeit, für die sie zusammengelegt haben.

»Und du bist sicher, dass du nicht mitkommen willst zu Thorsten?«

Shadi schüttelt den Kopf.

»Ich bin verabredet.«

»Dachte mir schon, du siehst zu heiß aus, um dich nur mit mir zu verabreden«, flachst Anna.

Als sie zusammen das Institut verlassen, durchzuckt Shadi die Erkenntnis, dass sie vielleicht zum letzten Mal durch diese Türen gehen. Sie macht eine Drehung, um alles in sich aufzunehmen. Den Unipark, der sich zu ihren Füßen erstreckt und darauf wartet, zu erblühen, der beharrliche Efeu im Mauerwerk, Anna in ihrer knallroten Daunenjacke.

»Hast du eigentlich eine Antwort auf deinen Einspruch wegen des Neuro-Seminars bekommen?«

Anna zuckt mit den Achseln.

»Hab noch nicht geguckt.«

»Du Nudel! Dann wissen wir gar nicht, ob du eine richtige Psychologin bist.«

»Ich mach es später«, verspricht Anna, »ich schreib dir, falls eine Antwort gekommen ist.«

Sie umarmt Shadi schnell und schwingt sich aufs Fahrrad. Ihr Atem weht wie Elfennebel hinter ihr her.

Emil ist schon da, als Shadi kommt, sie erkennt ihn bereits vom Weg aus. Warum ist sie so nervös? Es ist doch nur Emil.

»Hi.«

Er erhebt sich von der Bank, steht etwas verlegen mit hängenden Armen da. Er sieht dünner aus, denkt sie. Erinnert sich an das Gefühl seiner Hüften an ihren, daran, sich an seinen Rücken zu kuscheln, ein Bein über ihn gelegt und den Arm um seine Brust.

»Hi.«

Sie gehen gleichzeitig aufeinander zu, für einen Moment streift seine Wange ihre. Dann lösen sie sich wieder.

Vier Monate ist es her, seit sie ihn zuletzt gesehen hat. Seine Nase ist rot, und er hat eine Mütze auf, die sie nicht kennt. Irgendwie fühlt er sich neu an, dabei ist es immer noch Emil. Emil, der sie auf der Oberstufenparty geküsst hat, ohne dass sie so recht wusste, wie ihr geschah, der, mit dem sie sich ein Zuhause geschaffen hat, der sich ihre Probleme angehört und Himmel und Hölle für sie in Bewegung gesetzt hat.

Sie sieht ihm an, dass er unter Spannung steht. Vor zwei Monaten, als sie so weit war, ihn anzurufen, hat er sich die ersten zehn Minuten nur entschuldigt, und jetzt fängt er wieder damit an. Beim letzten Mal schien er davon auszugehen, dass sie wütend sein würde, aber so ist es nicht. Jedenfalls nicht mehr.

»Schon okay«, sie legt ihm eine Hand auf den Arm. »Wollen wir nicht einfach ein paar Schritte gehen?«

Es ist kälter, als sie erwartet hatte, trotzdem ist es schön, hier mit Emil zu sein. Sie erkundigt sich nach seiner Arbeit, wie es ist, mit seinem Cousin zusammenzuwohnen. Er erzählt, dass er ihren Beitrag in der *Politiken* gelesen hat.

»Ich hab auch die Pressekonferenz gesehen, die ihr gestürmt habt«, sagt er, »es gibt Ausschnitte davon auf YouTube. Das muss ja echt irre gewesen sein.«

»Ja, es war …« Shadi fällt es schwer, die richtigen Worte zu finden, sie hat den Clip selbst mehrfach gesehen, und jedes Mal ist sie wieder überrascht, dass das wirklich sie ist, die da steht und sich Gehör verschafft.

»Was war eigentlich hinterher?«, fragt Emil.

»Nicht viel. Diese Forschungsleiterin hat anscheinend eine Menge Freunde. Thorsten hat erzählt, dass mehrere andere Projekte der Uni mithilfe des Fonds von Danish Pharma finanziert werden. Der ist natürlich zu hundert Prozent unabhängig von Danish Pharma«, Shadi malt Anführungszeichen in die Luft, »aber ich schätze mal, wenn es um solche Summen geht, kann eine ambitionierte Chefin schon mal ein bisschen den kritischen Blick verlieren.«

»Läuft das wirklich so? Das klingt ganz schön absurd.«

»Es lässt sich schwer beweisen, dass wirklich betrogen wurde«, erklärt Shadi. »Der Statistiker hat einige fachliche Entscheidungen getroffen, die zufälligerweise von ziemlich großer Bedeutung waren. Ein paar Patienten hat er aussortiert, statt einer bestimmten Art von Test hat er einen anderen gewählt, solche Sachen. Also muss man wohl einfach hoffen, dass es im nächsten Projekt besser gemacht wird.«

Als sie Richtung Gewächshäuser abbiegen, greifen ihre Hände wie von selbst nacheinander.

»Ich hab dich vermisst«, entfährt es ihr. Emil bleibt wie angewurzelt stehen.

»Wirklich?« Er drückt ihre Hand, dass es beinahe wehtut. »Es tut mir so leid«, wiederholt er, »und ich kann dir nicht mal erklären, warum ich es getan habe. Ich glaube, mir ging es nicht mehr so gut.«

Sie schüttelt den Kopf.

»Ich denke, du hattest recht mit dem, was du in dieser Nacht gesagt hast. Es war alles zu beengt geworden.«

Er nickt. Jetzt findet sie fast, dass er derjenige ist, der ängstlich aussieht.

»Aber so bin ich eben«, sagt sie. »Ich werde nie jedes Wochenende feiern gehen, und es gibt wirklich wenig Leute, mit denen ich meine Zeit verbringen möchte.« Sie muss über sich selbst lachen. »Ist das total schrecklich?«

»Nein, ist es nicht. Aber erzähl es außer mir besser nicht so vielen anderen.«

Dieses Lächeln.

»Man muss ja auch nicht unbedingt zusammenwohnen«, sagt sie vorsichtig. »Vielleicht könnten wir uns einfach …«

Sie stockt.

»Treffen?«, schlägt Emil vor. Ein Tropfen hängt von seiner Nasenspitze, seine Augen leuchten.

»Genau«, sagt sie und streckt ihr Gesicht zu seinem hinauf, wie sie es schon so oft getan hat. Stellt sich auf die Zehenspitzen und schlingt die Arme um seinen Hals. »Vielleicht könnten wir uns für den Anfang einfach nur treffen.«

Thorsten

Am meisten vermisst Thorsten seine Studierenden. Svend lacht ungläubig, als er es hört, aber es ist wahr. Ihre konzentrierten Gesichter im Unterricht, die Fragen, die zu formulieren sie sich am Anfang des Semesters noch schwertun und die sie am Ende dann wie feingeschliffene Pfeile losschicken. Die Freude, mit jemandem in ein Thema einzutauchen, der es zum ersten Mal entdeckt. Und auch wenn es mit Anna etwas Besonderes war, ist sie nicht die Einzige gewesen, die hin und wieder auf einen Plausch über einen spannenden Artikel oder ein kniffliges Fach vorbeigeschaut hat. All das vermisst er.

»Gerade hab ich an dich gedacht«, lächelt er, als Anna just in diesem Moment die Praxis betritt. »Habt ihr abgegeben?«

»Aber so was von.«

Sie reicht ihm ein gebundenes Exemplar der Masterarbeit, das so schön ist, nachdem die beiden es offenbar eigens haben binden lassen.

»Extra für dich, auch von Shadi. Guck mal auf die nächste Seite.«

Er blättert um und da, nach einem kurzen Vorwort, steht eine gemeinsame Widmung an Thorsten mit Dank von Shadi und Anna.

Lieber Thorsten, ohne dich wäre das hier nie etwas geworden. Und damit meine ich natürlich mich als Psychologin. Danke.

Unter diesen handschriftlichen Zeilen prangt ein großes, schiefes Herz.

Er breitet die Arme aus und drückt sie.

»Es war mir ein Vergnügen.«

Sie setzen sich in die Küche. Er teilt sich die Räume mit zwei Kolleginnen, jeden Tag essen sie gemeinsam zu Mittag, und bis jetzt, findet er, klappt es gut. Nach all den Jahren am Schreibtisch hat es etwas Ehrfurchtgebietendes, aufs Neue Menschen gegenüberzusitzen, um mit ihnen über ihre Probleme zu sprechen in der Hoffnung, dass seine Worte ihnen eine neue Perspektive aufzeigen können. Er hatte befürchtet, der Rauswurf von der Universität würde ihm jede Chance auf einen neuen Job verbauen, doch als Selbstständiger hat er eine andere Welt betreten. Hier zählt seine Erfahrung, vielleicht auch sein freundliches Lächeln auf der Homepage, und schon bald wird er genügend Klienten haben.

»Wie geht's dir?«, fragt Anna und mustert ihn prüfend. Es ist ihm selbst aufgefallen. Anfangs dachte er, es läge nur an den paar Kilo, die er in der Klinik verloren hat, aber die ganze Geschichte mit der Einlieferung ins Krankenhaus und der anschließenden Kündigung der Uni hat ihn in gewisser Weise kleiner gemacht. Er lächelt sie an. Der dicke, gelbe Pulli verleiht ihr ein weiches, beinahe flauschiges Aussehen, das ihr steht. Sie macht den Eindruck, als ob es ihr gut geht.

»Könnte schlimmer sein«, antwortet er. »Ich könnte jetzt unter der Erde liegen, stattdessen sitze ich hier mit meiner ehemaligen Lieblingsstudentin.«

»Du verfolgst es weiterhin, oder?«

Jedes Mal, wenn sie während der letzten Monate miteinander gesprochen haben, kam Danish Pharma auf. Er nickt.

»Der Verkauf an die Amerikaner? Ich hab's gesehen.«

Anna spuckt einen Stein in die Hand und nimmt sich eine weitere Dattel aus der Schale.

»Ich kapiere es nicht!«, sagt sie. »Wie kann das einfach so weiterlaufen? Wir erzählen vor laufenden Kameras, dass gelogen und betrogen wurde, und was passiert?«

Ihre aufgebrachte Miene bringt Thorsten zum Lachen.

»Ich weiß«, sagt er. »Aber ich hab mit dem Arzneimittelamt gesprochen, und die haben mir versprochen, Callocain ganz genau im Auge zu behalten. Wenn sich genügend Leute beschweren, wird wohl irgendwas passieren müssen.«

»Aber du hast es doch selbst gesagt: Den Leuten geht es besser, warum sollten sie sich beschweren? Was sollen die Angehörigen schon sagen – ich hab das Gefühl, er liebt mich weniger? Irgendwie ist sie eine andere Person geworden? Viel Glück damit, die Schuld einer kleinen, rosa Pille zu geben.«

Thorsten schüttelt den Kopf. Nachdem er im Herbst wieder auf die Beine gekommen war, hat er ein paar Mal versucht, Mikkel anzurufen, doch der hat nie reagiert. Thorsten weiß nicht, wie die Sache letztlich ausgegangen ist. Er hat auch erwogen, sich mit Louise in Verbindung zu setzen. Nach dem Rauswurf hätte er am liebsten bei allen Versuchsteilnehmenden und ihren Angehörigen nachgehorcht, aber das geht schlecht. Es wäre ein gewaltiger Eingriff in ihre Leben, das muss er beherzigen. Man sollte sich hüten, Gott zu spielen. Und was ist mit all denen, denen es besser geht; wie soll er jemanden wie Vibeke davon überzeugen, dass es besser wäre, sie würde die Behandlung abbrechen? Ist es nicht ihr gutes Recht, selbst zu entscheiden, was sie opfern möchte? Schlussendlich hat er beschlossen, es auf sich beruhen zu lassen.

»Du wirst dir jetzt auch einen Job suchen müssen, was?« Er klopft auf die fertige Masterarbeit. Anna zieht eine Grimasse.

»Es gibt nicht so wirklich was, was mir gefällt.« Für einen Moment ist ihr Blick vollkommen leer.

»Dir fällt schon was ein, vielleicht soll es einfach etwas anderes sein als bei uns anderen. Du weißt ja, du spielst die Blue Notes.«

Anna kräuselt die Nase.

»Ich tue was?«

Thorsten denkt an die Schallplatte zu Hause, die spielerische Flucht der Trompete.

»Du spielst außerhalb der Skala, aber das hat Miles auch gemacht, das ist etwas Gutes.« Er lächelt sie an und steht auf. »Aber du, lass ab und zu mal von dir hören, okay?«

»Na klar!« Sie schlüpft in ihre Jacke. »Wir gründen so eine Ergo-Gruppe, nennt man das nicht so, dann können wir im Stuhlkreis sitzen und uns darüber austauschen, wie schwer man es als Psychologe hat?«

»Erfa-Gruppe.«

»Genau. Ich frage Shadi, ob sie auch mitmachen will. Hast du schon gehört, dass sie zum Feind überläuft?«

Thorsten schaut sie fragend an. Seit dem Tag nach der Pressekonferenz hat er nicht mehr mit Shadi gesprochen.

»Psychiatrie, sie hat schon ihren ersten Job in der Tasche, die kleine Streberin.« Anna drückt die Tür mit der Hüfte auf, hebt die Hand zum Abschied. »Pass auf dich auf, ja?«

Dann ist sie weg.

Thorsten lässt sich mit einem Seufzer in den Sessel im Büro sinken. Die meisten Dinge aus dem Institut sind mit ihm umgezogen, aber die Aussicht ist eine andere. Hier gibt es keine plaudernden jungen Menschen, keine Grünflächen, um die Gedanken darüber hinwegschweifen zu lassen, nur Ligusterhecke und Asphalt. Und dann ist da noch der offenkundig ironische Umstand, dass die Praxis in einer Sackgasse liegt.

Er schaut zum Bild von Andreas, der Hudsons ehemaligen Nagel übernommen hat. Auf dem Foto ist er gerade sechs, wenn Thorsten sich recht entsinnt, stammt die Aufnahme aus dem Sommer, bevor Anita mit ihm auszog.

»Jetzt sind wir zwei wieder allein«, sagt er. Und dann beginnt er, sich auf seinen nächsten Klienten vorzubereiten.

Anna

»Du gehst gut ab heute, Anna! Super Energie.«

Isam klopft ihr auf die Schulter, und er hat recht, es fühlt sich gut an. Ihr Körper macht, was er soll.

»Danke«, keucht sie und wirft Maiken einen Luftkuss zu. »Hoffe, der Kiefer tut nicht allzu doll weh!«

Ihr Fahrrad hat einen Platten, daher muss sie den Bus nehmen. Auf dem Weg schaut sie durchs Fenster auf die Landschaft, durch die sie so viele Male auf dem Heimweg von der Schule gefahren ist. An der Haltestelle vorbei, an der sie mal versehentlich zu früh ausgestiegen ist, sodass sie die letzten Kilometer heulend vor Wut am Straßenrand entlanglaufen musste. Die Neubausiedlung, wo früher Felder waren. Als sie aussteigt, regnet es in Strömen. Einige Sekunden lang bleibt sie das Gesicht zum Himmel gewandt stehen und lässt die Tropfen auf ihre Haut klatschen, dann rennt sie zur Haustür.

»Na, da bist du ja.« Ihr Vater lächelt.

Seine Pläne fürs Abendessen sind traurig. Gefrorene Beefsteaks mit Remoulade und Schwarzbrot.

»Und Gemüse«, sagt er und zeigt auf ein Glas Senfgurken. Sie schüttelt den Kopf und geht in den Keller, um das Fahrrad ihrer Mutter hochzuholen. Kommt mit Weißkohl und Kichererbsen und einer Tüte voll Zutaten für einen Salat zurück, den sie zubereitet, während er die Steaks brät, und sie schalten das Radio ein, wie früher immer in den Ferien, und singen bei jedem Song mit.

»*You ain't nothing but a hound dog*«, brummt ihr Vater mit dieser irren Bassstimme, die sonst nur zum Vorschein kommt, wenn er wirklich wütend ist.

Mitten beim Essen hebt er sein Glas.

»Also Glückwunsch zur Abgabe«, sagt er. »Ich habe nie daran gezweifelt.«

»Ach, hör schon auf!« Sie boxt ihn. »Es ist gar nicht so leicht, so ein Studium zu schaffen, das wüsstest du, hättest du je einen Fuß in eine höhere Lehranstalt gesetzt.«

Später am Abend leuchtet ihr Handy auf. Es kommt

immer noch vor, dass sie sich bei der Hoffnung ertappt, Siris Namen auf dem Display zu sehen. Diesmal ist es Shadi.

Lust, irgendwann die Tage am Hafen vorbeizukommen? Dann feiern wir!

»Ha!«, ruft sie aus.

»Was ist los?«

»Nichts«, antwortet sie lässig, »bloß eine weitere arme Seele, die meinem unwiderstehlichen Charme erlegen ist.«

»Na dann.«

Ihr Vater geht ins Wohnzimmer, sie hört ihn seufzen, als er sich setzt, und dann den Fernseher einschalten. Die Umzugskisten stehen immer noch halb gefüllt beim Schrank, darum müssen sie sich auch noch irgendwann kümmern. Für jetzt aber begnügt sie sich damit, Shadi ein Victory-Zeichen zu schicken, bevor sie mit ihrem Vater die Nachrichten schauen geht.

Elisabeth

Elisabeth fällt es schwer, den Zustand, in dem sie nun lebt, zu benennen. Oberflächlich betrachtet ist in letzter Zeit nicht allzu viel passiert. Marcus hat ein paar Mal angerufen. Zu Beginn angestrengt jovial, er hat wohl gehofft, von ihr zu hören, dass es nicht wahr sei. Dass sie nicht gewusst hat, dass Callocain Nebenwirkungen haben kann, dass sie nichts mit Anton und seinen mangelhaften Berechnungen zu tun hat. Und sie hat auch nichts zugegeben. Aber sie hat zu schwach widersprochen.

Später erzählte Marcus dann, der Deal mit den Amerikanern hänge am seidenen Faden und das Arzneimittelamt rassle mit dem Säbel. Bereits da dämmerte ihnen beiden wohl, dass Elisabeth nicht mehr mit von der Partie war. Dass ihr Urlaub mehr war als nur eine Auszeit. Als er zu spekulieren begann, ob sie wohl gezwungen sein würden, die Produktion von Callocain einzustellen, oder ob der Name so beschädigt war, dass sie mit einem umfassenden Rebranding noch mal ganz von vorn beginnen müssten, war ihr schon alles egal. Vielleicht war es ihre ungewohnte Passivität, die ihn rasend machte; er brüllte in den Hörer, sie sei suspendiert und brauche sich nicht blicken zu lassen, bis zweifelsfrei geklärt sei, was Sache ist. Da sagte sie, dass sie ohnehin nicht wiederkomme. Dass sie hiermit kündige. Dann legte sie mitten in seinem Wortschwall auf, der so unendlich wenig mit ihr zu tun hatte.

Und nun sitzt sie also hier auf der Terrasse auf einem der beiden Holzstühle, die sie eigentlich über den Winter in den Schuppen hätte räumen sollen, und trinkt Whisky, der jahrelang als Staubfänger im Regal gestanden hat. Es ist ein klarer, beinahe durchsichtiger Tag, aber dank der Decke über ihren Beinen friert sie nicht. Neben ihr liegt ein neues Notizbuch. Ab und zu greift sie danach und notiert mit steil nach rechts weisender Handschrift Ideen, Bruchstücke von Tagträumen und Erinnerungsfetzen, ohne zu wissen, was sie damit anstellen soll. Es fühlt sich an, als würde sie in einem Zimmer aufräumen, in dem sie lang nicht mehr gewesen ist. Vinter ist auch darin.

Sie schenkt sich nach. Tatsächlich liegt es an Anton, zu entscheiden, was im Weiteren passiert. Auf den ersten Blick *führen alle Spuren zu ihm,* sollte sich jemand die Zeit nehmen, genauer nachzuforschen. Wie einige Wochen nach der fatalen Pressekonferenz in den Nachrichten betont wurde, gilt Anton als einer der Besten auf seinem Gebiet. Warum also? Warum sollte er ausgerechnet bei dieser Studie all sein Wissen vergessen haben? Unmittelbar scheint er keinen Vorteil daraus zu ziehen, Callocain in ein besseres Licht zu rücken, es sei denn, wie Thorsten zitiert wurde, jemand, zum Beispiel von seinem früheren Arbeitgeber, habe entweder etwas gegen ihn in der Hand oder aber ihm eine hübsche Stange Geld gezahlt. Elisabeth hatte sich selbst überrascht, indem sie laut lachte und ausrief, dass es sich in diesem Fall nicht um ein Entweder-oder handelte, sondern um ein Sowohl-als-auch. Das fand sie ziemlich amüsant.

Es ist durchaus denkbar, dass Anton einknickt, sofern jemand nur genügend Druck ausübt. Das war schon immer sein größtes Defizit, der schwache Charakter, das furchtsame Flattern der Hände in der Luft. Natürlich würde er sie ans Messer liefern. Aber während sie durch ihre geistigen Räume wandert und ausmistet,

Fenster öffnet und frische Luft hereinlässt, wird ihr immer deutlicher bewusst: Das alles bedeutet nichts. Egal was kommt, sie wird einen Punkt finden, an dem sie neu beginnen kann. Und jetzt gerade, hier auf dem Stuhl auf der Terrasse, lässt der Vogelgesang alles andere in den Hintergrund rücken. Ein Rotkehlchen, wenn sie sich nicht täuscht, das es eilig hat, seinen Artgenossen mitzuteilen, dass das Revier eingenommen ist. Die Bilder von ihrem kleinen Jungen und seinem Schatten, wie sie gemeinsam übers Gras laufen.

NACHWORT

Die Genrebezeichnung sagt natürlich, dass es sich hierbei um einen Roman und kein Sachbuch handelt, trotzdem möchte ich es gern noch mal betonen. Zwar wurde, während ich dies hier schrieb, tatsächlich eine Trauerdiagnose in Dänemark ins Gespräch gebracht, auch wenn noch nicht entschieden ist, ob sie verlängerte oder anhaltende Trauerstörung heißen wird.[1] Allerdings existieren außerhalb meiner Fantasie weder Danish Pharma noch Callocain. Und auch wenn der wissenschaftliche Stoff im Buch überwiegend auf Fakten beruht, habe ich hie und da Lücken wie auch kleine Lügen über die Seiten gestreut.

Callocain ist übrigens eine Anspielung auf *Kallocain*, den Titel eines dystopischen Science-Fiction-Romans von Karin Boye. Das Buch handelt von einer totalitären Gesellschaft, die von einem Wahrheitsserum gelenkt wird.

1 Im Zuge der ICD-11, die am 01. Januar 2022 in Kraft trat, wird auch in Deutschland und den übrigen WHO-Mitgliedsstaaten eine entsprechende Diagnose eingeführt. Nachdem im deutschsprachigen Raum ähnlich wie in Dänemark lange Uneinigkeit bezüglich des zu verwendenden Begriffs herrschte, hat sich inzwischen die Bezeichnung »anhaltende Trauerstörung« etabliert. Die vom BfArM (Bundesinstitut für Arzneimittel und Medizinprodukte) herausgegebene deutsche Fassung der ICD-11 ist derzeit in Arbeit. Anm. d. Ü.

DANK

Ich danke meinen großartigen Agenten der Grand Agency, die alles verwirklichen, und ganz besonders Peter Stjernström für die Inspiration zu Callocain. Vielen Dank an Tigerstreifchen Lise Villadsen, die das Manuskript tausendmal gelesen und mir auf dem gesamten Weg lebenswichtigen Beistand geleistet hat. An Heidi Korsgaard für weitere Rettung in letzter Sekunde und an meine tolle Lektorin Iben Konradi Brodersen, die sich meiner Erzählung mitten im Prozess angenommen und sie bis zum Ende begleitet hat.

Danken möchte ich außerdem all jenen, die mich während des Schreibens mit wertvollen Informationen unterstützt haben. Ihr seid zu viele, als dass der Platz hier ausreichen würde, doch ohne Professor Jesper Mogensen (dessen genialer Unterricht vielen von uns Psychologen der Uni Kopenhagen in Erinnerung geblieben ist) und Professor Morten Grunnet von Lundbeck, der mir unwahrscheinlich großzügig seine Zeit und sein Wissen zur Verfügung gestellt hat, wäre das Buch weitaus ärmer geworden. Dann wären da Nete Davidsen, die mir alles zu EpiPens, Koma und anaphylaktischem Schock erklärt hat, Marie Kofod Svensson, durch die ich auf Vinters Herzkrankheit kam, Klemens Kappel, der Mann, der Pfusch und Erpressung inszeniert hat, Sune Bo, der das Forschungsdunkel für mich erhellt hat, als die Erzählung noch in den Kinderschuhen steckte, und natürlich Diana Jurcher und Rasmus Hedegaard, die die Graphen geschaukelt haben. Danke! Auch an meinen Arbeitsplatz, das Kopenhagener Jobcenter, für die Möglichkeit, ein weiteres Mal Schreiburlaub zu nehmen, und an all die lieben Menschen in Aarhus, die mir Häuser und Herzen geöffnet haben, als ich auf Recherchereise vorbeikam. Und natürlich an meine geduldigen Eltern, die während der Pandemie eine motzige Teenagerin von 37 wieder bei sich einziehen ließen, als ich einen Ort zum Wohnen und Schreiben gebraucht habe. Schließlich sind da die wackeren Leserinnen, die sich mit meinen unfertigen Sätzen abgemüht haben, um ihnen irgendeinen Sinn abzugewinnen. Ein großes Dankeschön für die Betalektüre an Rikke Dahl, Sarah Reffstrup Jørgensen, Maria Junggren und Anne Bach, eure Überlegungen waren Gold wert! Und zuallerletzt: an meinen liebsten Frederik, dessen Feedback mich wie üblich mehr frustriert denn gefreut hat, das aber – nicht zuletzt deshalb – eine umso größere Hilfe war. Danke für all unsere Gespräche über die Blue Notes des Lebens.

Anne Cathrine Bomann, geboren 1983, arbeitet als Psychologin. Sie lebt in Kopenhagen mit ihrem Freund, einem Philosophen, und dem Hund Camus. Mit ihrem Debütroman *Agathe*, erschienen 2019 bei hanserblau, gelang ihr ein weltweiter Erfolg.